राजकमल गौरवग्रंथ

WORLD CLASSICS

यान ओत्चेनाशेक

19 नवम्बर, 1924

24 फ़रवरी, 1979

रोमियो, जूलियट और अँधेरा

ROMEO, JULIE A TMA

ROMEO, JULIET AND DARKNESS

उपन्यास

रोमियो, जूलियट और अँधेरा

यान ओत्चेनाशेक

चेक से अनुवाद

निर्मल वर्मा

राजकमल गौरवग्रंथ

यान ओत्चेनाशेक के 1956 में प्रकाशित चेक उपन्यास 'ROMEO, JULIE A TMA' से अनूदित
पहली बार 1964 में 'रोमियो, जूलियट और अँधेरा' शीर्षक से प्रकाशित

ISBN : 978-93-6086-185-8

मूल्य : ₹750

राजकमल गौरवग्रंथ माला में पहला पुस्तकालय संस्करण : सितम्बर, 2024

प्रकाशक : राजकमल प्रकाशन प्रा. लि.
1-बी, नेताजी सुभाष मार्ग, दरियागंज
नई दिल्ली-110 002

शाखाएँ : अशोक राजपथ, साइंस कॉलेज के सामने, पटना-800 006
पहली मंजिल, दरबारी बिल्डिंग, महात्मा गांधी मार्ग, प्रयागराज-211 001
1, अनमोल सोराबजी सन्तुक लेन, धोबी तलाव, मरीन लाइंस, मुम्बई-400 002
वेबसाइट : www.rajkamalprakashan.com
ई-मेल : info@rajkamalprakashan.com

मुद्रक : विकास कंप्यूटर एंड प्रिंटर्स
ट्रॉनिका सिटी-201 102

ROMEO, JULIET AUR ANDHERA
Novel by Jan Otčenášek
Translated by Nirmal Verma

रोमियो, जूलियट और अँधेरा

Yet 'banished'?–Hang up philosophy! Unless philosophy can make a Juliet, Displant a town, reverse a prince's doom, It helps not, it prevails not, talk no more.

—Romeo and Juliet

I

पुराने घर पुराने लोगों की तरह होते हैं—स्मृतियों से भरे हुए। पुराने घरों की एक अपनी ज़िन्दगी, अपना चेहरा होता है। मानव-वास की शायद ही कोई गन्ध हो, जिसे पुराने घरों की जर्जरित दीवारों ने अपने में जज़्ब न किया हो। मुद्दत से वे चूने-गारे की अर्थहीन गन्ध खो चुके हैं, जो नई बस्तियों में फैले आधुनिक, नीरस बक्सनुमा मकानों से आती है—मकान, जो अभी अपना इतिहास जोड़-जमा नहीं कर पाए। पुराने मकानों की दीवारें जीवित हैं—जीवित हैं उन सबसे, जो आज तक उनकी चहारदीवारी के भीतर गुज़रा-बीता है।

उन्होंने क्या कुछ देखा है? क्या कुछ सुना है? पुराने मकानों की अपनी आवाज़ें भी हैं। सुनो : आँगन के ऊपर टँगी खुली गैलरी में कोई धीरे-धीरे जा रहा है, घिसटते, थके क़दमों से; अपने में ही धीरे-धीरे सीटी बजाता हुआ। अब वह ठहर गया है... माचिस की जलती तीली का प्रकाश दीवार पर सिमट आया... और वह फिर चलने लगा; एक अजीब उदास-सी गूँज आती है घिसी-पिटी पुरानी काठ की सीढ़ियों से। कहीं आधी, धुँधली रोशनी में रेडियो घुरघुराता है,

धमाके से दरवाज़ा बन्द होता है और रेडियो की आवाज़ बीच में ही कट जाती है; एक बच्चे की चीख़...!

वह पीठ के बल लेटा है, दोनों तरफ़ बाँहें पसारे। आँखें बिलकुल खुली हैं—ताक रही हैं खिड़की को, जो महीन, फीके अँधेरे से ढकी है। खिड़की के परे गैलरी है, जिसके ढीले तख़्त पैरों तले बार-बार चरमरा उठते हैं। पास ही जँगला है—कुआँनुमे आँगन को चारों ओर से घेरे हुए। जून-रात की गर्म साँस छतों पर सरसराती है। वहाँ ऊपर सब कुछ शान्त है। लीरा के नक्षत्र-मंडल में वीगा का अथाह मौन। चाँद ने अपने को बादल के कटे-फटे किनारे से छुड़ा लिया और खिड़की से भीतर झाँकने लगा—एक बिलकुल ख़ाली भावहीन चेहरे की ओर।

रात शहर में आ चुकी है और उसकी ख़ामोशी उसके भीतर, उसकी कनपटियों में सरसराने, भिनभिनाने लगी है—ख़ामोशी, जिसमें अनेक फुसफुसाहटें, अस्पष्ट आवाज़ें छिपी हैं। सिर्फ़ पुरानी पेंडुलम-घड़ी के अलसाए क़दम दीवार को अपनी ऊबी लय से थपथपा जाते हैं।

घड़ी? क्या यह उसका दिल ही तो नहीं है—उसकी छाती में अनवरत धड़कता हुआ, उसके रक्त को खींचकर कनपटियों में धकेलता हुआ! उस तरफ़ कहीं, जहाँ उसके विचार गुँथ गए हैं, एक मार्गहीन, असीम जंगल की तरह।

वह यहाँ एक बार फिर लेटा है, शहर की चहारदीवारी के भीतर बहिष्कृत, अपनी इस बक्सनुमा कोठरी में बन्द; कोठरी, जिसे पाँच क़दमों से नापा जा सकता है। उधर और पीछे और फिर दुबारा उधर...पिछले वर्षों में कितनी बार उसने इसके इर्द-गिर्द यह निरुद्देश्य, अर्थहीन यात्रा की है? कितनी बार मन में अजीब-सी इच्छा हुई है कि वह अपनी खोपड़ी दीवार से फोड़ डाले। न, वह ऐसा नहीं करता। करे भी तो कोई फ़ायदा नहीं। बस, बिना हिले-डुले पड़े रहो, यही बेहतर है। वैसे यह हास्यास्पद स्थिति है—

एक अठारह वर्ष के लड़के के लिए! सोचो नहीं। बिलकुल न सोचा जाए, यह कैसे हो? शायद अपनी पलकों को ज़ोर से दबाकर मूँद लेना होगा—इस तरह, ताकि सब कुछ इन दो जलते गोलों के पीछे छिपाया जा सके। अपने को दुनिया से छिपाया जा सके। ख़ुद अपने को अपने से छिपाया जा सके।

एक अजीब ज़िद में आकर वह आँखें मूँद लेता है। अब हर चीज़ एक कुएँ की मानिन्द है। वह गिरता जा रहा है, नीचे गहरे में, और नीचे—और कोई आशा नहीं है कि यह सिलसिला कभी ख़त्म होगा; कोई आशा नहीं है कि वह एक सम्पूर्ण, सुखकर शून्यता में सिमट जाएगा, जिसका कोई रूप, कोई आकार नहीं है। स्मृति? सोचने से कष्ट होता है। साँस लेने से कष्ट होता है। वह जीवित है, इससे कष्ट होता है। समूची दुनिया जैसे अचानक बदल गई हो और उस पर एक भूरी-सी धुंध लटक आई हो—सब ओर से असम्पृक्त।

वह और आगे कैसे जा पाएगा? कोई रास्ता नहीं है। वह जैसे उसके पैरों तले ग़ायब हो गया है।

उसे लगा, जैसे लम्बी, निरर्थक खोज के बाद वह एक ऐसी जगह आ गया है, जहाँ क्षितिज ख़त्म होता है।

'किन्तु तुम्हें जीवित रहना होगा'—कोई आवाज़ कहती है। यह आवाज़ किधर से आती है? यह एक स्पष्ट आवाज़ है और उसमें आग्रह है। 'तुम! क्या तुम मुझे सुन सकती हो?'

कुछ देर बाद उसने सीढ़ियों पर धीमी-सी पदचाप सुनी। वह जैसे अवसन्न मूर्च्छा से जाग उठा। आँखें अधखुली-सी रह गईं, पलकें मिचमिचाने लगीं—वह सुनने लगा। घिसटते जूतों की आवाज़ परिचित-सी लगी—जैसे वह कहीं दूर से निकट आ रही हो! दरवाज़े पर खटखटाहट हुई, किन्तु वह वैसे ही बिना हिले-डुले लेटा रहा।

"पॉल, क्या तुम भीतर हो?"

उसने अपनी साँस रोक ली। आँखें आँसुओं से डबडबा आईं। उसने उन्हें आने दिया, रोकने की चेष्टा नहीं की। वे आँसू अपने संग एक अजीब-सी सान्त्वना लाए थे।

एक थकी-सी साँस की आवाज़ सुनाई दी और उसने उसे पहचान लिया।

दरवाज़े के दूसरी ओर खड़े व्यक्ति ने एक पैर का बोझ दूसरे पैर पर डाल दिया, फिर चुपचाप कुछ सुनने लगा और तब दुबारा दरवाज़ा खटखटाने लगा।

"सुनते हो? दरवाज़ा खोलो! पागल मत बनो, लड़के!"

वह कोई उत्तर नहीं देता। एक निष्प्राण लोंदे की तरह वह बिलकुल निश्चल पड़ा है।

वह शब्दों से डरने लगा; और इस बात से भी कि कोई उसे बहला-फुसला लेगा! वह कहे भी क्या? क्या उनसे वह कह दे, जो सत्य है? सत्य बहुत सहज है। सिर्फ़ इतना ही, कि वह और नहीं रह सकता; बस।

'मैं जानता हूँ, तुम मुझसे सहमत नहीं होगे। तुम बूढ़े हो और तुम्हारा सत्य दूसरा है। तुम कदाचित् ज्ञान की बात करोगे। तुम हमेशा ऐसा ही करते हो—यह एक पुरानी कहानी है। जानता हूँ, तुम बहुत विनम्र स्वभाव के हो, दुनिया को वैसा ही स्वीकार कर लेते हो, जैसी वह है, ताकि अपने को उससे दूर रख सको। ज्ञान! इस ज्ञान का क्या करूँ, जब मैं साँस भी नहीं ले सकता। शायद यह मैं नहीं हूँ। मैं सब कुछ मटियामेट कर देना चाहता हूँ, किन्तु इसके लिए एक भयंकर कौशल की आवश्यकता है, जो मेरे पास नहीं है। तुम्हीं बताओ, मैं क्या करूँ? क्या इसी तरह जीता चलूँ? क्यों? कल रात जब मैं घर से भाग आया था—जानते हो—पुल पर खड़े होकर मैं नीचे पानी की ओर देखता रहा था। नहीं, उसने मुझे ललचाया नहीं—मैं अब अच्छी तरह जानता हूँ कि मैं वैसा नहीं कर सकता था। मैं सिर्फ़ वहाँ खड़ा रहा था; बस, इतना ही। जब मैं पीछे मुड़ा तो देखा, तुम मुझसे कुछ फ़ुट दूर खड़े हो—चिन्तामग्न, उम्र से झुके हुए। तुमने अपना पुराना, छोटा कोट पहन रखा था और तुम लैम्प-पोस्ट की नीली रोशनी के तले खड़े थे। अचानक मेरे भीतर एक अजीब-सी दया उमड़ आई—अपने लिए, तुम्हारे लिए, सबके लिए! तुम पुल पर पहरा दे रहे थे; मैं जानता हूँ, और तुम सचमुच यह समझ रहे थे कि मैं तुम्हें नहीं देख सकता!

'मेरे अपने, प्यारे बाबू!'

"पॉल..."

दरवाज़े पर खटखटाहट बन्द हो गई। घिसटते पैरों के पीछे घर का दरवाज़ा धमाके से बन्द हो गया।

दूर—पहाड़ियों के परे!

पीछे जाने के अलावा और कोई रास्ता नहीं है—केकड़े की तरह, या मकड़ी की तरह, जो अपने चाँदी के तार के संग-संग पीछे सरकती जाती है।

किन्तु कहाँ? वह पीछे किधर जाए?

उसे याद आया, किस तरह गर्मियों की सुबह उसके छोटे-से कमरे में वह रेंग आती थी। एक समय था, जब इस कमरे में उसे बहुत-कुछ आकर्षित करता था। गिटार की टुन टुन...वे पूरी आवाज़ में गाया करते थे। धूल-धूसरित फ़र्श पर किताबें बिखरी रहतीं। वास्तव में, बदला कुछ भी नहीं था। वही पुराना सोफ़ा है, जिसके स्प्रिंग उखड़ आए हैं; वही नक्षत्र-विज्ञान के एटलस हैं; एक ज़र्द चरमराती कुर्सी और टूटा हुआ हाथ-मुँह धोने का बेसिन। खिड़की के नीचे एक छोटी-सी मेज़ है, जिस पर एक तरफ़ धूल में अटी ऐनक पहने चीनी का उल्लू बैठा है; दूसरी तरफ़ काग़ज़ के शेड से ढका टेबल-लैम्प है; बीच में घुरघुराता रेडियो है, जिसे बहुत पहले कभी उसने ख़ुद जोड़-तोड़कर बनाया था। काफ़ी ठोंक-पीटकर ही उस छोटे-से लकड़ी के बक्से से कोई आवाज़ निकल पाती थी। यहाँ तक कि प्राग का प्रोग्राम भी कटी-फटी आवाज़ों और चीख़ों के बीच मुश्किल से ही सुना जा सकता था। उसके पिता ने जब सुना कि वह दरज़ी की दुकान के पीछे बेकार पड़े गोदाम को 'विद्यार्थी-डेरे' में बदलने जा रहा है, तो वे सिर्फ़ मुस्कराकर रह गए थे। दो दरवाज़े थे—एक वर्कशॉप की ओर खुलता था, जिस पर दिन-रात ताला ठुका रहता; दूसरा सीधा ड्योढ़ी की ओर जाता था। घटिया फ़र्नीचर, हालाँकि पुराने शहर की कबाड़ी की दुकानों से पानी के मोल पर ख़रीदा गया था, उससे वह कोठरी कम आरामदेह नहीं दीखती थी। यहाँ वह पढ़ सकता था, सपने देख सकता था। यहाँ वह अपने को एकदम प्रौढ़ पाता था,

एकदम स्वतंत्र—सिर्फ़ दरवाज़ा बन्द करने की देर थी। कभी-कभी उस दरवाज़े से एक स्त्री भीतर आती थी। वह उसे नहीं जानता था। उसका चेहरा नहीं देख सकता था, उसकी आवाज़ नहीं सुन सकता था, क्योंकि वह वास्तविक नहीं थी। वह केवल उसकी अधीर प्रतीक्षा में बसी रहती; उसकी धुँधली आकांक्षाओं और मीठे सपनों के ताने-बाने में उभरती एक नारी की प्रतिमा, जिसके सम्बन्ध में सोचता-सोचता वह कभी अपने पर ही शर्मिन्दा-सा हो जाता। किन्तु एक दिन वह अवश्य आएगी। लेकिन कब? उसे पूरा विश्वास था कि वह आएगी। आने पर कैसी दिखेगी? क्या वह उसे पहचान सकेगा? अवश्य पहचान सकेगा—उन हज़ारों स्त्रियों में से, जो उसके पास से गुज़रेंगी, जिन्हें वह केवल एक नज़र देखकर आगे बढ़ जाएगा। उनका कोई भी चिह्न उसमें शेष नहीं रहेगा—बचा रहेगा सिर्फ़ थोड़ा-सा कौतूहल और एक प्रश्न, जिसका उत्तर अभी तक उसे नहीं मिला।

दिन के समय वर्कशॉप में सिलाई की दो मशीनों की खटपट गूँजती रहती। चेपक, जो कपड़ों की कटाई करता था, अपनी फटी-चिंघाड़ती आवाज़ में अप्रेंटिस को डाँटता और तब उसके पिता की भारी आवाज़ सुनाई देती, 'ठीक है जनाब, जैसी आपकी ख़ुशी। हम यह टुकड़ा यहाँ से निकाल देंगे और इस तरफ़ जोड़ देंगे—बहुत उम्दा रहेगा। बस, फिर तो आपका सूट देखते ही बनेगा।'

गलियारे से गुज़रते हुए लोग खिड़की पर अलसाई-सी नज़र डाल देते, किन्तु धूल और गर्द में ढके शीशों के भीतर क्या वे कुछ भी देख पाने में सफल हो पाते?

कभी-कभी उसकी जमात के लड़कों की टोली उस कमरे में अड्डा जमा लेती। छोटा-सा कमरा उनकी ऊँची आवाज़ों से भर जाता। अभी एक महीना भी नहीं हुआ जब उन्होंने इसी कमरे में रद्दी, सस्ती शराब की दो बोतलें ख़त्म कर डाली थीं। देर रात तक गुल-गपाड़ा मचता रहा। नौबत यहाँ तक आ पहुँची कि पास-पड़ोसी नींद में से जाग उठे और ग़ुस्से में आकर उसकी कोठरी की दीवारें खटखटाने लगे।

किन्तु शायद ये सब घटनाएँ किसी दूसरे व्यक्ति ने की हैं। एक वह युवक था, जो कभी-कभी पिता से हज़ामत करने का ब्रुश और उस्तरा, जो इतना ज़रूरी नहीं था, माँग लाया करता था और अपने गालों पर उगे इने-गिने आधे दर्जन मुलायम बालों को खुरच देता था, ताकि किसी लड़की से मिलने से पहले वह अपने में ज़रूरी आत्मविश्वास पैदा कर सके। 'ज़रा होशियारी से करना।' बाबू सामने देखते हुए सलाह देते, 'कहीं अपना गला न काट बैठना।' किन्तु उनके मुँह के आसपास खिंची झुर्रियों में एक महीन-सी मुस्कराहट दुबकी रहती, 'हाँ, ठीक तो है, अब सयाना हो गया है!'

बाबू और उसमें बहुत पटती थी। अपनी सूझ-बूझ और सहृदयता के सहारे वे उसे ठीक-ठीक समझ पाते थे। वे उससे ऐसा ही बर्ताव करते थे जैसे कोई किसी बड़े प्रौढ़ व्यक्ति से करता है। अठारह वर्ष के लड़के के लिए इससे बढ़कर और क्या बात हो सकती है! वे उससे कभी असमंजस में डालनेवाले प्रश्न नहीं पूछते थे, अत: उसे कभी उनसे झूठ बोलने की आवश्यकता महसूस नहीं हुई। वे बड़े ही सहज ढंग से एक-दूसरे को समझ लेते थे—सिर्फ़ इसलिए कि शायद उनके बीच चालीस वर्ष का अन्तराल था। अकेली सन्तान होने के नाते अधेड़ दम्पती उसे, अपने एकमात्र सुख को, जो ज़िन्दगी में उन्हें इतनी देर बाद मिला था, असीम चिन्ता के पंखों-तले ढाँपे रखते।

बूढ़े लोग अक्सर बहुत भोले होते हैं—ज़रा-ज़रा-सी बात पर डर जाते हैं। उनके संग बहुत धीरज से काम लेना होता है। वे फूँक-फूँककर पाँव रखते हैं—हर कोने-कोटर में उन्हें ख़तरा दिखाई देता है। ख़ास कर माँ—'पॉल, यह मत करो! पॉल, वह मत करो!'—'प्यारे पॉल, ले-देकर एक तुम्हीं तो हमारा सहारा हो'—'ऐसा-वैसा काम करोगे, तो हम कहाँ जाएँगे!' लाड़-प्यार के ऐसे प्रदर्शन के प्रति उसके मन में एक मर्दानी रुक्षता-सी जाग जाती। कभी-कभी उसे हल्का-सा सन्देह होने लगता कि उसके माता-पिता को दिन-रात इस प्रकार की हाय-तौबा मचाने में एक अजाना-सा आनन्द मिलता है। वह लड़ाई का ज़माना था, यह सही है। जर्मनों ने पहले सीमान्त प्रदेशों को हथिया लिया

और फिर समूचे देश को रौंद डाला था। धरती, आकाश, समुद्र—हर जगह दिन-रात उनकी विजय का ढिंढोरा पिटता रहता। उन दिनों जर्मनों ने इस देश को 'प्रोटेक्टोरात ऑफ़ बोहेमिया एंड मोराविया' का नाम दिया था, किन्तु बूढ़ा चेपक बन्दूक़ों से घिरे अपने इस छोटे-से देश के लिए 'प्रोतेन्तोक्रात'* का नाम ही प्रयुक्त करता था। 'प्लेग फैलानेवाली टिड्डियाँ'—हर बात के लिए माँ बाइबल का कोई उदाहरण पेश कर देतीं। स्कूल में नाजी संतों की जीवन-गाथाएँ ज़ोर-ज़बरदस्ती रटनी पड़तीं, ताकि जर्मन इंस्पेक्टर मैट्रिक की परीक्षा में फेल न कर दे। 'अच्छा, बताओ, एडोल्फ़ हिटलर का जन्म कहाँ हुआ था?'

बहादुर जर्मन सेना ने इतने-इतने टन के भारी जहाज़ समुद्र में डुबो दिये और अब वह मास्को की तरफ़ बढ़ रही है। कोई भी ऐसी जगह नहीं थी, जहाँ आदमी नाचने जा सके। एक सिनेमा बच गया था—वहाँ सिर्फ़ ऐसी न्यूज़-रीलों के, जिनमें फ़्यूरर की डींगें हाँकी जातीं, और कुछ नहीं दिखाया जाता था। उन्हें देखते हुए अब और उकताहट से मुँह अकड़ जाता। हर शाम माँ रसोई के कोने में बैठ जातीं, उनकी ऐनक नाक के सिरे पर झुकी रहती और वे धीरे-धीरे होंठ हिलाते हुए चेक संतों की बाइबल पढ़ती रहतीं। उनके बिलकुल सामने बाबू बैठे रहते—अक्सर वे कपड़ों को बुरा-भला कहते रहते; कहते, 'कोई जादूगर भी ऐसे रद्दी कपड़े से सूट नहीं बना सकता।'

पहले वह हर शनिवार की शाम को उस 'पब' में, जिसे जोसेफ़ श्लापाक की विधवा चलाया करती थी, अपने दोस्तों के संग ताश खेलने चले जाया करते थे, किन्तु अब घर में ही जमे रहते और हुस-अनुयायियों के सम्बन्ध में ईरासेक के ऐतिहासिक उपन्यास पढ़ा करते। उनकी देशभक्ति पुराने फ़ैशन की थी, कुछ-कुछ उन सूटों की मानिन्द जो उनकी पुराने फ़ैशन की वर्कशॉप में बनाए जाते थे। कैसी बेहूदा ज़िन्दगी थी!

वैसे होगा कुछ भी नहीं। वे यहाँ आए हैं, कुछ अर्सा ठहरेंगे और फिर मित्र-राष्ट्रों की सेनाएँ उन्हें ठिकाने लगा देंगी—बस, सब कुछ समाप्त हो जाएगा।

---

* चेक शब्द, जिसका अर्थ है—'कुछ समय के लिए।'

किन्तु उसका क्या होगा? ज़िन्दगी में अठारह वर्ष की उम्र केवल एक बार आती है। एक ज़बरदस्त चाह उत्पन्न होती है, कुछ करने की, जिसे वह ख़ुद नहीं जानता। एक बड़ी विराट लालसा उठती है, जैसे किसी ने उसकी देह में कोई तेज़ चीज़ घोंप दी हो—एक भभकती-सी आकांक्षा, जो बिलकुल गूँगी है, किन्तु इतनी सशक्त कि पीड़ा देती है। प्रोटेक्टोरात एक दुःखदायी कंटक था; स्कूल, वह भी एक दुःखदायी कंटक से कम नहीं—वह आख़िर करे क्या? इस छोटी-सी तंग जगह में अपने को सिकोड़कर बैठा रहे, 'कुछ समय के लिए' की इस नीरस, घिसटती ज़िन्दगी को ढोता रहे, छोटी-मोटी बातों से परेशान होता रहे, या अपना जी बहलाता रहे; क्योंकि कुछ भी कहो, दीवार से सिर नहीं फोड़ा जा सकता...इत्यादि, इत्यादि। और लड़कियाँ... पेत्रशिन—पार्क में बिताए हुए उड़ते, शर्मीले लम्हे। घर का दरवाज़ा खुलने से पहले एक छिटपुटा, झिझकता-सा चुम्बन, बासी गन्ध का झोंका, कौतूहल और आकांक्षा से मिला हुआ डर, जिसके नीचे एक अजीब-सी हीन भावना दबी रहती—डर, उस सबके लिए, जो अभी तक उसके लिए अज्ञात और रहस्यमय था। किन्तु वह उसे स्वीकार नहीं करता, उसे अपने से दूर ठेल देने की कोशिश करता है। और बस इतना ही।

कभी-कभी वह अपनी इस ज़िन्दगी के बारे में सोचता, जो वह जी रहा था। 'अरे देखो...यह कोई ढंग है जीने का?' वह अपने से कहता। 'और यहाँ जर्मन हैं...जो हर रोज़ लोगों को क़त्ल करते हैं, जेलों में ठूँसते हैं। किन्तु तुम—तुम अकेले इस दुनिया के विरुद्ध क्या कर सकते हो, जब पुराने लोगों ने इसकी ऐसी दुर्गति बना दी है!' यह उसका दोष नहीं है कि वह ऐसी दुनिया में जीने चला आया। उसका वश होता, तो सब कुछ बदला हुआ होता। किन्तु किसी ने उससे पूछने की आवश्यकता नहीं समझी। और अब...यह है, जैसी है—'कुछ समय के लिए'। जो भी हो, मैट्रिक करने के बाद अस्त्र-शस्त्र बनानेवाली कोई फैक्टरी उसे अपने में निगल लेगी, या उसे अपना बोरिया-बिस्तर बाँधकर रायख़ को प्रस्थान कर देना होगा—डिक विटिंग्टन की तरह नहीं, बल्कि बेगार की मेहनत पर—और उसे वहाँ, ज़ोर-ज़बरदस्ती

से वह काम करना पड़ेगा, जिससे वह घृणा करता है। वह दिन-रात वहाँ सड़ता रहेगा, जब तक यह समूचा लज्जास्पद क़िस्सा ख़त्म नहीं हो जाता।

कितने बरसों की बर्बादी! कृपया अनिश्चित समय के लिए अपने स्वप्न ताक पर रख दीजिए...आमीन! किन्तु उसे जिये चलना है—चाहे जिस तरह भी हो! आज भी...दूर...पहाड़ियों के परे!

दीवार की दूसरी ओर घड़ी के पेंडुलम ने एक-एक करके ग्यारह घंटे बजाए। पुराना मकान सो रहा है, किन्तु अपने छोटे-से कमरे में वह अब भी जाग रहा है—पीठ के बल लेटा है, दोनों तरफ़ उसकी बाँहें फैली हैं, खुली आँखें बाहर रात पर गड़ी हैं। उसके ख़याल बेचैनी से इधर-उधर भटक रहे हैं।

सब कुछ वापस आने लगा है...और सब कुछ शुरू से फिर शुरू होने लगता है।

कितने दिनों में यह सब कुछ घट गया! कैसे शुरू हुए थे वे दिन?

...एक दिन सातवीं 'ब' की कक्षा ने मैट्रिक के परचे समाप्त कर लिये...।

2

"पॉल!" अँधेरे से आवाज़ आई।

उस धीमी-सी आवाज़ को सुनकर आश्चर्य नहीं हुआ। वह अब भी उसके मस्तिष्क में जमी थी।

"हाँ?"

"अब क्या होगा?"

वही एक प्रश्न...हमेशा एक ही प्रश्न! इसे सुनकर भी उसे आश्चर्य नहीं हुआ। आरम्भ के कुछ दिनों में वह उसे शान्त कर देता था—चाहे कुछ देर के लिए ही। बाद में, हर चीज़ ज़्यादा पेचीदा बन गई। जब उसका यह प्रश्न कुछ देर बाद हवा में लीन हो जाता, तो उसे जवाब देने के लिए कोई भी तर्कसंगत चीज़ न सूझती, सिवाय इसके कि वह उसे अपनी दोनों बाँहों में भरकर उसके होंठों को चूम ले। यह सहज और प्रभावशाली था। उसे चूमते हुए वह कुछ-न-कुछ कह देता था ताकि वह उसके भटकते विचारों को जल्द-से-जल्द सीधे, सुरक्षित रास्ते पर ला सके। और तब... कोई उत्तर अपने में उत्तर न रहता। वह उसे कह भी क्या सकता था?

हज़ारों सम्भावनाएँ थीं—शायद; और, शायद एक भी नहीं। हर चीज़ एक 'शायद' पर आकर रुक जाती थी।

वह उठ खड़ा होता, हवा में इशारे करता हुआ, सोफ़ा और मेज़ के बीच सँकरे स्थान पर टहलने लगता। जो कुछ उसके मस्तिष्क में आता, उसे कह देता और फिर उसे ख़ुद अपने शब्दों पर अजीब-सा संकोच और कौतूहल होने लगता। इस बीच वह बराबर, तेज़ी से सोचता रहता। शुरू-शुरू में हर चीज़ कितनी सहज प्रतीत होती थी। समूची घटना बहुत ही विचित्र ढंग से एक अत्यन्त सीधे-सादे तथ्य में सिमट जाती थी। मैं और वह—हम दोनों यहाँ हैं। यह एक तथ्य है; हटा लो इससे सब कुछ—आने वाला कल, शहर, देश, समूचे विश्व में होने वाली घटनाएँ, और तब शायद सब कुछ ठीक हो जाएगा। फिर 'शायद'...।

उसने जेब से सिगरेटों का मुड़ा-तुड़ा पैकेट निकाल लिया और माचिस तलाश करने लगा। उसकी आँखें उसका पीछा करती रहीं।

"न-न, सिगरेट मत पीना! मुझे ख़ेद है...लेकिन रात के समय यहाँ हवा बहुत गन्दी हो जाती है।"

उसने सिर हिला दिया। उसकी बात सही थी। उसने सिगरेटों का पैकेट फिर अपनी जेब में ठूँस लिया; और उसका मुँह एक दबी-सी मुस्कराहट में सिकुड़ गया।

सब कुछ धीरे-धीरे याद आने लगा। सिगरेटों का यह पैकेट ही तो था, जिसने उन दोनों को एक-दूसरे के इतना निकट ला दिया था। कभी-कभी कितनी छोटी-छोटी साधारण चीज़ों से घटनाओं का सिलसिला आरम्भ हो जाता है—वैसे ही, जैसे अपने राशन से ज़िन्दगी में पहली सिगरेट पीना। अठारह वर्ष की उम्र में जब हम पहले-पहल सिगरेट पीना शुरू करते हैं, तो लगता है, जैसे हम एकदम बहुत बड़े हो गए हैं। एक दुनियादार व्यवहारकुशल व्यक्ति की-सी भंगिमा हमारे मुख पर खिंच आती है, सधी-बनी अदा से हम सिगरेट बाहर निकालते हैं, बड़ी संजीदगी से उसे होंठों के बीच दबा लेते हैं...बस, फिर क्या है, लगता है, जैसे हम भी बड़े-बूढ़े लोगों की दुनिया का अंग बन गए हैं।

और कुछ नहीं...एक भोला-सा अभिमान! अठारह वर्ष की उम्र! अब वह लज्जास्पद स्थिति ख़त्म हो गई, जब डर-डरकर बाबू से सिगरेट माँगनी पड़ती थी और उसकी उलाहना-भरी निगाहों में एक मूक प्रतिवाद झलक जाता था। न अब ज़रूरत रही है माँ की अभ्यर्थनाओं पर कान धरने की, जब वे अनुनय करते हुए कहती थीं कि सिगरेट पीकर वह अपनी सेहत तबाह कर डालेगा। अब यह सब झंझट-झमेला ख़त्म हो गया। सिगरेट पीने का उसका अधिकार अब सब ओर से स्वीकृत कर लिया गया है और किसी भी समय नुक्कड़ की दुकान के पास जाकर वह अपना राशन-कार्ड दिखा सकता है।...और तम्बाकू की गन्ध से भरी, छोटी सिकुड़ी हुई उस दुकान की धुँधली छाया में झुके श्रीमती बराशेक के मुरझाए चेहरे के सामने अपनी उत्तेजना को दबाते हुए वह यह भी कह सकेगा, 'यह रहा मेरा कार्ड, श्रीमती बराशेक!'

उस दिन उसका आख़िरी परचा ख़त्म हुआ था। परीक्षा की थकान से उसका सिर झनझना रहा था। अपनी जेब में उसने टिकट टटोला।...सिनेमा शुरू होने में अभी दो घंटे बाक़ी थे। जब तक न्यूज़-रील ख़त्म नहीं हो जाती थी, कोई भी सिनेमा हॉल में नहीं घुसता था।

भोजन करने के बाद वह गलियों में मटरगश्ती करने लगा। दुपहर की धूप की बची-खुची गरमाहट अब भी सड़कों पर क़ायम थी, हालाँकि समूचा शहर गोधूलि की अदृश्य छाया में छिपने लगा था। अपने दिवा-स्वप्नों में खोया हुआ वह गलियों में अकेला भटक रहा था—इस तरह अकेले भटकना उसे भाता था। जेबों में हाथ डाले दुकानों की अँधेरी खिड़कियों के सामने से गुज़रते हुए उसे लगता था, जैसे वह किसी अज्ञात, अजानी घटना की प्रतीक्षा कर रहा हो। भीड़ में इधर-उधर रास्ता बनाते हुए वह कनखियों से आती-जाती लड़कियों की ओर देख लेता था—अत्यधिक उदासीनता की मुद्रा में केवल लम्हे-भर के लिए—ताकि कोई उसे निरा कच्चा नादान न समझ ले। उसे अपनी यह अनुभूति अच्छी लगती थी। लचकीले कूल्हों पर फिसलती-सिमटती हल्की स्कर्टों से मूक-आमंत्रण और अर्थ-भरी फुसफुसाहट की एक अजीब-सी ख़ुशबू उसके पास तैर आती थी। उसे लगता था, जैसे उसकी समूची देह

उस ख़ुशबू को महसूस कर रही हो। यदि वह किसी लड़की के पास जाकर कहे, 'गुड ईवनिंग' तो क्या होगा? न, वह कभी ऐसा नहीं कर पाएगा। उसमें इतना साहस नहीं है।

उसने नये टाउन हॉल की टॉवर घड़ी को देखा।

अभी बहुत समय था।

वह पार्क की ओर चल पड़ा। उसने निश्चय कर लिया कि वह कहीं बैठकर चुपचाप शान्ति से सिगरेट पिएगा—अपनी शाम की एक सिगरेट!

यही वह जगह थी, जहाँ वे एक-दूसरे से मिले थे।

वह बेंच के एक सिरे पर जाकर अलग बैठ गया। उसे हल्का-सा आभास हुआ था कि दूसरे सिरे पर कोई बैठा है, किन्तु उस क्षण वह उस ओर से बिलकुल अनासक्त रहा। शुरू में वह अपने ख़यालों में इतना खोया था कि उसने सचमुच उसे देखा भी नहीं! वह महज़ एक छाया थी—मानवीय देह की सिर्फ़ धूमिल-सी रूपरेखा, इससे ज़्यादा कुछ भी नहीं। उसने अपनी लम्बी टाँगें आगे फैला दीं और सिगरेट जला ली। उसके पीछे बेरियों की झाड़ी थी, इतनी पकी हुई कि अब उसका और अधिक पकना नामुमकिन था। गोल छितरी हुई पत्तियाँ शाम की डूबती रोशनी में पीली-सी दिख रही थीं...और उनकी ख़ुशबू ज़रूरत से ज़्यादा मीठी थी। सामने घरों के पीछे सूरज डूब रहा था। पेड़ों की लम्बी छायाएँ घास में खो गई थीं। कभी-कभी उसकी फैली टाँगों के सामने एक-दूसरे से लिपटे प्रेमियों के जोड़े निकल जाते—धीरे-धीरे एक-दूसरे के कानों में कुछ फुसफुसाते हुए। कभी कोई हाथ में थैला लटकाए हुए सामने से गुज़र जाता, या कभी शॉल में लिपटी कोई बूढ़ी स्त्री चली आती और उसके आगे-आगे उसका छोटा-सा कुत्ता लँगड़ाता हुआ भागता रहता, किन्तु पार्क इस समय तक लगभग वीरान हो चुका था।

शाम की उस सूनी घड़ी में शहर की आवाज़ें बहुत दूर जान पड़ती थीं।

उसने अँगड़ाई ली।

एक निःश्वास...उसने जल्दी से अपना मुँह बन्द कर लिया और सिर घुमाकर वह बग़ल की ओर देखने लगा।

वह अब भी बेंच के दूसरे सिरे पर बैठी थी—अजीब ढंग से अपने में सिमटी हुई। अपने दाएँ हाथ में उसने एक छोटा-सा काला अटैची-केस पकड़ रखा था; और उसे इस तरह अपनी गोद से चिपका लिया था, मानो उसे डर हो कि कोई उससे वह छीन लेगा। उसका सिर अपने वक्ष पर झुका था और वह केवल उसके चेहरे का पार्श्व-भाग ही देख सकता था। काले बालों के नीचे उसका पीला चेहरा धुँधली रोशनी में चमक उठता था। गर्मियों की हल्की पतली स्कर्ट के नीचे उसने अपने दोनों घुटनों को बहुत पास-पास सटा लिया था। वह बहुत ख़ामोश और निश्चल बैठी थी...लगता था, जैसे सो रही हो।

उसे एकाएक ख़याल आया कि वह उसकी ओर एकदम अप्रच्छन्न कौतूहल से घूर रहा है...और उसे अपने पर हल्की-सी खीझ हुई। उसने उसकी ओर से अपनी आँखों को हटाने की चेष्टा की, किन्तु असफल रहा। अब वह पहले की तरह अकेला अपने मस्त ख़यालों में नहीं डूबा था। 'आह मदाम! शायद आपका युवा-मित्र आपसे मिलने नहीं आया।' कुछ देर बाद उसे लगा, जैसे वह रो रही हो। दबी हुई सिसकियाँ, जो मुश्किल से ही सुनी जा सकती थीं, रह-रहकर उसके झुके कन्धों को झिंझोड़ डालती थीं। वह बिलकुल एक बच्चे की तरह रो रही थी।

उसने अपनी सिगरेट का टोंटा फेंक दिया। वह अपनी तरफ़ से कुछ भी कह सकने की अनथक कोशिश करने लगा।

"क्या कोई बात हो गई है?"

न वह हिली, न उसने सिर उठाकर उसकी ओर देखा। उसका प्रश्न हवा में वैसे ही लटका रहा। उसने धीरे से खखारा और फिर थोड़ा-सा उसके पास सरक आया।

"क्या तुम रो रही हो?"

उसने नकारात्मक भाव से सिर हिला दिया। उसका हठीला मौन अब भी क़ायम था।

वह झूठ क्यों बोल रही है? वह और भी पास खिसक आया और सोचने लगा, उसे क्या कहना चाहिए। यदि वह अपना हाथ बढ़ाता, तो उसे छू सकता था।

आख़िर, उसकी कड़ी-चुभती हुई दृष्टि ऊपर उठ आई। उसकी स्याह आँखें एक अज्ञात भय से फैल गई थीं। उनमें विरोध-भरा अस्वीकृति का भाव सिमट आया था, जिसे देखकर न जाने क्यों वह अपने पर लज्जित-सा हो आया। अनायास उसने अपना सिर हिलाकर आँखें फेर लीं। न, पहली दृष्टि में उसने उसे बिलकुल भी आकर्षित नहीं किया था। वह यह देखना भी न भूला था कि उसका मुँह तनिक चौड़ा-सा है और नाक के आसपास हल्के-हल्के तिल हैं। 'घमंडी रोंटू लड़की'—उसने सोचा और पीछे की ओर सिर उठाकर आकाश की ओर ताकने लगा। वह अब उसकी ओर नहीं देख रहा था—अपनी ओर से वह उसके प्रति बिलकुल उदासीन होने का उपक्रम कर रहा था, किन्तु फिर भी वह वहाँ से उठकर जा नहीं सका। असमंजसपूर्ण ख़ामोशी में वे दोनों चुपचाप बैठे रहे—इसी तरह, शायद पूरे एक घंटे तक। और तब उसने सोचा, उसे फिर कुछ कहना चाहिए।

"क्या मैं तुम्हारी कोई सहायता कर सकता हूँ?"

"नहीं। कृपया मुझे ऐसे ही रहने दीजिए—मेरी ओर ध्यान मत दीजिए।"

"मैं सिर्फ़...तुम रो रही हो...कृपया यह न सोचो कि..."

अपनी टूटी-फूटी हकलाहट को सुनते हुए उसे लगा, जैसे वह नहीं, कोई अन्य व्यक्ति बोल रहा हो। उनके सामने से स्त्री-पुरुष का एक जोड़ा चुपचाप निकल गया और एकदम शर्म से उसकी बोली बन्द हो गई। 'हूँ... और अब?' उसका आत्मविश्वास बुरी तरह से डगमगा गया था; बेहतर है, यहाँ से उठकर आगे बढ़ जाओ। यही ठीक है। तुम अपने स्कूल के गलियारे में जान-पहचान की लड़की से ही बातचीत कर सकते हो...उसके बाहर किसी अजनबी लड़की से बोलते हुए तुम्हारी घिग्घी बँध जाती है। और फिर चाहे जो भी हो...।

समय गुज़रता गया। दुविधा में पड़कर उसने घड़ी देखी। नौ से अधिक टाइम हो चला था। अब वह मुख्य फ़िल्म भी नहीं देख सकेगा। वसन्त का झीना अँधेरा समूचे शहर पर घिर आया था। उसने एक बार उसे फिर देखा और अपनी जगह पर पूर्ववत् बैठा रहा। वह अब भी रो रही थी,

मानो अपने आँसुओं को निगल रही हो; उसका सिर नीचे की ओर लटक आया था। वह उसकी ओर झुका—इस बार पूरे निश्चय के साथ।

वह एकदम चिहुँक उठी, जैसे वहाँ से फ़ौरन भाग जाना चाहती हो। वह उसकी इस हरकत का तुक या अर्थ, कुछ भी नहीं समझ सका। विवश भाव से उसने कन्धे हिला दिये।

"चले जाओ..."

"क्यों?...मैं तो सिर्फ़..."

"अपने काम-से-काम रखो! मेहरबानी करके मुझे बिलकुल अकेली रहने दो! समझे?"

"अच्छा, ठीक है...यदि तुम मेरी मदद नहीं चाहतीं, तो जो चाहो करो—मेरी बला से।"

'पगली, बेवक़ूफ़ कहीं की!' उसने अपने मन में सोचा। शायद किसी लड़के ने उससे मिलने का वादा किया और भूल गया। इसलिए यहाँ बैठकर सिसकियाँ भर रही है। हो सकता है, आत्महत्या करने का निश्चय भी कर लिया हो। शायद दूध में दियासलाइयों का मसाला घोलकर पीने का इरादा किया है! ज़रा-सी बात पर कैसी भभक उठी! शायद अन्य स्त्रियों की भाँति वह अपने को आकर्षण का केन्द्र बनाने की चेष्टा कर रही है। मुझे इससे क्या लेना-देना? मैं इसके खेल में नहीं फँसूँगा। ख़ुदा हाफ़िज़ मदाम! मैं अब चला...दुबारा आपसे मिलने की इच्छा नहीं है। यदि आप शिष्टता से पेश नहीं आना चाहतीं, तो आपकी मरज़ी! आप जिस तरह चाहें, अपनी भावनाओं को शान्त करें, मैं दख़ल नहीं दूँगा। मुझे श्रोता न बनाकर भी आप अपना काम निकाल सकती हैं!

उसने एक और सिगरेट निकाली, ताकि ज़रा कुछ अपने को हल्का महसूस कर सके। वह अब अपने में काफ़ी ख़ुश था। ख़ासी अदा से उसने सिगरेट को होंठों में दबा लिया और माचिस की डिब्बी टटोलने लगा। उसी क्षण वह कड़ा निश्चय करके उठ खड़ा हुआ, वह जानबूझकर इस तरह अकस्मात् खड़ा हो गया था ताकि उसे जतला सके कि वह उसकी रत्ती भर भी परवाह नहीं करता।

वह एकदम डरकर चौंक गई, झपटकर उठ खड़ी हुई और अपने को बचाती हुई-सी उसकी ओर देखने लगी। छोटा-सा अटैची-केस, जो अब तक उसने अपनी छाती से चिपका रखा था, उसके हाथों से फिसल गया और नीचे कंक्रीट की सड़क पर धम्म से गिर पड़ा।

वह नीचे पड़ा था—उन दोनों के बीच।

उसकी इच्छा हुई कि वह उसके बचकाने डर पर ज़ोर से हँस पड़े और बड़प्पन का भाव लिये वहाँ से चल दे। वह उसे तनिक नीचा दिखाना चाहता था, किन्तु जैसे ही उसने दियासलाई जलाई, उसके पाँव धरती पर जमे से रह गए। गहरे आश्चर्य में उसकी आँखें झिपझिपा आईं।

जलती तीली के क्षणिक उजाले में उसके समक्ष खड़ी लड़की की समूची देह झिलमिला गई। सहसा उसकी आँखें उसके सलवटों से भरे कोट के एक कोने पर जा टिकीं, जहाँ एक सितारा सावधानी से सी दिया गया था। एक पीला सितारा, जिसके बीचोबीच काले अक्षरों से लिखा था—'यहूदी'।

3

उसकी साँस रुक-सी गई। उसे लगा, जैसे उसके गले में कोई कड़ी चीज़ अटक गई हो। बड़ी मुश्किल से थूक निगलते हुए उसने कहा, "तुम...?"

वह बीच में ही रुक गया। वह इतना डर गया था कि अपनी सिगरेट जलाना भी भूल गया। जब दियासलाई की तीली उसकी अँगुलियाँ जलाने लगी, तो उसने उसे फेंक दिया। वे आमने-सामने खड़े थे, मूक और स्तब्ध, आकाश की मरती रोशनी में दो धुंधली छायाएँ।

उसने तनिक उद्धत-भाव से सिर हिला दिया।

"हाँ...क्यों, इसमें इतनी अजीब बात क्या है? जान पड़ता है, इस बार तुम हो, जो डर गए हो। क्यों, डर लगता है?"

"डर काहे का?"

उसने उसका अटैची-केस उठाकर बेंच पर रख दिया, बहुत धीरे-धीरे, ताकि अपने आश्चर्य पर क़ाबू पाने के लिए उसे समय मिल सके। वह फिर बैठ गई, अपने अटैची-केस से सटी हुई।

वह उसके निकट बैठ गया, और अपने सूखे चेहरे पर हाथ फेरने लगा।

अटैची-केस उसके बीच पड़ा था।

"कैसा डर? मैं भला क्यों डरूँगा?" उसने अपना सिर हिलाया।

"क्यों? क्यों? क्या उन्होंने तुम्हें घर में कुछ नहीं बताया? स्कूल में भी नहीं? नहीं जानते, तुम्हें हम-जैसे लोगों से नहीं मिलना-जुलना चाहिए?"

उसने कोई उत्तर नहीं दिया।

वह उसकी साँस सुन सकता था। उसने अपना सिर उठाया और आकाश की ओर ताकने लगी। वह अब शान्त थी।

उसने अपनी कुहनियाँ घुटनों पर टिका लीं और चुपचाप कुछ सोचने लगा।

वह वैसे ही निश्चल, ख़ामोश बैठा रहा, जब तक उसे उसका दबा स्वर सुनाई नहीं दिया।

"मैं घंटों बोल सकती थी। जब मैं छोटी थी, तो कभी-कभी बीमार होने का बहाना करती थी, ताकि मुझे स्कूल न जाना पड़े। मुझे गणित से बहुत डर लगता था—मैं उसमें बिलकुल कोरी हूँ! किन्तु अब मुझे किसी का डर नहीं है...अब और नहीं। दरअसल, अब मैं कहीं भी नहीं जा सकती। सिनेमा भी नहीं..."

अनायास उसका हाथ अपनी जेब में चला गया, जहाँ सिनेमा का टिकट रखा था, किन्तु दूसरे ही क्षण उसने उसे बाहर निकाल लिया। अब वहाँ जाने का समय टल चुका, उसने सोचा; और उसे तनिक आश्चर्य हुआ कि अब उसे वहाँ न जा सकने का कोई ख़ास अफ़सोस नहीं है...।

"शायद मुझे इस पार्क में भी नहीं आना चाहिए था। पता नहीं, आना चाहिए या नहीं। शायद नहीं, किन्तु मैं कुछ भी याद नहीं रख सकती। जो भी हो, इससे कोई ख़ास फ़र्क़ नहीं पड़ता। अच्छा, अब तुमने मेरे बारे में सब कुछ जान लिया—अब तुम जा सकते हो?"

"और तुम?"

"मैं?"

"तुम घर नहीं जाओगी?"

"नहीं।"

"क्यों?"

"क्योंकि...क्योंकि मैं अभी घर जाना नहीं चाहती," उसने कुछ झुंझलाकर कहा, "लेकिन तुम क्यों जानना चाहते हो? मेरी फ़िक्र मत करो। मैं दूषित हूँ।"

"ऐसी बातें मत करो।" उसने उसे बीच में ही टोक दिया, "मैं बिलकुल ऐसा नहीं सोचता।"

वह कुछ लज्जित-सी हो आई। एक गहरी निःश्वास लेकर उसने अपना सिर झुका लिया।

"नाराज़ मत हो!" उसका स्वर काफ़ी कोमल हो आया था। "यदि तुम ऐसा सोचोगे, तो मैं कहीं की भी नहीं रहूँगी। तुम मुझे एकदम पकड़वा सकते हो।" उसकी समूची देह मानो अचानक कड़कड़ाते शीत से सिहर उठी और वह अपने कोट में और भी ज़्यादा दुबककर बैठ गई।

"ठंड ज़्यादा हो गई है...तुम्हें सर्दी लग जाएगी। तुम घर क्यों नहीं जातीं?"

"क्योंकि मैं नहीं जाना चाहती। मैं बच्ची नहीं हूँ।"

उनकी बातों के बीच बार-बार एक असमंजस-भरा मौन खिंच आता था। वे दोनों अँधेरे में लिपटे हुए ख़ामोश बैठे रहे। पार्क के चारों ओर घरों की दीवारें थीं...किले की दीवारों-सी अँधेरी, जिनमें प्रकाश की एक रेखा भी दिखाई न देती थी। खिड़कियाँ काले परदों से ढकी थीं और उनके पीछे लोग थे—साँस लेते हुए लोग। कितना अँधेरा था! कभी-कभी पार्क की पगडंडी से कोई आदमी गुज़र जाता और उसकी अँगुलियों में दबी सिगरेट झाड़ियों के पीछे लाल बिन्दी-सी चमककर ग़ायब हो जाती। अटैची-केस उनके बीच पड़ा था और वे दोनों उसके इर्द-गिर्द बैठे थे—टूटी बातों का सिलसिला जोड़ते हुए।

"तुमने सोचा होगा, मैं तुमसे छेड़खानी करने की कोशिश कर रहा हूँ...क्यों?"

"हाँ...ऐसा लगा था।"

"किन्तु नहीं...देखो, मैं एक बहुत ही साधारण व्यक्ति हूँ...मैं यहाँ बैठा हूँ...मेरी जेब में सिनेमा का टिकट है..."

"मेरी ख़ातिर..." उसने उसे बीच में टोक दिया।

"नहीं, नहीं...उसकी फ़िक्र मत करो। मुझे उसकी ज़रा भी...। हमारा आज आख़िरी परचा था। जर्मन भाषा का...तुम्हें तो मालूम है, आजकल वे क्या पढ़ाते हैं...मुझे काफ़ी डर था इस परचे में, लेकिन..."

"इस साल मैं भी मैट्रिक करती, किन्तु उन्होंने मुझे पाँचवें दरज़े से ही निकाल दिया।"

"मुझे ख़ेद है, मैंने तुम्हें याद दिला दिया..."

"ओह, सब ठीक है। कब तक हम एक-दूसरे से माफ़ी माँगते रहेंगे?"

उसने तुष्ट भाव से सिर हिला दिया और सोचने लगा, आगे क्या कहे। वह 'गुड नाइट' कहकर वहाँ से चला जाए—ऐसा अब वह नहीं कर सकता। उसके संग रहने में अब उसे कोई संकोच महसूस नहीं हो रहा था। उसने अटैची-केस की ओर इशारा किया।

"इसमें क्या है?"

"मेरी सारी चीज़ें। वैसे ख़ास कुछ भी नहीं है। टूथब्रश, कपड़े, एक मेरी प्रिय पुस्तक। कुछ दूसरी चीज़ें। वे पचास किलोग्राम से ज़्यादा सामान की इजाज़त नहीं देते...किन्तु इसके अलावा मेरे पास कुछ है भी नहीं।"

वह समझा नहीं।

"पचास क्यों?"

उसने उसे सारी बात समझाकर कहनी चाही—सूखे, टूटे वाक्यों में। कभी वह चुप हो जाती, कभी एकदम तेज़ी से बोलने लगती—गड्डमड्ड, उलझे ढंग से; किन्तु इसके बावजूद उसे उसकी बातों के मूल सूत्र को पकड़ने में कठिनाई नहीं हुई। प्राग के निकट एक छोटे-से क़स्बे में वह अपने माता-पिता के संग रहती थी। उसके पिता डॉक्टर थे। फिर जर्मन आए। उसका बड़ा भाई पूर्व की ओर चला गया, पश्चिम की ओर, किसी को कुछ भी नहीं मालूम। पिछले साल वह प्राग में थी, अपने सम्बन्धियों के संग। उसकी बुआ का विवाह एक ग़ैर-यहूदी, आर्य के संग हुआ था। शुरू-शुरू में जर्मन ऐसे यहूदियों को छोड़ देते थे, जिनका विवाह ग़ैर-यहूदियों के संग हुआ था।

थोड़ा-बहुत झूठ-सच बोलकर उन्होंने अपने को बचा लिया था। यही कारण था कि उससे पहले, उसके माता-पिता को तेरेज़ीन भेज दिया गया। पिछले साल नवम्बर में वे वहाँ गए थे। पिछले तीन महीनों से उसे उनकी एक भी चिट्ठी नहीं मिली। 'तुम क्या समझते हो? क्या वे अब वहाँ नहीं हैं? उन्होंने चिट्ठी क्यों नहीं भेजी?' उन्होंने आपस में एक गुप्त भाषा तय कर ली थी, ताकि वे ज़्यादा खुले ढंग से उसे सब कुछ लिख सकें। शुरू-शुरू की चिट्ठियों में उन्होंने ज़्यादा परेशानी व्यक्त नहीं की थी—किन्तु यह शायद इसलिए कि वे उसे क्लेश नहीं पहुँचाना चाहते थे। 'तुम क्या सोचते हो...क्या वे अब भी वहाँ हैं?' वह बार-बार आग्रह-भरे स्वर में उस पर प्रश्नों की बौछार करने लगी।

उसने विवश भाव से अपने कन्धे सिकोड़ लिये। वह इन चीज़ों के बारे में कुछ भी नहीं जानता...न कभी उसने ऐसी घटनाओं के सम्बन्ध में ठीक-ठीक से सोचने का प्रयत्न किया। और फिर? उसके बाद क्या हुआ? कुछ दिनों पहले उसकी बारी भी आ गई। उसकी जेब में एक कार्ड है, जिसमें उसे तेरेज़ीन जाने का आदेश मिला है। यह भी लिखा है कि यदि वह नियुक्त दिन, नियुक्त स्थान पर, नियुक्त गाड़ी में तेरेज़ीन नहीं जाती तो उसे कौन-कौन-सी सज़ाएँ भुगतनी होंगी। बस, इतना ही।

"तुम्हें कब जाना होगा?" उसने भावहीन स्वर में पूछा।

"आज सुबह..." उसने साँस ली, "...आज सुबह मुझे चले जाना चाहिए था।"

आश्चर्य का एक ठंडा-सा झोंका उसे छू गया।

"उन्होंने जहाँ आने के लिए लिखा था...वहाँ, वहाँ तुम नहीं गईं?"

"नहीं, मैं नहीं गई।"

उसने कुछ नहीं कहा—सिर्फ़ आश्चर्य से सीटी बजाता रहा—धीमे-धीमे देर तक। वह कह भी क्या सकता था? वे उसे तलाश कर रहे होंगे, शायद—इस समय जब वे दोनों यहाँ बैठे बातें कर रहे हैं। शायद वे इस क्षण उसकी बुआ के घर के दरवाज़े पर बूटों की बौछार कर रहे होंगे—चमड़े के कोट, फूली हुई जेबें, आँखों पर झुके हुए हैट...फाह! जिस फ़्लैट में वह अपने

माता-पिता के संग रहता था, उसकी निचली मंज़िल में एक बार उसने उन्हें देखा था। उसे लगा था मानो उनके रहते कुछ देर तक एक नम, कँपकँपाते आतंक ने समूचे मकान को अपने में डस लिया हो!

"दरवाज़ा खोलो!" और फिर दरवाज़े पर धमाधम घूँसों की बौछार।

और वह है कि यहाँ बैठी है...।

उसके रुदन-स्वर ने उसे अपने बोझिल विचारों से अचानक जगा दिया।

उसने अपना चेहरा हाथों के नीचे छिपा लिया था—अपनी सिसकियाँ दबाने के लिए, किन्तु फिर भी उन्हें दबा नहीं पाती थी। उसने पहली बार अपनी बाँह उसके कन्धों पर रख दी और उसे मज़बूती से पकड़े रहा। उसने विरोध नहीं किया। शब्द, शब्द! उसे लगा, वह एकदम बिलकुल बेबस और असमर्थ-सा हो गया है। उसने बहुत कोमलता से उसे हिलाया।

"सुनो—रोओ नहीं। सुनती हो...अभी कुछ भी नहीं बिगड़ा।"

"मैं स्वयं नहीं जानती कि मैं वहाँ क्यों नहीं गई!" सिसकियों के बीच उसका धीमा-सा स्वर सुनाई दिया, "मुझे पता नहीं, मुझे कुछ ऐसा लगता है, कि अब वे वहाँ नहीं हैं...वे मुझे कुछ भी क्यों नहीं लिखते? न जाने, वे उन्हें कहाँ ले गए हैं? मैंने लोगों से कहते सुना है—लेकिन छोड़ो ऐसी बातों को। मैं कोई जानवर नहीं हूँ कि ट्रंक में ठूँस दिया और जहाँ मरज़ी आई वहाँ ले गए। मैंने कभी किसी का कुछ नहीं बिगाड़ा..."

उसने अचानक अपनी पूरी शक्ति से—उसके कन्धों को दबा दिया... उसे सान्त्वना देने के लिए। एक दूषित-सी सर्द हवा उसकी छाती से उठकर उसकी समूची देह को झिंझोड़ गई...सिर्फ़ उसकी आँखें जल रही थीं।

"लोगों से कहते सुना था कि हम वहाँ बाग़ों में काम करेंगे। ऐसे काम से मुझे डर नहीं लगता। मुझे पेड़ अच्छे लगते हैं और मेरी आदत भी है, काम करने की। ब्लांका ने मुझे लिखा था...वह मेरी सहेली है...इससे पेश्तर कि वे उसे ले गए, हम दोनों ने एक-दूसरे को लिखने का वादा किया था। उसने लिखा था कि...मेरे पास उसकी चिट्ठी है, देखोगे? तुम सोचते होगे,

मैं डरपोक हूँ, लेकिन मैं नहीं चाहती...मुझे मालूम है, जैसे ही मैं उनके चंगुल में फँस जाऊँगी, वैसे ही...मुझे महसूस होता है...शायद यह सच नहीं है और मुझे ऐसे ख़याल इसलिए आते हैं, क्योंकि मैं डरती हूँ। ओह...मैंने अजीब भयानक काम कर डाला है—क्यों, है न? ईश्वर के लिए कुछ बोलो। क्या तुम गूँगे हो?"

उसने अपने दाँत भींच लिये, उसकी साँस उसके फेफड़ों में जमकर रह गई। और तब पगले शब्दों का ज्वार सरसराता-सा उफन आया—शब्द, जिन पर शायद वह स्वयं विश्वास नहीं करता था। वह ग़ुस्से में बोलने लगा—बिना कोई सोच-विचार किये।

"तुमने ठीक किया।"

"क्या तुम सचमुच ऐसा सोचते हो...क्यों?"

"अब ज़्यादा मत सोचो। अहम् चीज़ यह है कि वे तुम्हें हाथ न लगा पाएँ। और अब रोओ मत।"

"न जाने, मैं तुम्हें यह सब कुछ क्यों बताने बैठ गई? यह मेरी अपनी बात है, तुम्हें इससे क्या लेना-देना? मैं तुम्हारी शक्ल-सूरत भी नहीं पहचानती। तुम कौन हो, यह भी नहीं मालूम। न जाने, मेरा क्या होगा?"

वह इसका क्या जवाब दे? उसके सामने वह कितना छोटा और अवश-सा हो आया है? उसे लगा, भावनाओं की इस बाढ़ के आगे वह बिलकुल अप्रस्तुत है। सिगरेट भी कोई मदद नहीं कर पाएगी। गड्डमड्ड से उलझे ख़याल स्वयंचालित गति से उसके मस्तिष्क में भटकने लगे...वह उन्हें थाम नहीं पाता। आगे क्या होगा? क्या वह यहाँ से उठकर चला जाए? किन्तु वह जानता था कि अब वह उसे छोड़कर नहीं जा सकता। जाना भी नहीं चाहता। फिर? वह ख़ामोश बैठा रहा—वसन्त के झीने, पीले अँधेरे में उसकी आँखें कुछ टटोलती रहीं।

पास ही की बेंच पर प्रेमियों के कुछ जोड़े बैठ गए थे। वह उनकी धुँधली आकृतियों की रूपरेखा पहचान सकता था। उनकी सिगरेटों के जलते धब्बे देख सकता था।

वह उसकी ओर मुड़ा। वह बिलकुल चुप बैठी थी, उससे सटी हुई, सर्दी से काँपती हुई। अब भी उसकी बाँह अपने अटैची केस से लिपटी थी। गहरी चिन्ता-तले भिंचकर उसने अपने होंठ काट लिये।

आख़िर एक अजीब-सा विचार उसके मस्तिष्क में कौंध गया। एक अनर्गल पागल-सा विचार, जिसे उसने ठीक से सोचा भी नहीं, किन्तु सोचने-समझने का अवकाश कहाँ था? एक ऐसा विचार, जिसे केवल कोई प्रौढ़ व्यक्ति ही सोच सकता था। वह इतना सहज और आसान था कि वह ख़ुद उस पर चमत्कृत-सा हो गया।

उसने दृढ़-मुद्रा से सिगरेट जलाई, अँगूठे से दियासलाई की तीली घास में फेंक दी और उठ खड़ा हुआ। बाएँ हाथ से उसने उसका अटैची-केस उठा लिया। वह कुछ भी नहीं समझ सकी। फिर उसने धीरे से उसके कन्धे पर हाथ रखकर उसे बेंच से उठा दिया।

"मेरे संग चली आओ। डरो मत। कुछ भी नहीं होगा।"

एक गली, फिर दूसरी गली, फिर एक और...अब दूर नहीं है। सिर्फ़ यह गली और नुक्कड़ के पास...अभी वे वहाँ पहुँच जाते हैं। घरों के दरवाज़ों से सट-सटकर चलते हुए वे अँधेरे रास्तों को पार करते रहे। उसने दाएँ हाथ से उसका कन्धा पकड़ रखा था और बाएँ हाथ से अटैची-केस। वह चुपचाप उसका अनुकरण करती चल रही थी—बिना कोई विरोध किये। सड़क के लैम्प-पोस्टों से फीकी, नीली-सी रोशनी ज़मीन पर पड़ रही थी, और दोनों ओर अन्धी और अँधेरी खिड़कियाँ थीं। वह उसे ऐसी गलियों से ले जा रहा था, जिनसे वह भली-भाँति परिचित था, जिन पर वह आँखों पर पट्टी बाँधकर भाग सकता था। हज़ारों बार वह इन सड़कों से गुज़रा था...और अब उसके संग यह ख़ामोश दुबली-पतली लड़की चल रही थी।

कभी-कभी कोई अँधेरी आकृति सामने चली आती और पास से गुज़र जाती, कोई मोटर चौड़े पत्थरों पर गड़गड़ाते हुए निकल जाती। कहीं दूर कोई ट्राम रुक जाती और उसके चरमराते ब्रेकों की आवाज़ हवा में गूँजने लगती।

मकानों की छतों पर स्वच्छ सितारे झिलमिला रहे थे। "देखो, हम आ गए। चुपचाप मेरे पीछे-पीछे चली आओ।"

उसने मकान का दरवाज़ा एक मोटी चाभी से खोल दिया और उसका हाथ पकड़कर अँधेरी सीढ़ियों पर चढ़ने लगा। पहली मंज़िल पर आकर उसके पाँव रुक गए। एक छोटी-सी चाभी ताले में खड़खड़ाई और दरवाज़ा खुल गया। बासी हवा से भरा एक छोटा-सा अँधेरा कमरा। तम्बाकू और फफूँद का भभका उनकी साँसों से आ टकराया। पहले वह भीतर घुसा।

आँगन का दरवाज़ा लड़की के पीछे बन्द हो गया। 'शायद किसी ने हमें नहीं देखा।' लड़की ने सोचा। शायद!

"बत्ती मत जलाओ!"

वह अँधेरे में खिड़की के पास चला आया, एक मिनट के लिए ताज़ी हवा भीतर चली आई। फिर उसने खिड़की बन्द कर दी और ब्लैक-आउट का काग़ज़ उस पर खींच दिया। उसने देखा, बाईं ओर से काग़ज़ का थोड़ा-सा हिस्सा फट गया है, जिसमें से फीकी रोशनी भीतर चली आती है। 'मुझे इसे एकदम ठीक कर देना होगा,'...उसने निश्चय किया।

ईश्वर ही जाने, उसने यह निश्चय कितनी बार किया है! फिर अँधेरे में टेबल-लैम्प टटोला, और स्विच दबा दिया।

कमज़ोर बल्ब की मद्धिम रोशनी उस छोटे-से कमरे में सिमट आई।

उसने आगन्तुका की ओर देखा। वह अब भी दरवाज़े के पास निश्चल चुपचाप खड़ी थी। अटैची-केस पास रखा था। रोशनी से चकाचौंध उसकी आँखें कमरे की नंगी दीवारों पर घूम रही थीं। वह बहुत परेशान-सी दीख रही थी। मैं कहाँ हूँ? काली आँखों से प्रश्न झाँकने लगा। तुम कौन हो? मुझे यहाँ क्यों लाए हो? क्या चाहते हो मुझसे? वह उन आँखों को समझता था।

"निश्चिन्त रहो...यहाँ तुम रहोगी।"

उसे आश्वस्त करने के लिए वह बहुत सहज भाव से अपनी चरमराती कुर्सी पर बैठ गया। उसके बोझ तले कुर्सी डोल-सी गई। वह उसकी ओर देखकर बचकाने ढंग से मुस्कराया—और वह निर्भय-सी हो आई। वह सोफ़े के एक किनारे पर बैठ गई—सहमी-सी, मानो उसे विश्वास न हो रहा हो कि वह वास्तविक है। फिर कुछ आश्वस्त होकर उसने साँस ली, अपने चारों ओर देखा, कौतूहल से टूटे स्प्रिंगों को उलटा-पलटा और फिर शरमाई-सी मुस्कराहट से उसकी ओर देखा।

"यहाँ...सब अच्छा है।"

"ख़ास अच्छा तो नहीं...लेकिन सुरक्षित है। यहाँ कभी कोई नहीं आता। मेरा नाम पॉल है।"

"मैं एस्थर हूँ।"

"बड़ा अजीब नाम है।"

"बाबू पर कभी-कभी अजीब सनक सवार हो जाती है, उन्होंने ही यह नाम रखा था। क्यों, तुम्हें पसन्द नहीं आया?"

"मैंने यह थोड़े ही कहा कि मुझे पसन्द नहीं। नाम कुछ निराला-सा लगा...बस, इतना ही।"

वह उठ खड़ा हुआ और कमरे में घूमता हुआ उन सब चीज़ों के बारे में ऊँचे स्वर में सोचता-सा कहने लगा, जिनकी जानकारी उस लड़की के लिए आवश्यक थी।

"देखो, यह ऊनी कम्बल है। जब कभी बाहर पिकनिक पर जाता हूँ, इसे अपने संग ले जाता हूँ। ज़रा सूँघो तो—घास की गन्ध अब तक इसमें बसी है। यहाँ लोटा है, और इधर अलमारी में कोट टाँगने का हैंगर है—वैसे अभी तक मुझे नहीं मालूम था कि यह भी मेरे पास है! यह दरवाज़ा वर्कशॉप की तरह खुलता है—दिन के वक़्त इसे मत खोलना। भीतर की ओर ताला लगा है, इसे हमेशा ऐसे ही बन्द रखना। दिन के समय बिलकुल ख़ामोशी से रहना होगा—पास ही लोग काम करते हैं—ठीक है? हाथ-मुँह धोने का बेसिन और टॉयलेट दरवाज़े के बाहर हैं, सुबह और रात के लिए...

और चाहे जो कुछ भी हो, बाहर ड्योढ़ी में मत जाना। और रेडियो मत चलाना—वादा करो, नहीं चलाओगी? रोशनी जलाने से पहले खिड़की पर ब्लैक-आउट का काग़ज़ खींचना मत भूलना—लोग गलियारे से यहाँ देख सकते हैं। बाक़ी, दूसरी चीज़ें मैं निपटा लूँगा।...हाँ, एक और चीज़, इससे पेश्तर कि मैं भूल जाऊँ...।"

और फिर अचानक वह झेंप-सा गया। वह उसके सामने बैठा था, साँस कुछ तेज़ी से चलने लगी थी और वह ग़ौर से उसकी ओर देख रहा था। रोशनी में उसे उसका चेहरा सुन्दर लगा। स्याह बालों तले उसका मुँह इतना पीला था कि उसकी वास्तविकता पर कभी-कभी सन्देह होने लगता। चेहरे का नक़्श कुछ ज़्यादा सुघड़ न था, किन्तु उसकी अनियमितता ही उसे ज़्यादा भावप्रवण बना देती थी। आँखों को खटकती नहीं थी। नाक से ज़रा ऊँचे काले बालों की रेखा घनी, बाँकी पलकों से मिल गई थी और पलकों तले आँखें थीं, जिनमें काली रात का अँधियारा चमकता रहता था। शर्मीली और आर्द्र, बचकाने विस्मय से भरी हुई, वे आँखें सचमुच ख़ूबसूरत थीं। सफ़ेद ब्लाउज़ पर पीला सितारा अब भी चिपका था। उसकी आँखें नीचे की ओर फिसलती गईं—ब्लाउज़ पर नीचे दबे दो नन्हे उरोजों की रूपरेखा उभर आई थी। उसने झटके से आँखें हटा लीं—उसका सिर घूम रहा था। बहुत बाद तक भी वह उस ख़ुशबू के बारे में कोई निश्चय नहीं कर सका था, जो उसकी देह से आ रही थी—साबुन की, सस्ते इत्र की, बालों की या बग़लों के भीतर से आती गन्ध।

उसने अपनी आँखें ऊपर उठाईं और आश्वस्त भाव से वह मुस्कराया।

"अब भी डर रही हो?"

"अब नहीं...अब ज़रा भी नहीं।"

उसने सिर हिला दिया। जब उसने देखा कि उसकी निगाहें उस पर जमी हैं, तो उसकी आँखें अनायास झुक गईं...एक हल्की खीझ चेहरे पर सिमट आई। वह उठ खड़ा हुआ और घड़ी देखने लगा।

"साढ़े दस...तौबा! मुझे अब जाना चाहिए...बहुत देर हो गई है।"

"क्या तुम वापस आओगे?" उसका स्वर बहुत धीमा था। वह देर तक अपलक उसके चेहरे को देखती रही।

वह उसके सम्मुख, उससे बिलकुल ऊँचा उठकर खड़ा था, मानो उसे अपने पुरुष होने के बड़प्पन का पूरा अहसास हो। उसे लग रहा था जैसे सारी दुनिया उसकी मुट्ठी में हो...न, इस क्षण कोई भी चीज़ उसे चिन्तित नहीं कर सकेगी।

वह उसके बालों को सहलाने लगा। उसे ख़ुशी हुई कि उसने उससे दूर हटने की चेष्टा नहीं की।

"बेशक, मैं आऊँगा।" उसने खुले स्वर में कहा। "जल्द-से-जल्द कल! और तुम्हें यहाँ डरने की आवश्यकता नहीं है—यहाँ कोई तुम्हारा कुछ नहीं बिगाड़ सकेगा। घबराओ नहीं—सब ठीक हो जाएगा, समझीं? देखो एस्थर, अब से हम एक-दूसरे के मित्र हैं—क्यों, हैं न?"

अँधेरी गलियों को हवा की तरह पार करता हुआ वह घर की ओर बढ़ने लगा। पुराने मकान से, जहाँ वह उसे छोड़कर आ रहा था, उसका घर ज़्यादा दूर नहीं था—तेज़ी से क़दम बढ़ाओ तो दस मिनट, दौड़कर जाने में पाँच मिनट—बस, इतना ही। उसने दौड़ना ही बेहतर समझा। फ़ुटपाथ पर भागते हुए अपने को दिलासा देता जा रहा था कि प्यारे बूढ़े लोग, यह नाम उसने अपने माता-पिता के लिए रखा था—अब तक सो चुके होंगे।

वे सो नहीं रहे थे। रसोई की मेज़ के आमने-सामने दोनों बैठे थे। उसके आते ही पिता ने ताक पर रखी अलार्म घड़ी की ओर अर्थपूर्ण दृष्टि से देखा। माँ की आँखें रोते-रोते सूज आई थीं।

ईश्वर! रोशनी से चकाचौंध आँखें मिचमिचाती हुई उनकी ओर देखने लगीं। इन दो नेक आत्माओं के सन्मुख वह अपने को अपराधी महसूस करने लगा। उसके पाँव चूल्हे की तरफ़ मुड़ गए, जो अब तक ठंडा हो चुका था। उसकी आँखें ठंडी कॉफ़ी को टटोलने का उपक्रम करने लगीं। हालाँकि कॉफ़ी पीने की इच्छा क़तई न रह गई थी। तनाव-भरे मौन में घड़ी की टिकटिक के अलावा कुछ भी सुनाई नहीं देता था।

"क्या तुम नहीं जानते कि यह घर आने का समय नहीं है?" आख़िर उसके पिता बोले, "यदि चाहो, तो इतनी देर से आने का कारण हमें बता सकते हो। तुम जानते हो, मुझे और तुम्हारी माँ को तुम्हारी कितनी फ़िक्र लगी रहती है!"

वह उनकी ओर अजानी आँखों से देखने लगा और उसने अपने कन्धे सिकोड़ लिये।

"मैं बच्चा नहीं हूँ।" उसने प्रतिवाद किया, कमज़ोर लहजे में।

माँ धीरे-धीरे अपने हाथों को मसोस रही थी। उनका मुँह रह-रहकर पीड़ा से काँप उठता था।

"मैंने आपसे कहा था कि मैं सिनेमा जा रहा हूँ। परचा ख़त्म करके आया, तो सिर में दर्द होने लगा था। बाद में, हम सड़कों पर बातचीत करते हुए घूमते रहे थे—मैं और बर्ट।"

"तुम और बर्ट?" उसके पिता का स्वर जैसे बर्फ़ में जम गया हो। उनकी भौंहें ऊपर उठ आईं।

उसने हामी में सिर हिला दिया। उसके पिता की खोजती नज़रें उस पर गड़ी थीं, उन्हें देखकर वह बेचैनी से अपने पाँव इधर-से-उधर करने लगा।

दरज़ी टेबल से उठ खड़ा हुआ। उम्र से सारी देह झुक आई थी—वह अपने पुत्र की तरफ़ पीठ करके खड़ा रहा। वह बिलकुल चुप था, और पत्थर की-सी यह चुप्पी उससे कहीं बदतर थी, यदि वह अचानक पॉल को पकड़कर पीटने लगता। बूढ़े ने बड़ी सावधानी से अपनी ऐनक उतारकर डिबिया में रख दी, अख़बार की तह की और लपेटकर उसे रसोई की अलमारी पर रख दिया फिर उसने सिर हिलाया।

"मैं आज तक यही समझता था कि हम हमेशा एक-दूसरे से सच बोलते आए हैं। बीच में मत टोको, मुझे अपनी बात पूरी करने दो। बच्चे, तुम्हें हमारा दृष्टिकोण भी समझना चाहिए। समय ख़राब है, और तुम अभी इतने छोटे हो कि कहीं भी...ख़ैर छोड़ो, अब ग्यारह बजने आए हैं। मैं तुमसे यह नहीं पूछूँगा कि अब तक तुम कहाँ मटरगश्ती करते रहे—हालाँकि यह मैं जानता हूँ, कि तुम झूठ बोल रहे हो...हाँ, झूठ..."

वे क्या जानते हैं? उसने सोचने की कोशिश की 'मैं क्या कहूँ इनसे? क्या सच कह दूँ? वे क्या कहेंगे? यही कि मेरा सिर फिर गया है? हाँ, बेशक, यही कहेंगे। नहीं, मुझे प्रतीक्षा करनी चाहिए। पहले थोड़ा-बहुत परखने की कोशिश करूँगा शायद...कल ही...मुझे इनसे झूठ बोलना ही होगा।' वह तनिक तिक्त-सा हो उठा।

"आख़िर हुआ क्या?" उसने अनिश्चित स्वर में पूछा।

"हुआ क्या? ख़ास कुछ भी नहीं। बर्ट शाम को तुमसे मिलने आया था—बस, इतना ही।"

वह क्या कहे? क्या एक और झूठ बोले, पहले झूठ की ख़ातिर? न, वह कुछ भी नहीं कहेगा।

उसने दाँत भींच लिये और दूसरी ओर देखने लगा। उसने कुछ भी नहीं कहा।

उस रात जब वह अपने छोटे-से कमरे में बिस्तर पर सोने के लिए लेटा, तो उसे लगा, जैसे उसकी भावनाएँ अजीब ढंग से उलझ गई हैं। कुछ-कुछ डर-सा, और अजीब-सी ख़ुशी और कौतूहल, और जो कुछ उसने किया था, उसके लिए अपने पर गर्व।

उसका नाम एस्थर था। कैसा अजीब-सा नाम! शायद...शायद उसने उसकी ज़िन्दगी सचमुच बचा ली है। हाँ, बेशक, वरना वह और कहाँ जा सकती थी? वह पीठ के बल लेट गया और अपने हाथ सिर के नीचे टिका लिये। छत की तरफ़ अपलक ताकते हुए वह देर तक उसके सफ़ेद चेहरे, उसकी बड़ी-बड़ी स्याह आँखों के बारे में सोचता रहा। हृदय की उत्तेजना के कारण नींद उड़ गई थी। नींद...उसे सोना ही होगा। कल पौ फटते ही वह उसके पास दौड़ा जाएगा—कल, कल!

दूसरे दिन, दुपहर के समय, शहर की गलियों में लाउडस्पीकरों द्वारा घोषणा की गई कि 27 मई, 1942 के दिन रायख़ प्रोटेक्टर हैडरिख़ की हत्या करने की कोशिश की गई। एक कड़ा, कठोर, निरा निर्वैयक्तिक स्वर, यंत्रचालित स्वर लाउडस्पीकरों से निकलकर ख़ामोश गलियों में फैल गया और देर तक उसकी प्रतिध्वनि ऊँचे मकानों के बीच बिखरती रही।

गली के नुक्कड़ पर मुड़ते हुए उसने वह स्वर सुना था। वह साँस रोके सुनता रहा। आरम्भ में वह केवल छिटपुट अंश ही सुन पाया, जो उसे सही-सही कुछ न बता सके। रास्ता पार करते लोग या इर्द-गिर्द खड़े व्यक्ति भी शायद पहले-पहल कुछ न समझ सके। उनकी आँखों में महज़ एक प्रश्न झाँक रहा था।

"क्या हुआ? सुनो!"

"...अपराधियों के पकड़े जाने पर...एक करोड़ क्राउन इनाम...नौ बजे के बाद कोई भी बाहर नहीं निकल सकता...उसके बाद सब बन्द...कोई भी उस समय गलियों में घूमता पाया गया...गोली से उड़ा दिया जाएगा..."

घोषणा के समाप्त होने पर एक क्षण के लिए आश्चर्यमिश्रित मौन खिंचा रहा, फिर अचानक ट्राम की आवाज़ ने उसे तोड़ दिया, जो निर्विकार भाव से सामने बड़ी सड़क पर चली जा रही थी। तेल के भूखे ब्रेक बराबर चरमर-चरमर करते हुए शिकायत किये जा रहे थे...।

और तब लाउडस्पीकर की आवाज़ फिर सुनाई दी...।

4

"निरा पागलपन, और नहीं तो क्या!" दरज़ी के कटिंग-मास्टर चेपक ने निर्णयात्मक स्वर में घोषणा की। दुपहर की अवकाश-घड़ी में वह अपनी कुर्सी पर बैठा था, घुटनों पर रकाबी रखी, गोश्त बग़ैर तरकारी से भरी हुई, जिसे वह बड़ी संजीदगी से चबा-चबाकर खा रहा था। उसकी कमज़ोर आँखें ऐनक के अर्द्धचन्द्राकार शीशों से झाँकती हुई रकाबी पर गड़ी थीं, भोजन का एक-एक कौर पानी से मिली बियर के सहारे गले के नीचे उतारना पड़ता था। वर्कशॉप में किसी ने उसकी बात का खंडन या विरोध करने का कष्ट नहीं उठाया। वे उससे अच्छी तरह परिचित थे। उसके गंजे सिर से जो विचार निकलते थे, वे हमेशा अन्य लोगों से बिलकुल भिन्न होते थे और उनके सम्बन्ध में उससे बहस करना बेकार था।

"कुछ भी कहना मुश्किल है।" दरज़ी ने अपने भावहीन स्वर में उत्तर दिया। उसकी चिन्तित आँखें दुकान के चारों ओर घूम रही थीं। उन दो के अलावा दुकान में अप्रेंटिस पेपेक भी था, जो झाड़ से गर्द साफ़ कर रहा था। उसकी मुद्रा से मालूम होता था, मानो उसे इन दोनों की बातों में कोई दिलचस्पी नहीं है।

उसके सिर पर छोटे-छोटे काँटेनुमा बाल थे और उनके नीचे वह हर चीज़ के बारे में अपने निजी विचार रखता था।

और पॉल? वह खिड़की के सामने बैठा हुआ सड़क की ओर ताक रहा था और अपने फुट-रूल से नीचे रखे लोहे के तख़्ते को खटखटा रहा था।

दुपहर की धूप सामने, घरों की दीवारों पर, पड़ रही थी। दरज़ी ने चारों ओर दृष्टि घुमाकर सन्तोष की साँस ली। सब ठीक था। यह चेपक... खरी-खरी बात कहनेवाला आदमी है। वह उससे भली-भाँति परिचित था। एक लम्बी मुद्दत से—प्रथम युद्ध के आरम्भ होने के पहले से—वे दोनों एक संग यही दरज़ीगीरी का काम करते आए हैं। वह उसके गर्मपंथी विचारों से अच्छी तरह वाक़िफ़ था—इस युद्ध के आरम्भ होने से पहले दोनों के बीच घंटों धुआँधार बहस चलती थी। दोनों पुराने साथी थे। कभी-कभी उसे चेपक की ऐसी बातों को सुनना पड़ता, जो उसके विचार में काफ़ी अनुचित और ख़तरनाक थीं। चेपक ने तो, जो मन में आया, कह दिया—लेकिन उसे तो हर बात के प्रति सतर्क रहना पड़ता था। युवावस्था बहुत पीछे छूट गई थी और कारोबार-सम्बन्धी महत्त्वाकांक्षाएँ—यदि वे कभी रही भी हों—बहुत पहले मर चुकी थीं, किन्तु परिवार का सारा बोझ सिर पर था—और पॉल! उसका लालन-पालन ठीक ढंग से करने की ज़रूरत थी, ताकि वह अपने पाँवों पर ख़ुद खड़ा हो सके। ज़माना ऐसा है कि ज़बान को क़ाबू में रखना ही बेहतर है। चेपक की बात दूसरी है—दुनिया में बिलकुल अकेला है, जो मन में आया, बक दिया। वह तो हर शाम 'डेविल-आर्ट्ज़' शराबख़ाने में रद्दी बियर पीता हुआ ताश खेल सकता है। 'डबल, एक और डबल...वह मारा! सच पूछो—असली जंग तो यह है!'

"एक भेड़िये को मार देने से सारे गिरोह से तो छुटकारा नहीं मिल जाता।" चेपक अपनी तीखी-फटती आवाज़ में कहता गया। "ज़रा अख़बारों को तो देखो—यह तो अभी शुरुआत है। आजकल तो किसी को ज़रा टेढ़ी निगाह से देखा नहीं कि मिनट भर में सब चौपट। फाह! ये नात्सी यमदूत किसी-न-किसी से तो बदला लेंगे ही।" कपड़ा काटने की मेज़ पर अख़बार

टिकाकर चेपक चश्मे के शीशों से उसे घूरता रहता, साथ-ही-साथ खुरदरे बालों से भरी ठुड्डी पर अपना हाथ फेरता जाता। उसकी यह आदत अक्सर दूसरों में झुँझलाहट पैदा कर देती, जब वह दिन के भोजन के समय ज़ोर-ज़ोर से अख़बार पढ़ने लगता—बीच-बीच में टीका-टिप्पणियों और व्यंग्यात्मक ठहाकों का सिलसिला भी जारी रहता।

"सुना तुमने, खारकोव की लड़ाई में महान विजय प्राप्त हुई? लड़ाकू हवाई जहाज़ और जर्मन सेना। क्या तुम कभी...और यहाँ दूसरी तरफ़ जापानी भी..."

दरज़ी बेचारा कुर्सी पर चुपचाप बैठा-बैठा कुढ़ता रहता। कटिंग मास्टर के स्वागत भाषण में हिस्सा लेने की उसमें क़तई इच्छा न होती। न बाबा... छोटी-सी बात भी उसकी ज़बान खोलने के लिए काफ़ी है—कौन यह सिर-दर्द मोल ले? और आजकल के ज़माने में दीवारों के भी कान निकल आए हैं। कभी-कभी वह तीव्र नज़रों से सामने ख़ामोश बैठे लड़के की ओर देख लेता। बातचीत का सिलसिला बदलने की ख़ातिर वह किसी पुराने ग्राहक के कोट का ज़िक्र छेड़ देता, जो अभी तक तैयार नहीं हो सकता था। किन्तु यह कमबख़्त चेपक—यह किसी की सुननेवाला थोड़े ही था...।

"हाँ, हाँ, सब ठीक हो जाएगा—इतनी जल्दी किस बात की! गाहक ही तो है, दो-चार दिन और इन्तज़ार कर लेगा।"

"हाँ, और सुनो भाई!'

अख़बार को अपनी तर्जनी से थपथपाते हुए चेपक ने कहा, "जो भी व्यक्ति इस महिला की साइकिल, हैट और बैग पहचान लेगा, उसे दस लाख का इनाम दिया जाएगा। अरे ओ पेपक, नाक खुजलाना बन्द कर भाई! ज़रा अपनी टोपी तो दिखा—यह इनाम मिल जाए तो बुरा नहीं रहेगा। क्यों? और यह देखा? प्रो...प्रोतेन्तोक्रात...के हर निवासी को जल्द से जल्द अपना नाम रजिस्टर करवाना चाहिए। जो भी व्यक्ति शनिवार से पहले-पहले अपना नाम रजिस्टर नहीं करवाता, उसे गोली से उड़ा दिया जाएगा। हिश! ज़रा टेबल के नीचे तो देख लें...न जाने कोई आतंकवादी छिपा बैठा हो!"

बोलते हुए एक वक्र-सी भंगिमा उसके चेहरे पर खिंच आई। वह बार-बार कनखियों से मालिक की ओर देख लेता था। "क्यों रे पेपक...जहाँ तक मैं तुझे जानता हूँ, तू किसी झगड़े-वगड़े में फँसना पसन्द नहीं करेगा।"

"अरे, अब बन्द भी करो।" दरज़ी खिन्न भाव से फुसफुसाया।

"भाई मेरे! मैं ख़ुद थोड़े ही बनाकर कह रहा हूँ—सब काले अक्षरों में यहाँ लिखा है—देख लो!"

एक बोझिल-सी ख़ामोशी छा गई। अचानक लोहे के तख़्ते पर फुट-रूल की थपथपाहट बन्द हो गई और दरज़ी अपने लड़के की ओर देखने लगा।

लड़का तनिक खिड़की की तरफ़ आगे झुक आया था और चुपचाप देख रहा था, छाया की सरकती तीखी रेखा को, जो फ़ुटपाथ के पत्थरों को आर-पार काट गई थी। उसे अपने पुत्र की मुख-मुद्रा कुछ अच्छी नहीं लगी। कितना चुप्पा बन गया है, पिछले कुछ दिनों से!

मेज़ के सिरे पर दरज़ी की पतली अँगुलियाँ फिसल गईं। "क्या बात है पॉल? तबियत तो ठीक है?"

"कुछ भी नहीं। ज़रा गर्मी है यहाँ...वैसे और कोई बात नहीं...मुझे भला क्या होगा?"

एक झूठ जो अनिवार्य था, एक प्रश्न जिसका कोई उत्तर नहीं दिया जा सकता...उसे लगा, जैसे उन दोनों के बीच अस्वस्थ तनाव की छाया खिंच आई है। एक दीवार, पिता और पुत्र के बीच मानो एक शीशे की दीवार खड़ी हो गई है, जिसे दोनों में से कोई भी पार नहीं कर सकता। उस पर महज़ एक प्रश्न आ सिमटा था—उसी तरह, जैसे बारिश की बूँद खिड़की के शीशे पर सरक आती है।

"अरे, तुम क्या समझते हो?" बातूनी चेपक ने मौन भंग करते हुए कहा, "आजकल मैट्रिक पास करना कोई हँसी-खेल है?"

फुट-रूल नीचे गिरता हुआ लकड़ी के मेज़ पर आ टकराया। लड़का उठ खड़ा हुआ। सामने सिलाई की दो पुरानी मशीनें पड़ी थीं, उनके बीच तेज़ी से रास्ता बनाता हुआ वह दरवाज़े की तरफ़ बढ़ गया, जैसे उन सबकी

आँखों से अपने को बचा रहा हो। इससे पेश्तर कि उनमें से कोई भी कुछ जान पाता, वह अपने पीछे दरवाज़ा भेड़कर बाहर चला आया।

वह जितनी तेज़ी से गलियाँ पार कर रहा था, उतनी ही तेज़ी से वह प्रश्न उसके संग खिंचा चला आ रहा था। उसे क्या हो गया है? वह दिन-भर बैठे-बैठे कैसे उनकी बातें सुन पाता है? अर्थहीन, घिसी-पिटी बातें, पुरानी लीतड़ा पतलूनों से भी बदतर। उसके पिता की आँखें! वह उन सबसे बचकर बाहर आ निकला है—गर्म सड़कों पर निरुद्देश्य भटकता हुआ—वह कहीं, किसी दिशा में भी भाग निकलेगा, जहाँ भी उसके पैर उसे खींच ले जाएँगे।

चिर-परिचित दुकानों की खिड़कियाँ, केक, पेस्ट्री, मिठाइयाँ, सब उसकी नज़रों से गुज़रती गईं। उसे याद आया, जब वह छोटा था तो कैसे पैसे-दो पैसे की वैनिला आइसक्रीम के लिए लालायित रहता था। वह दुकान के सामने उत्सुकता से पंजों के बल खड़ा रहता और बारी आने पर जब अपनी मुट्ठी खोलता, तो देखता कि पसीने से हाथ में दबा पैसा चिपचिपा आया है। कुछ क़दम आगे चलकर मांस-गोश्त बेचनेवाले श्री तैरेबा की दुकान दिखाई दी। वह पहले सॉसेज़ बेचा करते थे, किन्तु लड़ाई ने सब कुछ चौपट कर दिया। गर्म जलते पानी से सॉसेज़ उबालने के कारण तैरेबा के हाथ एकदम लाल, भद्दे, सूजे हुए चुकन्दर-से दिखाई देते थे। अब तो सॉसेज़ राशन कार्ड द्वारा ही ख़रीदे जा सकते हैं। श्री तैरेबा दुकान में बैठे-बैठे जम्हाइयाँ लिया करते हैं—ख़ाली, निष्क्रिय-से पड़े रहते हैं उनके भद्दे, बेडौल हाथ। कोयले की दुकान के आगे धूल-गर्द से सना, पंख कटा कौआ बेढंगी चाल से फुदक रहा था। छुटपन से ही वह उसे देखता आया है। गलियाँ, सड़कें, मकान, गलियों के द्वार—एक-एक करके वह सबको पार करता गया। कभी-कभी उसकी नज़रें घरों की पुरानी दीवारों पर पड़ जाती थीं। टूटे, झरते हुए पलस्तर पर

टेढ़े-मेढ़े अक्षर खोद दिये गए थे अथवा कहीं-कहीं भद्दे, अश्लील चित्रों की रेखाएँ दिखाई दे जाती थीं। इन सबसे उसका परिचय बहुत पुराना था। यह उसकी अपनी दुनिया थी—इन्हीं गलियों की धूल में पाँव रगड़ता, नाक पोंछता वह उछल-कूद मचाया करता था। 'अरे, यह रहा—ग्यारह नम्बर में रहनेवाले दरज़ी का छोकरा!' एक दुकानदार उसकी ओर देखता हुआ स्नेह-भाव से मुस्कराता, दूसरा अचानक मज़ाक़ में उसके कानों के पीछे अपनी अँगुलियाँ चटकाने लगता और वह चौंककर उछल जाता। कभी-कभी काउंटर के पीछे बैठी स्त्री अपनी उदारता का प्रदर्शन करते हुए उसके हाथ में लॉलीपॉप पकड़ा देती—'यह लो पॉल...तुम अच्छे बच्चे हो—हो न!' मुद्दत हुई, वह सब कुछ बीत गया। अब वह बड़ा हो गया है—लोग भी उससे बड़ों का-सा बर्ताव करते हैं। लगता है, जैसे कोई पुरानी गेंद किसी अँधेरे कोने में लुढ़क गई है, जिसका पता कभी नहीं चलेगा। यह भी नहीं मालूम, आजकल वे लॉलीपॉप बेचते हैं या नहीं?

उसे अचानक आभास हुआ कि वह अपने चिर-परिचित पार्क के भीतर आ भटका है। उसके पाँव अनायास धीमे पड़ गए। उसे अपने क़दमों की अवचेतन-क्रिया पर तनिक आश्चर्य हुआ, जो उसे बरबस यहाँ खींच लाए थे। फ़व्वारे की धारा ऊपर आकाश की ओर उठ रही थी। जब कभी हवा का धीमा सरसराता झोंका चलता, पानी की शीतल बूँदें उड़ती हुई उसके गर्म, जलते गालों को छू जातीं।

यहीं...यहीं तो! वह एक साधारण-सी बेंच पर बैठ गया। वह बेंच बहुत ही साधारण थी—इतनी ही साधारण, जितनी दूसरी और, अन्य पार्कों की बेंचें होती हैं। बेंच के टूटे झरते हुए पेंट पर वह अपना हाथ फेरने लगा। यहीं, इसी बेंच पर वह बैठी थी—दूसरे सिरे पर। वह यहाँ, इस सिरे पर बैठा था। कुहनियों को घुटनों पर रखकर, ठुड्डी को हाथ में टिकाए, वह चुपचाप दुपहर की उनींदी धूप में बैठा रहा।

कभी-कभार कोई घिसटता हुआ उसके सामने से निकल जाता था। कभी-कभार बादल का कोई टुकड़ा सूरज पर से गुज़र जाता था।

अनेक आवाज़ों से मिला-जुला शहर का कोलाहल यहाँ से दूर—बहुत दूर जान पड़ता था। दूर ऊपर नीले शून्य में हवाई जहाज़ के उड़ने का घुर-घुर ऊबा-सा स्वर उसके ख़यालों में बार-बार उलझ जाता था।

'...गोली से उड़ा दिया जाएगा...।'

क्या तुम जानते हो, भय का स्वाद कैसा होता है? कुछ-कुछ नमकीन, किन्तु नमक के स्वाद जैसा नहीं। भीतर नाड़ियों में सनसनाती अजीब-सी बर्फ़ीली ठंड—रीढ़ की हड्डी पर बर्फ़ीले पाँवों से रेंगता हुआ एक कीड़ा, जो धीरे-धीरे रास्ता टटोलता हुआ दिल की तरफ़ बढ़ता जाता है और उसे छू लेता है। फिर वह ग़ायब हो जाता है। तुम उसे झाड़ देते हो और कुछ देर तक उसके बारे में कुछ नहीं सोचते। कुछ भी नहीं। सब कुछ पहले जैसा हो जाता है। किन्तु...अगले ही क्षण पुरानी ठंड हाथों पर सरक आती है। हथेलियाँ नम हो जाती हैं और हाथ हल्के-हल्के काँपने लगते हैं। उसे शर्म-सी आती है—काँपने पर। वह झटके से अपने ख़यालों को दूसरी दिशा में ले जाता है—उलझा देता है दैनिक जीवन के सैकड़ों छोटे-मोटे कार्य-कलापों में। लगता है, ज्वार अब उतरने लगा है, किन्तु दूसरे ही क्षण ठोस हक़ीक़त की उफनती लहर ऊपर उठ आती है। वह वहाँ है...सारी अनुभूतियाँ गड्डमड्ड हो जाती हैं और वह नये सिरे से सब बातों को दुबारा सोचने लगता है। एक बादल, जो शायद मेह बरसाएगा...ईश्वर ही जाने, बारिश होगी या नहीं...आनन्द की एक पगली, अर्थहीन अनुभूति ज़ोर मारती है, साहस में से छलछलाता एक गीत उठता है—नियति को चुनौती देता हुआ।

कल सुबह...हाँ, कल ही तो...लगता है, एक लम्बी मुद्दत गुज़र गई। कल सुबह वह अपने छोटे-से कमरे में नींद से जागा था और उसे आसपास की हर चीज़ और दिनों की तरह बिलकुल साधारण लगी थी—उसकी किताबें, स्कूल टूर्नामेंट की सौ गज़ लम्बी दौड़ का प्रमाणपत्र, सस्ता बेबी-कैमरा। बुलबुल अपने छोटे-से पिंजरे में चहचहा रही थी और बाहर धूप फैली थी। उसने आँखें मलीं, झटपट बिस्तर से उठ खड़ा हुआ और नहाने के लिए ग़ुसलख़ाने में घुस गया। कल परीक्षा थी इसीलिए शायद आज उन्होंने उसे

सुबह जल्दी उठाना उचित नहीं समझा। बाबू वर्कशॉप जा चुके थे और माँ खाना जुटाने की कोशिश कर रही थीं। ईश्वर ही जाने, कोई जादूगर भी इतने राशन से दो जून का भोजन नहीं जुटा सकता।

नाश्ता करने के बाद वह तेज़ क़दमों से पुराने घर की ओर भागता चला गया। एक अजीब कौतूहल और बेचैनी से उसका दिल धड़क रहा था।

ताला खोलने से पहले उसने एक बार अच्छी तरह दहलीज़ के चारों ओर देख लिया।

वह सोफ़े पर सो रही थी—चेहरा दीवार की ओर मुड़ा था और गाल तकिये पर टिके थे। उसकी बाँहें घुटनों के इर्द-गिर्द लिपटी थीं, और घुटने बिलकुल देह के निकट सिमट आए थे। उसकी आँखें सबसे पहले उसके काले बालों के गुच्छे पर ठिठक गईं जो नींद में बिखर गए थे—फिर देखा उसने उसकी देह की रूपरेखा को, उसकी जाँघों को, जो पहाड़ियों-सी उभरकर दोनों ओर फैली थीं। उसने अचानक करवट बदली और सलवटों से भरा कम्बल नीचे फ़र्श पर आ गिरा।

उसने कम्बल उठा लिया और उसे ओढ़ाने के लिए नीचे झुका। आँखें उसके चेहरे पर टिक गईं। सोते हुए वह कितनी छोटी, कितनी अरक्षित-सी दीख रही थी! वह बहुत हल्के-हल्के साँस ले रही थी। शायद कोई स्वप्न देखते हुए उसने निःश्वास-भरी और एक महीन, बचकानी-सी मुस्कराहट उसके मुँह पर थिरक आई। उसके अधखुले होंठों से एक दबा-सा स्वर हुमक आया।

कितनी साफ़-सुथरी थी वह! उसने देखा कि लेटने से पहले उसने धारीदार पाजामा पहन लिया था। स्कर्ट को क़रीने से तह करके कुर्सी पर रख दिया था। सोफ़ा से कुछ दूर उसके जूते शरमाए-से एक-दूसरे से सटकर पड़े थे। पीले सितारेवाला उसका कोट कुर्सी के सिरहाने लटका था। पाजामे के ऊपर उसने जैकेट पहन रखी थी, जो उसे ठीक से फिट नहीं आई थी और उसके पीछे उसे कहीं-कहीं उसकी सफ़ेद त्वचा की झलक मिल जाती थीं। वह एकटक उसे देखता रहा—साँस रोके, बिना हिले-डुले। उसे डर था, कहीं वह उसे जगा न दे।

दबे क़दमों से वह दरवाज़े के पास चला आया और चाबी टटोलने लगा। वह कुछ देर बाद आएगा; उसने सोचा, तब तक वह जाग जाएगी। उसने धीमे-से दरवाज़ा बन्द कर दिया और तेज़ क़दमों से घर की ओर चल पड़ा। अब उसे सब कुछ बहुत गम्भीरता से, साफ़-साफ़ तरीक़े से सोचना चाहिए। यह अच्छा ही हुआ कि आज स्कूल की छुट्टी है। चिन्ता करने के लिए और चीज़ें कम हैं कि लैटिन का अभ्यास या हरमनगोयरिंग का जीवन-चरित याद किया जाए?

जब वह घर में घुसा, उसने देखा कि माँ अभी बाहर से वापस नहीं लौटी हैं। उसने अपने को ख़ुशक़िस्मत समझा। अचानक उसे एक ख़याल आया और वह चिन्तामग्न होकर माथे पर हाथ फेरने लगा। उसे खाने के लिए कुछ चाहिए! यह ख़याल उसे कुछ मूर्खतापूर्ण, उपहासास्पद-सा जान पड़ा—लेकिन क्या करे, ज़िन्दगी ऐसी ही तो है। उसने खाने की अलमारी खोली और जल्दी-जल्दी डबल रोटी के मोटे-मोटे टुकड़े काटने शुरू कर दिये, फिर उन पर मक्खन लगाया और एक ख़ाली सोडे की बोतल में नाश्ते के लिए कॉफ़ी भर दी।

उसी क्षण, जब वह यह सब सामान अपनी जैकेट और पतलून की जेबों में ठूँस रहा था, माँ आ पहुँचीं। वह अजीब-सी दुविधा में पड़ गया। माँ की वे जिज्ञासापूर्ण आँखें! क्या उन्होंने उसकी इस रोल-फरोल को देख लिया है?

"कुछ नहीं माँ...मैं रोटी की कुछ स्लाइसें अपने संग ले जा रहा हूँ।"

उनकी आँखों से दूर होने पर उसने चैन की साँस ली। 'दिन-पर-दिन यह काम मुश्किल होता जाएगा,' उसने तनिक चिन्तित होकर सोचा। यदि वह अपने मित्रों से सलाह ले, तो शायद वे उसकी मदद कर सकते हैं। न, वह किसी से कुछ भी नहीं कहेगा। वे जानेंगे, तो हतबुद्धि-से रह जाएँगे। उसे यह बात अपने तक ही सीमित रखनी चाहिए।

दौड़ते हुए उसकी साँस फूल गई थी...हाँफते हुए भीतर घुसा। वह अभी भी सो रही थी।

वह सावधानी से उसके पास बैठ गया और प्रतीक्षा करने लगा। सिर्फ़ प्रतीक्षा करता रहा। समय धीरे-धीरे बीतता गया, किन्तु उसे उसके बीतने का ज़रा भी आभास नहीं हुआ। उस समय वह स्वयं अपने अस्तित्व को भूल गया था। दरवाज़े के दूसरी ओर, वर्कशॉप में उसे अपने पिता का स्वर सुनाई दे रहा था—जिस तरह ग्राहकों से बातचीत करते समय दुकानदारों की आवाज़ कुछ-कुछ झिझकी-सी, ख़ुशामद-भरी हो जाती है—कुछ वैसा ही लहज़ा उसके पिता अपने ग्राहकों से बात करते वक़्त अपना लेते थे। उसे बेहद चिढ़ होती है, बाबू के इस लहज़े से। कभी-कभी लोगों की पदचाप-तले फ़र्श के तख़्ते चरमरा उठते थे और इस्त्री का सिरसिराता स्वर सुनाई दे जाता था। दहलीज़ के दोनों ओर एक रस्सी बँधी थी, जिस पर एक स्त्री जम्हाई लेते हुए रँगे, गीले कपड़े सुखा रही थी। मैले-कुचैले कपड़ों में लिपटा चूल्हों की मरम्मत करनेवाला कोई कारीगर मिट्टी की भारी बोरी कन्धे पर लटकाए आँगन पार कर रहा था।

कब उसकी पलकें धीरे-धीरे हिलने लगीं, उसे पता नहीं चला।

अचानक उसने अपनी आँखें खोल दीं। शुरू-शुरू में वे बिलकुल हक्की-बक्की-सी होकर रह गईं। एक छोटी बच्ची की मानिन्द उन आँखों में सिर्फ़ भय झलकता था। वह विमूढ़-सी होकर अपने चारों ओर देखने लगी। उसे इस तरह देखकर वह मुस्कराए बिना न रह सका। वह झटके से उठ बैठी—मुद्दत पुरानी आत्मरक्षा की भावना ने उसे आ दबोचा और उसने झट अपनी जैकेट गले तक खींच ली। एक क्षण के लिए उसने उसकी ओर ऐसे देखा, जैसे वह कोई अजनबी हो।

"मैं कहाँ हूँ?"

"हिश...धीरे बोलो!" उसने कन्धे के ऊपर अँगूठे से वर्कशॉप की ओर इशारा किया। "हम परिचित हैं। तुम्हें याद नहीं आता—तुम भूल गईं...मुझे?"

उसे याद आया...सब कुछ। आश्वस्त होकर उसने साँस ली। "क्यों नहीं...मुझे सब याद है। तुम पॉल हो...ठीक है न?"

"हाँ।"

"और दरवाज़े के परे..."

"मेरे पिता काम करते हैं। यह उनकी दुकान है। वे दरज़ी हैं। मैंने कल तुम्हें सब कुछ बता दिया था।"

उसने सिर हिला दिया। वह फिर दुबारा ऊँचे स्वर में नहीं बोली। उसे अब सब कुछ याद हो आया था। फिर उसे कम्बल के नीचे अपने अव्यवस्थित वस्त्रों का ध्यान हो आया। वह तनिक बेचैन-सी हो उठी। उसका चेहरा हल्का-सा गुलाबी हो आया और आँखें झिझकती-सी इधर-उधर भटकने लगीं।

"मैंने अभी तक कपड़े नहीं बदले।" अनिश्चित-सी मुस्कराहट उसके होंठों पर सिमट आई।

"मैं बाहर चला जाऊँ।"

"न...न...नहीं, जाओ मत। यहाँ अकेले में मुझे डर लगता है। कल रात यहाँ कुछ सरसराहट-सी हुई थी और दूसरे कमरे के फ़र्श पर कोई खटपट कर रहा था।"

"चूहे होंगे शायद।"

"चूहे?" उसकी साँस रुक-सी गई।

उसने देखा, उसकी आँखें फैल गई हैं।

"क्यों...चूहे तुम्हें बुरे लगते हैं?"

कम्बल के नीचे उसने घुटने अपनी ठोड़ी तक खींच लिये और उन्हें अपनी बाँहों से लपेटकर सीधे सामने की ओर देखने लगी—निपट ध्यानावस्थित मुद्रा में।

वह समझ गया और हँसने लगा।

"तुम उनसे डरती...हो, डरती हो न?"

उसने स्वीकृति में सिर हिला दिया। काले बालों की लट को चेहरे से हटाते हुए उसने कहा, "हाँ, छुटपन से डर लगता है। मैं सपनों में भी चूहों को देखती थी। शायद डर नहीं लगता, महज़ उनके ख़याल से ही घिन आने लगती है। एक बार मार्कुइस—यह हमारे बिल्ले का नाम था—किसी चूहे को मारकर हमारे घर के बड़े कमरे में ले आया। उसके बाद से मैं उसे छूते हुए भी झिझकती थी। लम्बे अर्से तक मैंने उसे अपने पास तक नहीं फटकने दिया। उस बेचारे को शायद इसकी वजह कभी समझ में नहीं आ सकी।"

अपनी मुस्कराहट से उसने उसे आश्वस्त करने की चेष्टा की।

"डरने की कोई बात नहीं। इस कमरे में चूहों का नाम-निशान तक नहीं मिलेगा। वे सिर्फ़ दुकान में हैं, जहाँ बाबू अपना सामान रखते हैं। जानती हो, यह बहुत पुराना मकान है...लेकिन इस कमरे में वे नहीं आते।"

"सच कहते हो?"

"सच।"

और वह सचमुच आश्वस्त हो गई।

"बहुत ठीक। अब कृपया मेरी तरफ़ मत देखो।"

उसका गला सूख-सा आया। धीमे से कुछ बड़बड़ाकर उसने खिड़की की तरफ़ मुँह मोड़ लिया। अपने हाथ पतलून की जेबों में ठूँस लिये। उसे तनिक आश्चर्य हुआ था, जब उसने उसे बाहर जाने से रोक दिया था। फ़र्श पर उसके नंगे पैरों की आवाज़—जूतों की एड़ियों की खटखट, नंगे बदन पर कपड़ों की सरसराहट। उसकी कनपटियों में रक्त-स्पन्दन तेज़ी से होने लगा। इस अस्वाभाविक मुद्रा में खड़े-खड़े उसकी देह अकड़-सी गई। उसने अपने सूखे चेहरे पर हाथ फेरा—वह बिलकुल गर्म था।

"मैं तैयार हूँ।"

वह धीरे-धीरे मुड़ा—निर्विकार भाव से, मानो उसके प्रति वह बिलकुल उदासीन हो!

वह अपनी दिन की पोशाक में उसके सामने खड़ी थी। वही पीले सितारेवाला कोट उसने पहन रखा था। घने उलझे बालों की लम्बी लटें वह बहुत ही निर्भयता से सुलझा रही थी—उन पर कंघा फेरते हुए उसके दाँत भिंच से जाते थे। उसे वह अच्छी लगी—जैसी वह अब दिख रही थी—हालाँकि सोने के बाद उसके चेहरे की सलवटें अभी पूरी तरह मिटी नहीं थीं। आँखों की कोरों से नींद अब भी झाँक रही थी।

उसने बिल्ली की तरह फैलकर जम्हाई ली।

"बड़े मज़े से सोई रात भर। कभी-कभी इच्छा होती है कि जब तक यह सब क़िस्सा ख़त्म न हो जाए, और माँ और पिताजी वापस न लौट आएँ, तब तक ऐसे ही सोती रहूँ; या सोती रहूँ हमेशा के लिए और फिर कभी न उठूँ...।"

"कैसी बात करती हो?" कुछ गर्म होकर उसने उसे बीच में टोक दिया, "यह भी कोई ढंग है, बात करने का!"

"हाँ, तुम तो मुझे उपदेश दे सकते हो, यह करूँ, वह न करूँ; किन्तु तुम जानते नहीं कि इस दुनिया में अब मेरे रहने के लिए कोई जगह नहीं है।"

"लेकिन अब तुम कभी इस तरह की बात न कहोगी, समझीं?"

"तुम नहीं चाहते तो नहीं कहूँगी।"

वह बाल सँवारने के लिए सोफ़े पर बैठ गई और उसकी ओर देखने लगी।

उसने कोट पर लगे पीले सितारे की ओर इशारा किया। "इसे तुम उतार क्यों नहीं देतीं?"

"क्यों...इसमें हर्ज़ क्या है?"

"न...मैंने यह थोड़े ही कहा कि इसे लगाने में कोई हर्ज़ है।"

उसने जल्दी ही उसे बीच में टोक दिया। एक क्षण के लिए वह निश्चय नहीं कर सका कि अपने हाथों का क्या करे।

"वैसे तुम इसे उतार क्यों नहीं देतीं? मैं नहीं समझता, इसकी कोई ज़रूरत है...कम-से-कम यहाँ।"

उसे लगा, जैसे वह उसके प्रश्न पर विचार कर रही है; किन्तु कुछ देर बाद उसने निर्णयात्मक भाव से सिर हिला दिया :

"नहीं...इसे उतारना बिलकुल मना है...हमारे लिए, समझे? मैं ऐसा नहीं कर सकती। मुझे इसके लिए शर्म बिलकुल नहीं है। पिताजी इसे लगाते हैं, और...ब्लांका भी।"

"अरे—ठीक है, मैं तुम्हें मजबूर थोड़े ही कर रहा हूँ। मैंने तो सोचा था...देखो, मैं तुम्हारे लिए क्या लाया हूँ...खास कुछ नहीं, खाने के लिए कुछ। भूख नहीं लगी?"

"बहुत, ज़बरदस्त! हँसो नहीं—कल सुबह से मैंने कुछ भी नहीं खाया। कल दिन भर मैं बच्चे की तरह रोती हुई शहर का चक्कर लगाती रही। बुआ ने मुझे सफ़र के लिए खाने का पैकेट दिया था, किन्तु उसे कहीं मैं नदी के किनारे भूल से छोड़ आई। मेरे होश-हवाश सब उड़ गए थे।"

भूखे जानवर की तरह हबड़-हबड़ करती हुई वह रोटी खाने लगी, साथ में ठंडी, कड़वी कॉफ़ी के घूँट लेती जाती थी। उसे पता भी नहीं चला कि कब उसने सारी रोटी ख़त्म कर दी। आँखें उठाकर जब उसकी ओर देखा तो वह अपने हाथ से मुँह पोंछ रही थी। उसे देखते हुए उसके मन में एक निर्वचनीय-सी ख़ुशी और साथ में ही आतप्त-सी दया उमड़ आई। एक नन्हा-सा क्षुधित जीव...और कुछ नहीं। कृतज्ञता की सलज मुस्कराहट उसके होंठों पर सिमट आई। हर्ष और उत्साह से उसकी ओर देखता हुआ वह अपनी टूटी-फूटी कुर्सी पर बैठ गया।

"तुम्हारा तो अभी आधा पेट भी नहीं भरा।" उसने उसके खाने की सामर्थ्य की सराहना करते हुए कहा।

उसने स्वीकृति में सिर हिलाया...सिर के बाल माथे पर झुक आए।

"क्या करूँ! पिताजी मुझे पेटू कहा करते थे। हमेशा ऐसा ही होता है—जब खाने को कुछ न हो, तभी ज़ोर की भूख लगती है। पिछले दिनों काफ़ी बुरी हालत रही। पिताजी ज़्यादा अमीर नहीं थे—आख़िरी कुछ हफ़्तों से वह सिर्फ़ अस्पताल में काम कर रहे थे। उन दिनों हमें अक्सर फ़ाक़ा करना पड़ता था। कभी-कभी किसी मरीज़ को हमारा ध्यान आ जाता और वह हमारे लिए कुछ छोड़ जाता। वे अक्सर रात के समय हमारी खिड़की के नीचे कुछ-न-कुछ रख जाते थे। मैं हर रोज़ सुबह उठकर खिड़की के नीचे झाँक लिया करती थी—यह देखने के लिए कि वे हमारे लिए क्या छोड़ गए हैं! एक बार कोई वहाँ घर की बनी हुई सॉसेज छोड़ गया था। उस जगह, जहाँ हम रहते थे, लोग पिताजी को बहुत चाहते थे। वैसे अक्सर यह कहा जाता है कि गाँव के डॉक्टर बहुत अशिष्टता से पेश आते हैं, किन्तु पिताजी अत्यन्त नम्र स्वभाव के थे—शायद ही कभी किसी से चिल्लाकर बोले हों। फिर भी लोग अजीब-अजीब तरह की बातें करते हैं—कभी-कभी तो मन बिलकुल आजिज़ आ जाता है।"

वह बीते हुए दिन याद कर रही थी, हाथों की अँगुलियाँ गोद में एक-दूसरे से उलझी पड़ी थीं, चेहरे पर एक उल्लसित-सा भाव निखर आया था।

"गर्मियों में हालत इतनी ख़राब नहीं होती थी। हमारा अपना बग़ीचा था, जिसमें माँ गुलाब और डाल्हिया के फूल उगाया करती थीं। बाद में वहाँ हमने शाक-सब्ज़ी के पौधे लगाए थे—गाजर, गोभी-फूल, आलू आदि। सब्ज़ियों के हरे पत्ते हम ख़रगोशों के लिए रख छोड़ते थे। कभी तुमने ख़रगोशों के बच्चे देखे हैं—नवजात बच्चे? उनकी नाक इतनी नर्म होती है कि जब वे तुम्हें छूते हैं, तो लगता है, जैसे...और पिताजी मधुमक्खियों को भी पालते थे। किन्तु भला, तुम इन चीज़ों के बारे में क्या जानो...तुम्हें देखकर ही पता चल जाता है कि तुम प्राग में पले-पनपे हो।"

"क्या मानी?"

वह हँसने लगी, "तुम्हारा चेहरा इतना पीला जो है...और बाँस की लकड़ी से तुम पतले-दुबले हो।"

वह कुछ झल्ला-सा गया, "यह भी ख़ूब रहा—भला इसका इन सब बातों से क्या सम्बन्ध? और जहाँ तक ताक़त का सवाल है—घबराओ नहीं—मुझमें काफ़ी ताक़त है।" वह तनिक उत्तेजित-सा होकर उसके सामने खड़ा हो गया। "सबूत चाहती हो तो देख लो।"

इससे पेश्तर कि वह कुछ भी समझ पाती, उसने अपना दायाँ हाथ उसके कन्धों पर रखा और बायाँ हाथ उसके घुटनों के नीचे डालकर उसे ऊपर उठा लिया। पलभर में ही उसकी साँस फूल आई।

'बाबा रे बाबा, कितनी भारी है! देखने में तो इतनी नहीं लगती।' उसने उसे अपनी बाँहों में थोड़ा-सा उछालने की कोशिश की, किन्तु उसने अपने दोनों हाथों से उसे रोक दिया। वह बराबर हँसे जा रही थी, जिसके कारण वह बिलकुल बेदम-सा हो आया। उसने जल्दी से उसे सोफ़े पर डाल दिया और भयभीत मुद्रा में अपनी उँगली होंठों पर रख दी।

"हिश...ईश्वर के वास्ते..."

उसने सिर हिलाकर दरज़ी की दुकान की ओर इशारा किया—हँसी एकदम रुक गई। वे चुपचाप एक-दूसरे की ओर देखने लगे...इस गुत्थमगुत्था के कारण दोनों की साँस फूल आई थी और वे हाँफते हुए साँस ले रहे थे।

इस तरह एकटक एक-दूसरे की ओर देखते हुए, न जाने कितने सेकंड उनके बीच से गुज़र गए। उसने अपने चेहरे पर हाथ फेरा। यह उसकी आदत थी। जब कभी दुविधा में पड़कर उसे कुछ न सूझता, तो वह ऐसा ही किया करता था। लैटिन की क्लास में मास्टर साहब के कठोर, तने हुए चेहरे के सामने जब उसे कोई उपयुक्त शब्द याद न आता, तब भी वह ऐसे ही किया करता था।

"तुम सही कहते थे," उसने सहमति प्रकट करते हुए कहा, "तुम सचमुच ताक़तवर हो।"

उसने विनम्रता से कन्धे सिकोड़ लिये।

"उतनी ही ताक़त है...जितनी आवश्यकता हो, ज़रूरत के समय।"

दरवाज़े के पीछे सिलाई की मशीन खड़-खड़ कर रही थी। दुपहर की कड़कड़ाती धूप-तले आँगन एक ढक्कनहीन बक्से-सा दीख रहा था, जिसके भीतर सूरज चमचमाती रोशनी उड़ेलता-सा जान पड़ता था। फ़ुटपाथ के गर्म, तपते पत्थरों पर एक बिल्ली लेटी थी—इतनी निश्चल और ख़ामोश कि लगता था, जैसे मर गई हो और उसके पास ही एक छोटा-सा लड़का बिना किसी लक्ष्य के पैर से गेंद उछाल रहा था।

"अब मुझे जाना होगा," उसने अचानक मौन तोड़ते हुए कहा।

"क्या जाना बहुत ज़रूरी है?"

"भोजन के लिए वे मेरा इन्तज़ार कर रहे होंगे—मुझे न आता देखकर बूढ़े लोग एकदम चिन्तित हो जाएँगे।"

"वापस लौटोगे?"

उसने स्वीकृति में सिर हिलाया।

"जल्दी?"

"हाँ, जल्दी।"

"आज ही?"

मुस्कराकर उसने उसे आश्वस्त किया, "हाँ, मैं आज ही फिर वापस आऊँगा...सचमुच आऊँगा।"

ये आख़िरी शब्द हाथ में चाबी पकड़े उसने अत्यन्त कोमल, सान्त्वना भरे स्वर में कहे थे।

5

...और उसे लगा, जैसे वह चोरी कर रहा है। उसका दिल धौंकनी की तरह धड़क रहा था। मुँह का कौर गले में अटक जाता था, जैसे अचानक वह राख में बदल गया हो! हर शाम भोजन के समय कमरे में तनाव-सा खिंच जाता था, प्लेटों पर चाक़ू-छुरी की आवाज़ कानों में हथौड़े की चोट करती-सी जान पड़ती थी। पॉल की आँखें अपनी प्लेट पर झुकी रहतीं—घबराई-सी तिलमिलाती रहतीं पिता की तीखी, खोजती दृष्टि-तले। पिछले कुछ दिनों से वह चोरी-चुपकें अपनी प्लेट छोटे-से कमरे में ले जाता था और अपने भोजन का कुछ अंश चुराई हुई पतीली में डाल देता था, ताकि बाद में वह उसे उसके पास ले जा सके। किन्तु यह ज़्यादा दिन तक नहीं चल सकता था। किसी-न-किसी दिन उनकी टीका-टिप्पणी सुननी पड़ेगी। आश्चर्य तो यह है कि अभी तक उन्होंने उसे नहीं पकड़ा!

आज वह सफल हो गया था। पहले वह हॉल में समय टालता रहा... उपयुक्त मौक़े की तलाश में। फिर रसोई में झाँककर बहुत ही संक्षिप्त ढंग से, किन्तु दृढ़ स्वर में कह दिया कि वह शतरंज खेलने बाहर जा रहा है।

बर्ट से पहले से ही बात तय कर ली थी कि यदि माता-पिता उससे कुछ पूछें, तो कह दे कि पॉल उसके संग था। बर्ट ने उसकी बात मान तो ली, किन्तु उत्सुकता से उसका दिल खौलने लगा—'आख़िर यार, कुछ तो बता, जा कहाँ रहा है...देखने में कैसी लगती है?' उसे टालने के लिए पॉल ने दूर की हाँक दी, ताकि सच्ची बात न कहनी पड़े।

"पॉल, अपना ध्यान रखना," उसकी माँ ने नि:श्वास भरते हुए कहा, "जानते हो, कैसा ज़माना है, ईश्वर ही भला करे! जल्द-से-जल्द घर लौटने की कोशिश करना।"

ईश्वर सलामत रखे बाबू को! वे माँ की तरह नीरस उपदेश या दुविधा में डालनेवाले प्रश्न नहीं पूछते थे। केवल उलाहना भरी निगाह उस पर डालकर चुप रह जाते थे, जो अन्ततः अधिक प्रभावपूर्ण सिद्ध होती थी। वे सिर्फ़ सिर हिला देते और फिर अपने आगे रखी खुली पुस्तक में डूब जाते।

उसे उस कमरे में रहते तीन दिन हो आए थे। पिछली रात बहुत मुश्किल से वह उसे छोड़कर जल्दी आने में सफल हो सका था...वह उससे कहता भी क्या? क्या यह कह देता कि देर हो जाने पर गोली से मर जाने का ख़तरा है; न, उसने कुछ भी नहीं कहा। बेहतर यही है कि वह बाहर की दुनिया के बारे में कुछ भी न जाने।

वह मुस्कराता हुआ तेज़ी से भाग रहा था—अभी-अभी उसे जो सफलता मिली थी, उस पर वह अत्यन्त प्रसन्न था, हालाँकि पेट में भूख की ज्वाला अब भी धधक रही थी। काली, स्याह पतीली उसके हाथों में थी—एक ज़िन्दा, जीती-जागती चीज़ की तरह गर्म। उसे लग रहा था, जैसे वह कोई ट्रॉफी जीतकर अपने हाथों में ले जा रहा हो...साधारण किन्तु अत्यन्त मूल्यवान। पकौड़ियों (डम्पलिंग) पर जमी चैरी और वह लड़की!

बाहर आने से पहले उसे अचानक ख़याल आया था कि इनसान महज़ रोटी पर ही ज़िन्दा नहीं रहता। उसे पढ़ने के लिए कुछ चाहिए, वरना अब और उकताहट एक तरफ़ और अपने विचारों का सीमित घेरा दूसरी तरफ़ उसे पागल बना देगा। क्या सोचती रहती है वह—उन अन्तहीन घड़ियों में,

जब वह उसके संग नहीं होता? कहाँ-कहाँ उसके ख़याल भटकते होंगे? उसे कुछ पढ़ना चाहिए। कोई भी पुस्तक, जो उसे अपनी नियति से बाहर निकालकर अन्य प्राणियों के संग नाता जोड़ने में उत्प्रेरित कर सके। उसने उसके लिए 'जॉ क्रिस्तोफ़' चुन ली—कुछ दिन पहले ही उसने उसे समाप्त किया था। उसके साथ दूसरी पुस्तक रख ली, "अच्छा, सिपाही श्वेग श्वेग।' उसे हँसने की ज़रूरत है—हँसने की।

"तुम सचमुच दूसरों का बहुत ख़याल रखते हो," आश्चर्य से उसने कहा—उन चीज़ों को देखते हुए, जो वह उसके लिए लाया था।

उसने अपने बाल माथे पर से पीछे की ओर ठेल दिये और कृतज्ञता-भरी दृष्टि से उसकी ओर देखने लगी।

"तुम इतने अच्छे क्यों हो? मैं तुम्हें बहुत परेशान करती हूँ...क्यों, ठीक है न?"

उसने विरोध करते हुए उसे चुप करा दिया। बहुत सतर्कता से उसने इस ख़याल को अपने से दूर रखा था कि वह कोई नेक काम कर रहा है, क्योंकि उसे मालूम था कि इस तरह सोचने का उसे कोई अधिकार नहीं है। वह अभी तक यह भी ठीक से तय नहीं कर पाया था कि इस सारे मामले के प्रति उसका क्या रुख़ होना चाहिए।

"तुम इतने अच्छे क्यों हो?"

उसकी नज़रों से अपने को बचाते हुए उसने कन्धे सिकोड़ लिये।

"कुछ भी नहीं...मुझे कुछ भी नहीं मालूम। मैं एक बहुत ही साधारण व्यक्ति हूँ। तुम्हें अकेला कैसे छोड़ देता? मेरी जगह पर क्या तुम भी ऐसा ही नहीं करतीं? क्या सब लोग ऐसा ही नहीं करते?"

"तुम्हें क्या कुछ भी मालूम है कि तुम किसे छिपा रहे हो? तुम मुझे जानते तक नहीं।"

"जानता हूँ। कभी-कभी मुझे लगता है कि मैं तुम्हें हज़ारों वर्षों से जानता आया हूँ।"

उसकी आँखें आश्चर्य में फैल गईं, "सचमुच?"

"हाँ, सचमुच। क्यों?"

"क्योंकि...मुझे भी ऐसा ही लगता है। बड़ी पागलपन-सी बात है...है न? कल रात जब तुम इतनी जल्दी घर लौट गए, मैं यही सब कुछ सोचती रही। हम एक-दूसरे के बारे में ऐसा क्यों सोचते हैं? लगता है, मैं तुम्हें पूर्णतया ज़िन्दगी-भर जानती आई हूँ...और हम सिर्फ़ परसों रात एक-दूसरे से मिले थे—पार्क की एक बेंच पर। शायद हम पूर्व-जीवन में एक-दूसरे को जानते थे। हो सकता है, तब हम दोनों भाई-बहन रहे हों, या अभागे प्रेमी...लेकिन देखो, मैं कितना अनाप-शनाप बक रही हूँ..."

"न...यह ठीक है...मुझे तुम्हारी बातें सुनना अच्छा लगता है।" उसका गला रुँध-सा आया, जैसे कुछ अटक गया हो।

लड़की का स्वर सुनते हुए उसका सिर चकराने लगा था, जैसे वह उसके अन्तर की गहनतम कोरों को छू रहा हो। एक अजीब, नर्म-सी बेचैनी में दिल की धड़कनें उलझने लगीं। लगा, जैसे वह उससे डरने लगा हो। कमरे की धुंधली रोशनी में वह उसके शरीर की रूपरेखा देख सकता था—वह सोफ़े के एक कोने में अपने दोनों घुटने मिलाकर बैठी थी, उसका सिर दूसरी ओर झुका था। वह सोफ़े पर पाँव फैलाकर लेट गया और अपने हाथ सिर के पीछे टिका लिये। 'अभागे प्रेमी? नहीं, यह नहीं! पूर्व-जीवन...हुं!' उसके इन शब्दों पर उसे अजीब-सी बौखलाहट हो आई...वह खीझ-सा उठा।

"तुम जानती हो—मैं ऐसी बेकार की बातों में विश्वास नहीं करता। सुन्दर सुकुमारियों के मन बहलाव के लिए परी-देश के कहानी-क़िस्से! आकाश के अँधेरे पर सितारे महज़ दरारें या छोटे-छोटे सूराख़ नहीं हैं। वैसे देखो—तो ब्लैक-आउट के पीछे अँधेरा है, महज़ अँधेरा। हर सितारा अपने में एक विश्व है...ऐसे हज़ारों विश्व आकाश पर बिखरे हैं; और चाँद सिर्फ़ एक साधारण-सी गोल गेंद है। गेंद, जो अब ठंडी पड़ गई है। कवि इन सब बातों के बारे में भला क्या जानें...यह तो गणित-शास्त्रियों के अध्ययन की चीज़ है। दूरदर्शन यंत्र और अंक, विराट गणित-सम्बन्धी समीकरण..."

जब वह बोल रहा था, वह एकदम ख़ामोश बैठी रही, मानो अपने पर लज्जित हो!

उसने हाथ बढ़ाया और उसका कन्धा सहलाने लगा, मानो एक भावी-वैज्ञानिक अपनी गम्भीर सूक्ष्मता के लिए ख़ेद प्रकट कर रहा हो! किन्तु वह बेचारी यह सब कुछ न समझ सकी।

"क्या तुम नाराज़ हो गईं?"

"न, तुम ठीक कहते हो...मैं तो निरी मूर्ख हूँ।"

"ऐसी बात नहीं...ख़ैर, तुम जैसी भी हो, मुझे अच्छी लगती हो।"

"पगली!"

एक फीकी-सी मुस्कराहट उसके चेहरे पर सिमट आई...उसने सिर हिला दिया।

"पगली ही सही...लेकिन कुछ अपने बारे में कहो। यहाँ बैठी-बैठी तुम ऊब नहीं जातीं?"

"हाँ, कभी-कभी। कभी-कभी मुझे महसूस होता है कि दुनिया की सब घड़ियाँ बन्द हो गई हैं। मैं जल्दी से अपना कान दीवार पर लगा देती हूँ और दूसरे कमरे से आती टिक-टिक की आवाज़ सुनने लगती हूँ। घड़ी जब घंटे बजाती है तो मुझे बहुत अच्छा लगता है...डिंग-डाँग, डिंग-डाँग! फिर मैं जोड़-हिसाब लगाने लगती हूँ कि तुम्हारे आने तक मुझे और कितनी प्रतीक्षा करनी पड़ेगी। दूर से ही तुम्हारी आहट का पता चल जाता है, जब तुम सीढ़ियों पर चढ़ते हो।"

"हाँ..." उसे कुछ याद आया और वह अपने माथे को धीरे-धीरे अँगुलियों से थपथपाने लगा, "मैं तुम्हारे लिए एक चीज़ लाया हूँ।"

उसने अपनी कॉर्डराय की पतलून की जेब से ताश का एक पुराना-सा बंडल निकाला। आज सुबह ही उसने उसे बर्ट से माँग लिया था। बंडल को उसने छोटी-सी मेज़ पर फेंक दिया। उसके मनोरंजन के लिए वह इसे ले आया था; सोचा था, ताश खेलते हुए कुछ समय तो बीतेगा ही।

"खेलोगी?"

"मुझे खेलना नहीं आता," उसने कुछ सकुचाकर कहा। "कोई बात नहीं...मैं तुम्हें सिखा दूँगा। इसमें मुश्किल कुछ भी नहीं।...देखो!"

उसने मेज़ सोफ़ा के पास घसीट ली और ताश के जितने भी आसान-से-आसान खेल हो सकते हैं, समझाने लगा। वह पाँव नीचे की ओर दबाए उसके पीछे बैठी थी और उसके कन्धों पर झुकी हुई गहरी दिलचस्पी से उसकी ओर देख रही थी।

जब कभी उसकी साँस उसकी कनपटियों को छू जाती, वह विचलित-सा हो जाता।

"अब तो समझ में आ गया?"

"न...मैं कुछ भी नहीं समझ सकी। लेकिन तुम जो कुछ कह रहे थे, उसे सुनते हुए मुझे बहुत अच्छा लग रहा था।"

हँसी-हँसी में उसने अपना माथा पीट लिया। उसे पता चला कि एक ग़ुलाम को दूसरे ग़ुलाम से अलग करके पहचानना उसके लिए असम्भव है।

"न...ऐसे काम नहीं चलेगा!"

"अब तुम जान गए, मैं कितनी बेवक़ूफ़ हूँ...मैंने तुमसे पहले ही कहा था।"

उसने अपना बचाव करते हुए होंठ बिचका लिये। थोड़ी देर बाद ही ताश के पत्तों की तसवीरों ने उसे आकर्षित कर लिया और वह फिर खिल उठी।

"देखा," उसने ईंट के बादशाह की ओर इशारा करते हुए कहा, "यह बिलकुल शबाता महोदय-से दिखाई देते हैं। बिलकुल इनकी मूँछें भी नीचे लटकती रहती हैं।"

"मैं इन शबाता महोदय को नहीं जानता।"

"तुम भला कैसे जानोगे?" वह हँसने लगी। "जहाँ हम रहते थे, वहाँ ये महोदय कसाई का पेशा करते थे। बड़े-बड़े हाथ थे उनके और सारे क़स्बे में उनके जैसा स्किटल खेलनेवाला कोई नहीं था। उन्हें शायद यह नहीं मालूम कि वे बादशाह हैं। और यह कौन जानवर है?" उसकी आँखें चिड़ी

के इक्के पर टिक गईं। "शेर तो नहीं है...बिल्ली की तरह इसके गलमुच्छे हैं और आदमियों की-सी आँखें...बड़ा भयानक दिखता है।"

उसका सारा उत्साह ठंडा पड़ गया। "अरे, छोड़ो!" हताश भाव से उसने ताश के पत्ते समेटकर दुबारा जेब में रख लिये। "भली औरतों से भी कहीं ताश खेली जाती है!"

"तुम नाराज़ हो गए?"

वह उसका आशय नहीं समझ सका।

"क्यों, नाराज़ होने की इसमें क्या बात है?"

"वैसे भी देखो, मैं यहाँ अकेले में ताश अपने-आपसे तो खेल नहीं सकती।"

वह सन्तुष्ट भाव से मुस्कराया और अपने बालों पर अँगुलियाँ फेरते हुए सिर हिला दिया।

"तुम ठीक कहती हो।"

बाहर छतों के ऊपर अँधेरा फैलने लगा था। शाम का धुँधलका उनके कमरे में भी सरक आया, किन्तु उन्होंने बत्ती नहीं जलाई। आँगन की दूसरी ओर खड़े मकानों के परदों की जाली से पीला-सा आलोक छनता हुआ बाहर आ रहा था। पास ही कहीं किसी घर में रेडियो की धीमी फुसफुसाहट सुनाई दे जाती थी। वह रोज़मर्रा की इन आवाज़ों से परिचित था—यही आवाज़ें आपस में घुल-मिलकर घर का एक आत्मीय स्वर बन जाती थीं। तीसरी मंज़िल से, जहाँ अभी हाल में ही एक नवविवाहित जोड़ा आया था, फ़र्नीचर पर हथौड़े की लयबद्ध खटखटाहट सुनाई दे जाती थी। इन दिनों हालत इतनी ख़राब हो गई थी कि बेचारा पति रद्दी सेकंड हैंड सामान की चिप्पियों को जोड़-तोड़कर ख़ुद फ़र्नीचर बना रहा था। पास के स्टूडियो से गिटार और दबे स्वर में गाने की आवाज़ आ रही थी—यह बेचारे चित्रकार की आवाज़ थी, जो इस तरीक़े से अपनी उदासी और चूहों को भगाने की कोशिश कर रहा था। कुछ दिन पहले उसकी बीवी उसे छोड़कर भाग गई थी। आँगन के ऊपर गलियारे में बैठकर घर की स्त्रियाँ घंटों इस विषय पर आपस में बहस करती रहतीं।

'अरे, दिन-भर मुँह पर पाउडर-लाली पोतती रहती थी कुतिया।' कभी-कभी कोई उसका पक्ष लेते हुए कहती, 'कहने को तो आपने कह दिया, लेकिन कोई उस काल-कोठरी में रहकर तो दिखाए! दिन-भर तो वहाँ तारपीन की बदबू आती रहती है, टूटी-ढहती दीवारें हैं, दरारों से ठंडी, बर्फ़ीली हवा भीतर आती है...अब आप ही बताएँ, भला कोई...!' —आवाज़ें, ध्वनियाँ।

और उन सबके ऊपर फैला है आकाश—चमचमाता, प्रकाशमान। वह स्तब्ध-सा देखता रहा—एक क्षण के लिए उसे लगा मानो वह सृष्टियों के बीच फैली बर्फ़ीली, असीम दूरियों से आती, ख़ामोश आवाज़ों को सुन रहा है।

तारे, लोग!

"पॉल!"

वह 'ब्लैक-आउट' का पर्दा खींचने जा ही रहा था कि उसकी आवाज़ सुनकर ठिठक गया।

"तुम्हें कभी डर लगता है?"

"किससे?"

"हर चीज़ से...इस तरह जीने से?"

वह हिचकिचाया।

"कभी-कभी लगता है।"

"मुझे डर लगता है—हमेशा।"

"किससे डर लगता है? चूहों से? मैं उन्हें मारने के लिए ज़हरीला मसाला ले आऊँगा," उसने सूखे स्वर में कहा।

"मज़ाक़ मत करो। तुम्हारे सिवा मैं और किससे कहूँ? मेरे भीतर यह जमा रहता है—हमेशा। उस समय भी, जब मैं कुछ और सोच रही हूँ, या हँस रही हूँ। लगता है, मैंने उसे कहीं अपने दिल के भीतर छिपा रखा है।"

"बाबू कहते हैं, सिर्फ़ पत्थर नहीं डरते—क्योंकि उनमें प्राण नहीं हैं।"

आख़िर वह सोफ़े से उठा और 'ब्लैक-आउट' का पर्दा नीचे खींच दिया। उसने छोटा-सा लैम्प जला दिया, जिसका कृत्रिम प्रकाश उसके चेहरे पर पड़ने लगा। बिजली से उसकी आँखें मिचमिचाने लगीं।

उसने सोचा, उसे चिढ़ाने के लिए, उसे कुछ कहना चाहिए। कुछ भी...जो भी मन में आए, चुप रहना ठीक नहीं है। वह उसके ख़यालों से डरने लगता था।

"अच्छा, तो मिस कैपुलेट...अपने पिता के बारे में कुछ बताओ। क्या अब भी वह मौंटेगों से नाराज़ हैं?"

वह उसका अभिप्राय नहीं समझ सकी और विचारमग्न, गम्भीर आँखों से सामने देखती रही।

"नहीं...अब वे तेरेज़ीन में हैं। कम-से-कम मैं यही आशा करती हूँ।"

उसे अपनी मूर्खता पर गहरी शर्म आई और उसका मुँह लाल हो उठा, किन्तु उसे कुछ अजीब-सा लगा कि उसकी बात से उसकी भावनाओं को ठेस नहीं लगी। उसने एक सीधा-सादा तथ्य व्यक्त कर दिया और उसके चेहरे पर एक कोमल, खेद-भरी-सी मुस्कराहट सिमट आई थी।

वह उसके पास बैठ गया और बहुत ध्यान से, औत्सुक्य-भरी निगाहों से उसकी ओर देखने लगा।

"इस तरह मेरी ओर क्या देख रहे हो? तुम्हें मैं ज़्यादा अच्छी नहीं लगती...क्यों, यही न?"

"यह सच नहीं है," उसने प्रतिवाद किया, "तुम मुझे बहुत अच्छी लगती हो, सच!"

"फिर क्यों इस तरह मेरी ओर देख रहे थे?" उसने आग्रह किया।

वह सोचने लगा, क्या कहे?

"यही कि तुम बिलकुल वैसी ही हो, जैसी और दूसरी लड़कियाँ..."

"क्या मतलब है तुम्हारा? भला मैं दूसरी लड़कियों की तरह क्यों न हूँ?" वह उसका अभिप्राय नहीं समझ सकी। फिर अचानक बिजली की तरह एक विचार उसके मस्तिष्क में कौंध गया। झपटकर उसने अपना मुँह दूसरी तरफ़ फेर लिया—क्रोध में उसका चेहरा तमतमा आया था।

"तुम्हारा मतलब है—क्योंकि मैं यहूदी हूँ?"

"नहीं, बिलकुल नहीं।" वह अजीब पसोपेश में पड़ गया। "मुझे नहीं मालूम...मैंने कभी इसके बारे में सोचा भी नहीं। सिर्फ़ लोग कहते थे...।"

"क्या कहते थे लोग? मैं अच्छी तरह जानती हूँ, वे क्या कहते हैं। यही न, कि हम दूसरे लोगों से भिन्न हैं, कि हम लोगों की नाक बहुत लम्बी होती है और...।"

उसने ग़ुस्से में हाथ हिलाकर उसे बीच में चुप करा दिया और अपने बालों पर हाथ फेरने लगा।

"हर तरह की बातें। तुम जानती ही हो, लोग अक्सर कितने मूर्ख होते हैं...और निर्दयी भी...।"

वह उठ खड़ा हुआ और अपनी जेबों में हाथ ठूँसकर कमरे में चहलक़दमी करने लगा। शर्म और असन्तोष की सूखी तिक्तता से उसका चेहरा लाल हो आया था। उसने मुड़कर उसकी ओर देखा—वह वैसे ही कोने में बैठी थी, गोद में हाथ पसारे। एक भूरी-सी छाया उसके चेहरे पर फिसल आई थी। उसने ग़ुस्से में होंठ काट लिये। अपनी मूर्खता पर एक गहरी खीझ उसके मन पर उभर आई।

वह अपना निःश्वास नहीं दबा सका।

"एस्थर...सुनो...मेरा मतलब..."

उसने मुड़कर उसकी ओर देखा, एक थकी-सी मुस्कान उसकी आँखों में सिमट आई थी, जैसे वह कह रही हो—मैं जानती हूँ, सब जानती हूँ। उसे लगा, जैसे वह एक वयस्क स्त्री हो, जिसके सम्मुख वह एक खिसियाए बच्चे की तरह बैठा है। और तब उस क्षण स्निग्धता की लहर उसे सराबोर कर गई। स्निग्धता, जो कटु पश्चात्ताप में बदल गई थी; फिर भी उसमें इतना ज़बरदस्त, उच्छृंखल आह्लाद भर आया था कि उसे लगा, जैसे उसका दम घुट रहा हो। एस्थर! वह कैसे समझाए? 'कुछ हो गया है, जिसे मैं ख़ुद नहीं जानता।' उसने अपने दाँत भींच लिये, ताकि भीतर से बाहर उफ़नती चीख़ को होंठों पर ही दबा सके।

"चुप क्यों बैठी हो?" उसने भारी स्वर में कहा, "कुछ बोलो।"

उसने अचानक लपककर उसके कन्धे पकड़ लिये—बहुत कसकर। वह स्वयं नहीं समझ सका कि वह ऐसा क्यों कर रहा है। फिर भी उसे लगा, जिस जड़वत् निराशा में वह सिमटी बैठी है, उसे तोड़ना होगा। जैसे भी हो,

उसमें से उसे बाहर निकालना होगा। उसकी नीरव, गूँगी उदासी—क्या उसको उससे मुक्त नहीं किया जा सकता? उसने पूरे बल से अपनी समूची देह से उसका विरोध किया—और उसमें शक्ति कम नहीं थी। किन्तु वह भी अड़ा रहा; और जब तक उसका चेहरा अपनी ओर नहीं मोड़ लिया, तब तक उसे नहीं छोड़ा। उसका चेहरा निपट भावहीन था, जैसे वह कहीं बहुत दूर, शून्य में देख रही हो! उसके होंठ भिंच आए थे। घनी पलकों तले चमकती आँखें उसे अत्यन्त विरक्त-भाव से देख रही थीं, मानो वह कोई अजनबी हो! लगता था, जैसे उसके ख़याल कहीं बहुत दूर भटक रहे हों! फिर उसकी आँखें अपने को उसकी नज़रों से बचाती हुई दूसरी ओर मुड़ गईं। न जाने उस भयानक क्षण में वह उससे क्या कहना चाह रहा था! टूटे वाक्य, शब्दों के विशृंखलित टुकड़े बे-सिलसिलेवार ख़ुद-ब-ख़ुद उसके मुँह से निकलने लगे।

"एस्थर...सुनो, रोओ नहीं...यह ग़लत है...मैं..."

उसने उसे चूम लिया—हिचकिचाते हुए, बचकाने ढंग से। उसने अपना सिर झटके से हटा दिया और उसके होंठ उसके गालों पर घिसटते गए, किन्तु उसने उसे नहीं छोड़ा, जब तक उसके होंठों को दुबारा नहीं पा लिया। वह उसके स्पर्श-तले पिघलती गई और उसकी साँस गालों को सहलाने लगी।

उसकी गिरफ़्त में वह ढीली पड़ती गई। अब वह उसका प्रतिरोध नहीं कर रही थी। उसने अपना सिर पीछे की ओर मोड़ लिया था, आँखें अधमुँदी-सी हो आई थीं और उसने अपनी देह को उसकी देह के सहारे टिका दिया था। उसने उसे अपनी बाँहों में कस लिया और धीरे-धीरे सोफ़े पर लिटा दिया। उसके होंठ अब भी उसके होंठों पर दबे थे।

वह उसे अपने में भींच रहा था...पूरी शक्ति से।

फिर अचानक सब कुछ ख़त्म हो गया।

और तभी शुरू हुआ, सब कुछ। दोनों ही यह जानते थे। वे घिर गए थे, एक काँपती ख़ामोशी में। शब्द आते थे, झिझकते हुए, कहीं बहुत दूर से। चारों ओर से उन्हें घेरता हुआ मकान अशान्त निद्रा में सो रहा था, किन्तु वे दोनों जाग रहे थे।

"सुनो, अब वहाँ कितनी ख़ामोशी है! दरवाज़े के परे वह रेंगती, सरसराती-सी आवाज़—घबराओ नहीं, वे सिर्फ़ चूहे हैं..."

"तुमने ऐसा क्यों किया?" उसका स्वर एकदम भावहीन था।

उसने महज़ अपने कन्धे सिकोड़ लिये। वह बैठ गया था, पाँव फ़र्श पर टिके थे और वह उसकी ओर चुपचाप देख रहा था। उसे लगा, जैसे उस क्षण उसके भीतर बहुत नीरव आलोक फैल गया हो। उसके बाल चेहरे के इर्द-गिर्द तकिये पर बिखर आए थे—काले चमकते-से। फैली-चौड़ी आँखें उसे देख रही थीं—बिना किसी नाराज़गी के, बिना किसी आश्चर्य के। उनमें सिर्फ़ एक प्रश्न झाँक रहा था, और मुस्कराहट की एक कमज़ोर, बहुत कमज़ोर छाया भी।

"क्योंकि....क्योंकि मैं तुम्हें प्यार करता हूँ। शायद तुम यह पहले से ही जानती हो। मैं तुम्हें प्यार करता हूँ...एस्थर, सच, मुझ पर विश्वास करो..."

"तुम मुझसे यह क्यों कह रहे हो?"

"क्योंकि यह सत्य है—सचमुच! इसमें कोई बुराई है?"

"नहीं, लेकिन इसका पता तुम्हें कब चला?"

"यह तुम क्यों जानना चाहती हो?"

"ऐसे ही।"

"मुझे ठीक-ठीक नहीं मालूम, कब। अब सचमुच कुछ भी याद नहीं। शायद पहली बार जब हम मिले थे। या उस समय जब तुम व्याकुल-सी होकर भोजन पर टूट पड़ी थीं। कल सुबह जब मैं आया, तुम सो रही थीं—एक ज़बरदस्त-सी लालसा मन में उठी कि तुम्हें चूम लूँ। किन्तु मुझे डर था कि तुम्हें जगा दूँगा। कब...? मैं ठीक-ठीक कुछ भी नहीं जानता।"

वह एक अजीब संकोच में पड़ गया था। अपनी पतली उँगलियों को कभी खोलता, कभी बन्द करता; कभी खींचने लगता, जब तक वे चटक न जातीं। फिर उसने तुष्ट-भाव से अँगड़ाई ली—उस व्यक्ति की तरह, जिसने अभी-अभी कोई काम पूरा किया हो। वह अपनी आँखों से उसे टटोल रहा था। अपराधी मुस्कराहट अब भी उसके होंठों पर जमी थी।

"किन्तु क्या तुम मुझसे नाराज़ हो, एस्थर? और यदि...?"

उसने निश्चित भाव से सिर हिला दिया और उठकर बैठ गई। अपनी बाँहें घुटनों के इर्द-गिर्द समेट लीं और खोजती निगाहों से उसकी ओर ताकने लगी।

"और यदि हूँ भी...तो भी कुछ नहीं किया जा सकता—क्यों?"

"हाँ...कुछ भी नहीं...।"

जब उसने उसकी आँखों को देखा, तब पहली बार उसे अपनी मूर्खता का अहसास हुआ। उन आँखों में एक विचित्र-सी चमक थी। फिर उसने अपनी बाँहें उसके कन्धों पर रख दीं—पॉल को लगा, जैसे उसके कन्धे उन बाँहों के बोझ तले नीचे झुकते जा रहे हैं और अनायास उसकी आँखें मुँदने लगीं। फिर अचानक एस्थर ने बहुत हल्के, धीमे से, उसके होंठों को चूम लिया और बच्चों की तरह खिलखिलाकर हँसने लगी। ख़ुशी की रौ में बहकर उसने पॉल को अपनी बाँहों में भर लिया।

फिर एकदम वह बहुत असहाय-सी हो आई।

"हाय, ज़रा देखो तो...मेरे साथ भी वही बात है! मैं तुम्हें उतना ही चाहती हूँ...जितना तुम...पॉल, सच मैं तुम्हें बहुत प्यार करती हूँ...और... और मुझे कुछ नहीं मालूम।"

हर प्रेम का अपना एक इतिहास होता है—चाहे वह कितना ही छोटा क्यों न हो। एक अत्यन्त संक्षिप्त इतिहास...विकसित होने की अवधि और फिर पकने की अवधि। उसकी अपनी धूपीली घाटियाँ होती हैं और गहरे, जोखिम भरे गड़हे, अपना वर्षा-काल और हिमपात।

घर लौटते समय पॉल को लगा, जैसे शहर की सब गलियाँ सूर्य के चमचमाते प्रकाश में डूब गई हैं, किन्तु यह सिर्फ़ उसका भ्रम था। प्रकाश केवल उसके अपने भीतर था और चारों ओर अँधेरा था। उस प्रकाश में वह अत्यन्त शक्तिशाली था; अपनी भावनाओं के आवेग को देखकर उसे स्वयं पर आश्चर्य-सा होने लगा—वह एक ऐसी शक्ति थी जो निर्बन्ध होकर उसके भीतर बहने लगी थी। कुछ धुँधले तरीक़े से उसे उस पॉल पर अफ़सोस होने लगा, जो कभी था और अब नहीं रहा था—वह पॉल, जिसने उसे नहीं देखा था—

एक अतिसाधारण, सामान्य, पतला-दुबला लड़का! कैसी ज़िन्दगी थी उसकी! वह क्या कभी सच्चे मानों में जिया था? स्कूल जाना, किताबें पढ़ना, सोचते रहना कि कभी ज़िन्दगी में कुछ होगा, झिझके-सकुचाए भाव से किसी-न-किसी चीज़ की आस लगाए रहना...यही तो वह था। उसके मित्र भी उसी की तरह साधारण थे। वह बिलकुल भिन्न था—उससे भिन्न, जो वह अब था।

जब वह घर लौटा, तो वही पुरानी बातें दुहराई गईं—एक-एक करके, आख़िरी अक्षर तक। रसोई की मेज़ पर लैम्प जल रहा था, जिसकी रोशनी से उसकी आँखें मिचमिचा आईं। उसके माता-पिता एक-दूसरे के आमने-सामने ख़ामोश बैठे थे। ड्रेसर पर रखे रेडियो से धीमा संगीत आ रहा था। रेडियो की 'शार्ट वेव्ज़' काट दी गई थीं और उस पर कार्ड-बोर्ड का एक नोटिस टँगा था : 'स्मरण रखिए कि विदेशी ब्रॉडकास्टिंग स्टेशन सुनने की सज़ा क़ैद अथवा मृत्यु है!'

उसकी माँ लकड़ी के बने कुकुरमुत्ते पर कोई फटा मोजा सी रही थी। उसे याद आया, जब वह छोटा था, तो कितने शौक़ से उस कुकुरमुत्ते से खेला करता था! उसे महसूस हुआ, मानो उसके माता-पिता ने उसके सामने नाटक खेलने का निश्चय कर लिया हो! जैसे वे मन की शान्ति क़ायम रखने का अभिनय कर रहे हों! ठीक है। वह भी उन्हीं की तरह अभिनय करेगा। उसने जानबूझकर ज़ोर से अँगड़ाई ली और खाने के लिए कुछ टटोलने लगा।

जब वह पतली कॉफ़ी पी रहा था, जिसमें से एक अजीब-सी गन्ध आ रही थी और कॉफ़ी की पुरानी, जीर्ण केतली को इस तरह ध्यान से देखने का उपक्रम कर रहा था, जैसे उससे ज़्यादा दिलचस्प चीज़ दुनिया में न हो, तब उसके पिता ने बोलना शुरू किया।

पुराना ऐतिहासिक उपन्यास, जो वे पढ़ रहे थे, उन्होंने मेज़ पर रख दिया।

"पॉल, तुम्हें हमसे कुछ कहना नहीं है?"

ख़ाली पात्र मेज़ पर रखते हुए उसने सिर हिला दिया, "नहीं...कहना क्या है!"

"तुम्हें देखकर जान पड़ता है, जैसे तुम नींद में चल रहे हो। तुम अब अठारह वर्ष के हो गए हो—लेकिन मुझे डर है, तुम किसी भी समय समझदारी को ताक पर रखकर ग़लत क़दम ले सकते हो। जो हुआ है, वह तुमसे छिपा नहीं है। इन दिनों घर पर रहना ही बेहतर है..."

लड़के की निगाहों को देखकर वे बीच में ही चुप हो गए। उन निगाहों में सिर्फ़ असहमति भरी थी—उन बातों के प्रति गूँगी, ज़िद्दी असहमति, जो वह उससे कह रहे थे।

"पता नहीं, तुम हमेशा मुझमें नुक्स ही क्यों देखते रहते हो?" पॉल ने उठते हुए कहा।

बिना कोई दूसरा शब्द कहे उसने दरवाज़ा खोला और अपनी कोठरी में चला गया। जाते हुए, अपनी इच्छा के विरुद्ध उसने अपने पीछे दरवाज़ा खटाक से बन्द कर दिया।

जब वे दोनों कमरे में अकेले रह गए, तो माँ ने लकड़ी का कुकुरमुत्ता मेज़ पर रख दिया। मेज़ पर खट से आवाज़ हुई। चश्मे के शीशों के ऊपर से उसने अपने पति की ओर देखा।

वे खड़े हो गए थे और बिस्तर में जाने की तैयारी कर रहे थे।

"इसे झूठ बोलना भी नहीं आता। कोशिश भी नहीं करता।" वे जैसे अपने ही किसी मूल प्रश्न का उत्तर दे रहे थे, "कम-से-कम अभी तक नहीं।"

उन्होंने अवश भाव से कन्धे सिकोड़ लिये और किताब बन्द कर दी।

6

आनेवाले दिनों में हर व्यक्ति का दिल एक अवश गुस्से से तिलमिलाता रहता—किन्तु गुस्से के अलावा जो चीज़ उन्हें अपने शिकंजे में बुरी तरह कस गई थी, वह था भय। इस भय ने पसीने से तर गिलाफ़ की मानिन्द समूचे शहर को अपने में ढक लिया था, जिसके तले केवल भयंकर दुःस्वप्न ही आ सकते थे। हर जगह यह भय महसूस किया जा सकता था—अपनी देह की खाल-तले, दिल के पास, टेबल पर सोते हुए, अपनी पत्नी की बाँहों में, गोद में बच्चे को सहलाते हुए—हर जगह!

गली में गूँजते लाउडस्पीकर और अख़बार की मोटी-मोटी सुर्ख़ियों में बराबर यह भय स्पन्दित होता रहता।

"क्या सोच रहे हो?" उसने पूछा।

वह उदास-सा अपने ख़यालों में डूबा था, माथे पर बल खिंच आए थे। वह कभी-कभी अपने को बिलकुल भूल-सा जाता और तब उसे लगता, जैसे उसकी आवाज़ दूर, बहुत दूर से आती हुई उसके चिन्तित मस्तिष्क में बिंधी जा रही हो।

उसने अपने चेहरे पर हाथ फेरा, एक रुग्ण-सी मुस्कराहट उसके होंठों पर खिंच आई।

"कोई ख़ास बात नहीं। यही छोटी-मोटी बातें—विशेष कुछ नहीं।"

किन्तु उसे लगा, वह उसे धोखा नहीं दे सका है। उसने उसे अपनी बाँहों में ले लिया और अपने होंठों से उसकी आँखों को मूँद दिया। फिर धीरे-धीरे उसने अपना चेहरा उसके बालों में छिपा लिया, ताकि बराबर परेशान करनेवाले विचारों से छुटकारा पाकर अपने को उसके बालों के कोमल, सुगन्धित अँधेरे में डुबो सके।

'यदि तुम जान सकतीं,' उसने अपने मन में सोचा, 'काश, तुम्हें थोड़ा भी अनुमान हो पाता...!'

जून की कड़कड़ाती धूप में सड़कें जलती रहतीं। ग्रीष्म के फूलों पर नये-नये रंगों की बाढ़-सी आ गई थी। सूर्य की प्रखर किरणों तले प्रकृति का फूलता, अँगड़ाई लेता सौन्दर्य-विलास—उसकी उदासीनता में एक अजीब-सी क्रूरता छिपी थी। शहर के दूसरी ओर कोबिलिसी फाँसी-स्थल से मशीनगन की गोलियों की आवाज़ समूचे शहर में गूँजती रहती। गोली मारनेवाले नात्सी जत्थे दिन-रात अपने काम में व्यस्त रहते। राइफलों की नलियाँ हमेशा गरम रहतीं—उन्हें ठंडे होने का अवकाश कहाँ था!

"...उन सबको गोली से मार दिया जाएगा, जो...।"

"मैं तुम्हें प्यार करती हूँ।" चुम्बनों के बीच उसकी धीमी-सी फुसफुसाहट।

कभी न ख़त्म होनेवाली चाह को अपने में दबाए वे एक-दूसरे को चूमते रहते। वह अपने होंठों को उसके होंठों पर दबाए रहता, फिर भी अजीब-अजीब से ख़याल उसका पीछा न छोड़ते। उसकी आँखों के सामने साधारण, आम लोगों के नामों की लम्बी फ़ेहरिस्तें घूमती जातीं...साधारण-से नाम, जो हर व्यक्ति के हो सकते थे।

ये नाम अख़बारों के उन प्रथम पृष्ठों पर बिखरे रहते, जहाँ 'प्रोटेक्टोरात' सरकार की घोषणाएँ और खारकोव-आक्रमण-सम्बन्धी जर्मन हाई-कमांड की विज्ञप्तियाँ भी पढ़ी जा सकती थीं। ये नाम पोस्टरों पर चिपके रहते—

सिनेमा के इश्तहारों और दन्तमंजन के विज्ञापनों के बीच। पोस्टर पर साफ़ तौर से लिखा था कि कौन-कौन-से अपराधों के लिए मृत्युदंड दिया जाएगा—उन लोगों को जानबूझकर शरण देना, जिन्होंने अपना नाम पुलिस के पास दर्ज नहीं करवाया—मौत! प्रोटेक्टर की हत्या करने की कोशिश का अनुमोदन करना—मौत! हत्या की चेष्टा करने वाले व्यक्तियों के समर्थन में अपील करना—मौत! ग़ैर-क़ानूनी हथियारों को छिपाना—मौत!—'मैं तुम्हें प्यार करती हूँ!' हे ईश्वर, कौन-सी चीज़ शेष रह गई है, जिसके लिए वे हमें गोली से नहीं उड़ा देंगे? एक निगाह के लिए, कान में फुसफुसाकर कहे गए एक शब्द के लिए, एक निःश्वास के लिए, एक निषिद्ध ज़िन्दगी को सहारा देने के लिए—मौत! मौत! प्राग के गेस्टापो-हेडक्वार्टर में टेलीफ़ोन दिन-रात खड़कते रहते—ख़बरें, गड्डमड्ड, उलझी सूचनाएँ, प्रतिशोध-भावना से की गई गद्दारी, सौगन्धें, गालियाँ, ज़िम्मेदार व्यक्तियों के सम्बन्ध में लज्जास्पद सूचनाएँ देने के एवज़ में लाखों के इनाम। कहाँ हैं वे लोग? क्या वे जीवित हैं? शायद वे मर गए हैं और यह नर-संहार हमेशा, निरन्तर जारी रहेगा। केवल रक्त के महासागर से ही उस व्यक्ति के जीवन का मूल्य चुकाया जा सकेगा, जो गोलियों से छिदे कलेजे को लिये अपने बिस्तर पर आख़िरी साँसें गिन रहा है। गेस्टापो की मशीन अपनी विक्षिप्त गति में चल रही थी। अफ़वाहें वातावरण के तनाव को और भी गहरा कर देती थीं, जिससे स्थिति और भी बदतर होती जा रही थी।

'मैं तुम्हें प्यार करती हूँ...'

नाम, नाम, नाम। और पते। और मशीनगन की गोलियाँ। और, और नाम।

इन दिनों दरज़ी के सहयोगी चेपक ने ख़बरों पर टीका-टिप्पणी करनी बन्द कर दी थी। हर सुबह अख़बार पढ़ने के बाद वह अत्यन्त गम्भीर मुद्रा में खड़ा हो जाता;

अपने कन्धों को, जो बरसों सिलाई की मशीन पर काम करते हुए झुक आए थे, सीधा करता और अपनी टोपी उतार लेता। दुकान की बोझिल निस्तब्धता में वह दो मिनट तक उन लोगों की आत्मा के लिए प्रार्थना करता, जिन्हें उस दिन गोली से मार दिया गया था।

इस हृदयद्रावक दृश्य को जो लोग देखते, उनका रोम-रोम सिहर जाता।

पॉल चुपचाप नामों की फ़ेहरिस्तें पढ़ता। वह पोस्टरों के सामने खड़ा हो जाता—साँस रोके। उसकी आँखें एक के बाद दूसरा नाम पढ़ती जातीं, जेब में पड़ी मुट्ठी अचानक भिंच जाती, दाँत किटकिटाने लगते। उसकी पीठ जून की कड़कड़ाती धूप में जलने लगती और पसीने से तर क़मीज़ उसके कन्धों से चिपक जाती। उसे लगता, जैसे उसकी टाँगें ऐंठने लगी हों और वह पोस्टर से हटकर भागने लगता। किन्तु दूसरे दिन वहाँ एक नया पोस्टर नज़र आता—ताज़ा, गोंद से गीला। वह और भी ज़्यादा भरा हुआ होता। उसमें पहले से ज़्यादा नाम होते और उन नामों के पीछे झाँक रहे होते चेहरे, हाथ, मुँह, आँखें—सैकड़ों आँखें। उन नामों के बीच अपने नाम की कल्पना करना कठिन नहीं था। उसके नाम के नीचे उसके पिता का नाम। उसकी माँ का नाम। चेपक का नाम। एन्थनी चेपक, दरज़ी का असिस्टेंट, पता...इत्यादि। एस्थर का नाम। और किसका? वे नाम अन्य सब नामों से भिन्न नहीं होंगे और उसके जैसा कोई अन्य व्यक्ति हल्के कौतूहल से उन्हें पढ़कर चला जाएगा। और तब बन्दूक़ों की आवाज़, किन्तु वह उन्हें नहीं सुन सकेगा।

घर में उन दिनों जो ख़ामोश-सा तनाव खिंचा रहता, वह अब उसके लिए असहनीय-सा हो उठा था। उसे लगता, वह दो निगाहों के परस्पर छेदनेवाले बिन्दु पर जी रहा है, आठों पहर एक मूक जिज्ञासा से घिरा हुआ—वह भरसक अपने को उससे दूर रखने की कोशिश करता। बची रह गई थीं उसके लिए, घर के अलावा, शहर की गलियाँ, धूप में तपती हुई, सब ओर से उदासीन। जलते हुए फ़ुटपाथ। लगता था, जैसे सब कुछ सतह के नीचे हो रहा हो—आधी-छिपी निगाहों के नीचे। एक ओर हटकर, कन्धों पर निगाह डालते हुए धीमे-दबे से कहे गए शब्दों के नीचे। तेल के अभाव में कराहते हुए ट्राम के पहिये;

मस्तिष्क में बिंधती हुई मोटर-हॉर्न की आवाज़ें। दुकानों की खिड़कियों के शीशों पर एक छाया फिसलती रहती—एक लड़के की छाया, जो जेबों में हाथ हँसकर शहर में निरुद्देश्य भटकता रहता, ठंडे गलियारों और खम्भों के बीच, दुर्गन्ध से भरे सार्वजनिक शौचगृहों के सामने से गुज़रता हुआ, धूप में चमकते एम्बेंकमेंट पर, जिसके सामने गर्मी में उनींदी-सी नदी बहती रहती। एक पंगु सिपाही अपने सस्ते कैमरे से इरादचानी (शाही महल) का फ़ोटो लेने की चेष्टा कर रहा था। वह अपने से कितना सन्तुष्ट था, धूप में आँख दबाकर उसने कैमरे का शटर दबा दिया। सुख और सन्तोष का भाव उसके चेहरे पर खिल आया। हज़ारों बार इस दृश्य का फ़ोटो लिया गया है, रंगों से चित्रित किया गया है—और अब यह सिपाही इस फ़ोटो को अपने देश भेज देगा, कुछ घिसे-पिटे शब्दों के साथ—प्यारी मोनिका के लिए।

रोज़मर्रा प्रदर्शन करने के ऑर्डर दिये जाते। कुछ पालतू मंत्री नये अफ़सर से आदेश ग्रहण करने गए—नया अफ़सर, जिसके पीछे एक मील लम्बी उपाधियाँ जुड़ी हुई थीं।

उसने अपना सिर हाथों तले दबा लिया। वह पुल की छाया में एक नाव पर बैठा था; एक कुत्ता भागता हुआ आया और उसकी पतलून के पायँचे सूँघने लगा। वह बिलकुल जड़वत् बैठा रहा, कुत्ता फिर वापस मुड़कर अपने मालिक की ओर भाग गया।

यदि उन्हें उसका पता चल गया, यदि उन्होंने उसे पकड़ लिया तो... तो क्या होगा?

देखा जाए, तो यह कितना मूर्खतापूर्ण प्रश्न था! इसका एक सीधा-साफ़ सरकारी उत्तर था : वे एस्थर को एक कीड़े की तरह गोली मारकर ख़त्म कर डालेंगे। वे उसे कोठरी से, जहाँ वह छिपी है, घसीटते हुए बाहर ले आएँगे। और फिर...फिर ख़ुद उसे, पिताजी को, माँ को, शायद बूढ़े चेपक को, पेपेक को, सबको—उन लोगों को भी, जिन्हें कुछ भी गुमान नहीं है, चुन-चुनकर गोली से उड़ा देंगे। वे शायद उसके स्कूल के साथियों को भी नहीं छोड़ेंगे—बर्ट, चार्ली, तिख, उनकी क्लास के मास्टर साहब...और न जाने किस-किसको!

उसे अचानक महसूस हुआ कि एक पहाड़, पत्थरों का एक पहाड़ उसके कन्धों पर गिर रहा है। इन लम्हों में एक अजीब-सा डर उससे चिपट जाता था। लगता था, जैसे उसकी देह की चमड़ी एक अत्यन्त कष्टदायक कपड़े की तरह उसकी हड्डियों से चिपक गई हो, जिससे बाहर आने के लिए वह छटपटा रहा हो।...और वह कुछ भी नहीं जानती। यही बेहतर है कि वह कुछ भी न जाने। उसे सारा बोझ अपने कन्धों पर ही ढोना होगा। यदि कहीं उसे पता चल गया तो ख़तरा और भी बढ़ जाएगा। वह एकदम घबरा उठेगी और कोई-न-कोई विवेकहीन काम कर बैठेगी।

किसी को भी कुछ नहीं मालूम होना चाहिए, किसी को भी नहीं। लेकिन कब तक वह अकेला सह सकेगा? और कैसे? क्या यह मुमकिन नहीं कि किसी भी क्षण वह अपने होश-हवास खो बैठेगा और ज़ोर-ज़ोर से चीख़ने लगेगा? क्या गारंटी है कि वह चहारदीवारी के भीतर घुट-घुटकर पागल नहीं हो जाएगी? किन्तु उसे जीवित रहना होगा, अवश्य, हर हालत में जीवित रहना होगा, वरना हर चीज़ अपना अर्थ खो बैठेगी। इस सबका अन्त कैसे होगा? युद्ध कब समाप्त होगा? वे कब वापस लौटेंगे? वह अब उनके सम्बन्ध में नये ढंग से सोचने लगा था; उनके प्रति उसके मन में एक असीम घृणा उमड़ आती थी और वह उन सबसे लड़ना चाहता था। काश, गर्व से फूले हुए, मेडलों से खनखनाते उनके सीनों पर वह मशीनगन दाग सकता! बस, घोड़ा दबाने की देर थी—खट, खट, खट, खट! या उन पर हैंड-ग्रेनेड फेंक सकता। कैसे भी, किसी तरह भी वह उनसे लड़ सकता—चारों ओर से घिरे हुए जानवरों की तरह! उसे कभी-कभी लोगों पर क्रोध आता कि वे क्यों नहीं सड़कों पर जमा हो जाते? क्यों नहीं ख़ाली हाथों से ही लड़ना शुरू कर देते? वह सहर्ष उनके संग शामिल हो जाता, सबसे आगे की पंक्ति में खड़ा हो जाता। वे सब ख़ामोश क्यों हैं? वे सिर्फ़ दबी आवाज़ों में फुसफुसाते क्यों हैं? वे किसकी प्रतीक्षा कर रहे हैं?

"आपकी क्या राय है, चेपक साहब?" उसने एक दिन कृत्रिम उदासीनता के स्वर में कटिंग-मास्टर से पूछा, "यह सब क़िस्सा कब ख़त्म होगा?"

"क्या? कब क्या ख़त्म होगा, लड़के?"

"अरे...यही लड़ाई।"

"यह साली लड़ाई...हूँ, तुम्हारा मतलब इससे है।" उसने आदतन चारों ओर देखा, चिन्तामग्न होकर अपनी खुरदरी ठोड़ी पर हाथ फेरा, कैंची नीचे रख दी और षड्यंत्र-भरी मुद्रा में आँख मारते हुए कहा, "इस पतझर में रूसी इन्हें मज़ा चखाएँगे। बिलकुल पक्की बात है—लड़के।"

बियर-घर की आरामकुर्सी पर बैठनेवाले रणविद्या के पंडित!

पिछले दो वर्षों से वे बराबर इसी लहज़े में अपना मत प्रकट करते आ रहे थे। ताश के खेल में हर चीज़ को लेकर सबको सन्तुष्ट करना कठिन नहीं है। 'वसन्त के दिनों में मोर्चा टूट जाएगा। गर्मियों में रूसी उनका भुरता बना डालेंगे! रूसी बन्दूक़ें—क्या कहने भाई! मुझे तो पहली लड़ाई में ही तज़रबा हो गया था। जाड़ों में...अरे ज़रा जाड़ों को आने दो। नानी-दादी याद आ जाएगी। बाबा बोनापार्ट तक को सबक़ मिल गया था। जनरल तुषार! रूसी तो साइबेरिया की ठंड के आदी हैं, लेकिन इन बेचारों की क्या दुर्दशा होगी, जो म्यूनिख के बियर-घरों को छोड़कर वहाँ गए हैं! बेचारों को बर्फ़ में जमी मछलियों की तरह बक्सों में बन्द करके वापस घर ले जाया जाएगा।'

चेपक की मेज़ रणभूमि में बदल जाती और वह युद्ध के दाँव-पेच समझाने लगता। 'यह देखो! समझ लो, माप का यह फीता दन्येपर नदी है, इस तरफ़ नाजी हैं, दूसरी तरफ़ यह इस्त्री, यानी रूसी सेना का गोला-बारूद। अब ज़रा ध्यान से देखो : रूसी इन्तज़ार कर रहे हैं कि कब दुश्मन अपने मोर्चे को दूर तक फैला ले जाता है और तब वे उसे कीड़े की तरह बीच में से काट देंगे—यहाँ, इस जगह...'

और वह अपनी उँगली के नाख़ून से मेज़ को थपथपाने लगता। 'बस, दूर तक काटते चले जाएँगे!'

ईश्वर ही जाने, कितनी बार उसने वेहरमाख़्त (जर्मन सेना) को अपनी मेज़ पर ख़त्म कर डाला था। उसकी भविष्यवाणियों का कोई अन्त नहीं था।

'वसन्त के दिनों में! कुछ मालूम है, उस मौसम में यूक्रेन में कितनी दलदल जमा हो जाती है! दलदल का सागर! गर्मियों में, पतझर में! बेकार, सब बेकार की बातें!'

उन दिनों पॉल समाचार-पत्रों को गहरी उत्सुकता से पढ़ने लगा। यहाँ तक कि वह जर्मन हाई कमांड की संक्षिप्त विज्ञप्तियों को भी बहुत ध्यान से पढ़ता था, ताकि उनमें उनकी कमज़ोरी का छोटा-सा संकेत, पूर्वी मोर्चे में शैथिल्य का आभास अथवा युद्ध के ज्वार-भाटे में परिवर्तन का हल्का-सा सन्देश पा सके, किन्तु यह असम्भव था। यदि एक मस्तिष्क की संकल्प-शक्ति को क्रियात्मक रूप दिया जाना सम्भव हो पाता, तो चारों ओर जर्मन मोर्चा क्षण-भर में नष्ट-भ्रष्ट हो जाता, किन्तु अख़बार फ्यूरर के योद्धाओं की अजय शक्ति से सम्बन्धित घमंडी डींगों, बोल्शेविकों के सम्पूर्ण विनाश, युद्ध-पोतों के डूबने, चुंगकिंग के विरुद्ध जापानी सेनाओं की सफलताओं, उत्तरी अफ्रीका में मार्शल रोमल की शानदार जीतों और अनगिनत ऐसी ही ख़बरों से भरे रहते।

एक शाम वह बर्ट के घर गया। उसके मित्र वहाँ दो वॉल्व के रेडियो को, जिसके शॉर्टवेव निकाल दिये गए थे, ठोंक-पीट रहे थे। आख़िर वे सफल हुए—चारों तरफ़ दरवाज़ों को सावधानी से बन्द करके वे विदेशी स्टेशनों की ख़बरें सुनने लगे। जो कुछ वह सुन पाया, वह अधिक आशाप्रद लगा, किन्तु समाचारों और समाचार-टिप्पणियों की गम्भीरता ने उसे ज़्यादा आशावादी नहीं बनाया, बल्कि उसका उलटा असर हुआ। रेडियो की ख़बरों में उसे चेपक की भविष्यवाणियों की सहज, परी-कथा सदृश आशावादिता कहीं दिखाई न दी।

वह क्या करे? सोचो, ठीक से सोचो! वह उसे अपने साथ लेकर कहीं भाग जाए, लेकिन कहाँ? वे कहाँ जा सकते हैं? अपने छोटे-से कमरे में वह यूरोप का नक़्शा देखने लगा और विवश भाव से अपने होंठ काटने लगा। 'मैं पागल हूँ, मेरा सिर फिर गया है! नक़्शे में जहाँ भी नज़र जाती है, वहाँ वे मौजूद हैं। उत्तर, पश्चिम, पूर्व, दक्षिण—हर दिशा में वे तिलचट्टों,

प्लेग की टिड्डियों की मानिन्द फैल गए हैं। कहीं भी कोई बचाव नहीं है, सिवाय सिर में गोली मारकर धरती के नीचे लोप हो जाने के।' एक ठंडी-सी सिहरन उसके शरीर में फैलने लगी। अब उसे ज़िन्दगी कुछ-कुछ समझ में आने लगी थी। वह एक ऐसी जगह आ गया था, जिसका आभास उसे पहले कभी नहीं हुआ था—एक पिंजरे में!

"मैं तुम्हें प्यार करती हूँ।"

उसे कुछ करना चाहिए। लेकिन क्या? वह उससे विवाह कर सकता है, किन्तु इससे कुछ बनेगा? इस विचित्र सम्भावना के सम्बन्ध में उसने सतर्कता से पूछताछ करनी आरम्भ की, किन्तु सब बेकार, निरर्थक। वह क़ानून की सीमा के बाहर थी—हवा में लटकती हुई। क़ानून की दृष्टि में अब उसका अस्तित्व एक यहूदी लड़की की हैसियत से भी मिट गया था। पीछे लौटने का हर रास्ता बन्द था। अब उसे किसी अन्य चीज़ में दिलचस्पी नहीं रह गई थी। परीक्षाएँ पास आ रही थीं, किन्तु वह उनके प्रति उदासीन था। एक-एक करके दोस्त छूटने लगे। कभी-कभी इक्का-दुक्का मित्र उनकी कोठरी का दरवाज़ा खटखटाकर वापस लौट जाता। वे दोनों साँस रोके भीतर बैठे रहते। वह अब कभी दरवाज़ा नहीं खोलता था, ताकि उनसे बिलकुल छुटकारा पा सके। वह अब कभी कुछ नहीं पढ़ता था। नक्षत्रों में भी उसकी दिलचस्पी ख़त्म हो गई। इन सबसे क्या बनेगा, जब वह स्वयं अपनी ज़िन्दगी को ठीक से नहीं सँभाल सकता?

ऐसे ही दिन गुज़रते गए...वह शहर की गलियों में भटकता रहता था, हवा में उड़ते अख़बार के फटे टुकड़े की तरह। वह गलियों के कोनों पर खड़ा रहता, जेबों में हाथ ठूँसे, सिर में टूटता हुआ दर्द लिये। दरिया के पास खड़ा हुआ पानी में झाँकता और फिर किसी ढेले को ठोकर मारकर नदी के मन्द प्रवाह में बहा देता। पार्क में बैठा रहता और जब जून महीने की बौछार अचानक सिर पर पड़ती, तो भागकर कहीं, किसी छत तले खड़ा हो जाता। छतों के ऊपर आँधी से कँपकँपाता गर्मी का आकाश दिखाई देता और फिर एकदम अचानक गलियों पर धुआँधार बारिश की बूँदें टपाटप गिरने लगतीं।

मैले, मटियाले पानी के परनाले गलियों की धूल को धोते हुए नालियों के संग-संग बहने लगते। आँधी के बाद साफ़ और तीखी हवा में वह साँस लेने लगता—बिना यह पहचाने कि उस हवा की गन्ध और गन्धों से कितनी भिन्न है।

अपनी व्यक्तिगत चिन्ताओं में वह अब इस क़दर डूबा रहता कि आसपास होने वाली घटनाओं के प्रति वह बिलकुल निरासक्त-सा हो गया। शुरू-शुरू में, मूर्खतावश उसने सोचा था कि सब कुछ बहुत आसान है। वह है, और मैं हूँ—बस। किन्तु जल्दी ही उसे मालूम हो गया कि और चीज़ें तो अलग रहीं, इस ज़माने में अठारह वर्ष की लड़की के लिए हर रोज़ भोजन की व्यवस्था करना भी काफ़ी कठिन है। अब तक वह अपने भोजन का कुछ हिस्सा माता-पिता की आँखों से छिपाकर उसके लिए अलग रख लेता था; किन्तु ऐसा कितने दिन चलेगा? वे दोनों ही भूखे रहते थे, हालाँकि शायद उनमें से कोई भी इस तथ्य को मानने के लिए, किसी हालत में भी, तत्पर न होता। भूख—एक अप्रीतिकर, लज्जास्पद चीज़, जिसका सामना उसने ज़िन्दगी में कभी नहीं किया था। किन्तु अब ज़रा-सा श्रम करने पर—चाहे कुछ सीढ़ियाँ ही चढ़नी हों—उसे लगता, जैसे उसकी समूची देह पसीने में लथपथ हो गई हो। हाथ काँपने लगते, घुटने निर्जीव-से हो जाते और पेट में चिलचिलाता-सा दर्द उठने लगता। इस तरह वे कब तक घिसट पाएँगे? घर में रसोई से कुछ भी चुराना असम्भव था। वह चाहे भी, तो भी ऐसा नहीं कर सकता था। इस विचार से ही उसे अपने पर घृणा होने लगती कि वह उन दो वृद्ध, सहृदय आत्माओं के संग धोखाधड़ी कर सकेगा, जो महज़ उसके लिए जीवित थे और जिनकी मन की शान्ति अब तक वह अपने विचित्र व्यवहार से नष्ट करता आया था। माँ तो एकदम भाँप जाती। इन दिनों तो और भी, जब घर में भोजन का राशन इतना कम आता था कि बड़ी मुश्किल से कतर-ब्योंत करने के बाद उनका निर्वाह हो पाता था। उसकी रोटी पर मक्खन की पतली-सी परत लगाते हुए उसकी माँ हमेशा एक गहरा निःश्वास लिया करती थी।

न, वह ऐसा नहीं कर सकता था। अगर वह कोशिश भी करे तो उसे राशन के टिकट कहाँ से उपलब्ध हो सकते थे? कभी-कभी वह श्री तेरेवा से,

जिनकी मांस-गोश्त की दुकान थी, कुछ माँग लिया करता था। हर बार वह थोड़ा, थोड़ा-सा कुछ दे दिया करते थे; किन्तु अधिक दिनों तक यह नहीं चल सका। फूली, सूजी हुई उँगलियों वाले वे नेक-सज्जन कोई चोरबाज़ारिये तो थे नहीं। बड़ी मुश्किल से लम्बी, जो सन्दिग्ध पूछताछ के बाद वह अपनी क्लास के एक लड़के से, जो गाँव से आया था, रोटी और मांस के राशन-टिकट लेने में सफल हुआ था। किन्तु वे मुफ़्त में तो मिले नहीं थे। उनके लिए पैसे कहाँ से आएँ? सारी रात बिस्तर पर पड़ा-पड़ा वह इसी समस्या में उलझा रहा। पहले किताबें गईं, सेकंड-हैंड दुकान में अपनी एक-एक किताब को बेचते हुए उसका दिल भारी हो उठता था; किन्तु इसके अलावा दूसरा कोई चारा भी नहीं था। फिर कम्पास, स्वेटर और पिकनिक के जूते—जिन्हें बेचने की इच्छा बिलकुल न थी—सब एक-एक करके बिकते गए। उसने सोचा कि एक दिन उसे अपना तम्बू भी, जो बिलकुल नया था, बेचना पड़ेगा। फिर उसकी साइकिल की बारी आएगी—और तब? माता-पिता को भुलावे में रखकर क्या यह कारोबार ज़्यादा दिनों तक चल सकेगा?

न, यह रास्ता दूर तक नहीं जा सकेगा।

सबसे ज़्यादा झुँझलाहट होती थी घर में। 'पॉल, यहाँ आओ, पॉल वहाँ जाओ!'—माँ हरदम उसके पीछे पड़ी रहतीं। वह आख़िर अब दूध-पीता बच्चा नहीं रहा। लेकिन माँ किसी की सुनती थोड़े ही हैं—उन्हें दोष देना बेकार है। हर शाम वह उन्हें चुपचाप प्रार्थना करते हुए देखता रहता। वे रसोई में बाइबल खोलकर बिलकुल अकेले में बैठ जातीं, आँखें अधमुँदी-सी होकर बाइबल पर झुक जातीं, प्रार्थना करते हुए उनके होंठ धीरे-धीरे फड़कते रहते। ऐसे क्षणों में माँ को देखते हुए उसकी आँखें छोटे-से बच्चे की तरह आँसुओं से छलछला उठतीं। बुआ बिएता ने चिट्ठी में लिखा था कि वह गर्मी की छुट्टियों में उनके यहाँ चला आए। फ़सल काटने के काम में वह उनकी मदद कर सकता है—वे सचमुच अत्यन्त सहृदय लोग हैं। गर्मी की छुट्टियाँ! न जाने तब तक क्या-क्या घटित हो चुकेगा! ईश्वर की दया से चुप रहो और मुझे अकेला अपने पर छोड़ दो। 'पॉल, तुम भोजन की थाली अपने कमरे

में क्यों ले जाते हो? हमारे घर में आज तक सब लोग एक साथ बैठकर भोजन करते आए हैं।'—'क्या बात है पॉल? तुम्हारी तबियत तो ठीक है?' 'अरे राम-राम...आज रात फिर तुम बाहर जा रहे हो? भला इतनी रात कहाँ बाहर जाओगे?' झूठ, झूठ, झूठ। उसे इस मामले में अपने दोस्तों को बीच में घसीटना पड़ता ताकि वे उसके माता-पिता के सम्मुख झूठे-सच्चे बहाने गढ़ सकें; किन्तु उसके मित्र स्वयं उसके रहस्य को जानने के लिए उतावले हो उठे थे। गली में चलता हुआ वह अच्छी तरह चारों तरफ़ देख लेता कि कहीं वे उसका पीछा तो नहीं कर रहे? उसके पिता पाषाणवत् ख़ामोश रहने लगे थे, जैसे उनका इन सब बातों से कोई सरोकार न हो! फिर भी उनका सन्तप्त भाव उससे छिपा न रह सका। उसे लगता, जैसे उसके पिता की आँखें हरदम उसे टटोलती रहती हों। वे प्रतीक्षा कर रहे थे।

एक बार, शाम होते ही जब पॉल उससे मिलने के लिए जा रहा था, गली के नुक्कड़ पर मुड़ते ही उसकी आँख अचानक अपने पिता पर जा पड़ी। वह कुछ फ़ासला छोड़कर उसके पीछे-पीछे आ रहे थे। उनका दायाँ पैर तेज़ी से चलते हुए, रह-रहकर लँगड़ाने-सा लगता था। उन्होंने अपना छोटा ऊनी कोट पहन रखा था और सिर के उड़ते हुए, भूरे बाल टोपी से ढके थे। ताव में आकर पॉल तेज़ी से चलने लगा। उसके पैर इतनी तीव्र गति से उठ रहे थे कि लगता था, जैसे वह चलता-चलता भाग रहा हो! पीछे एक निगाह डाली तो उसका दिल भय और चिन्ता से काँप उठा। उसके बूढ़े पिता भी उसके पीछे-पीछे भाग रहे थे। अत्यन्त भद्दा दृश्य! एक बूढ़ा लँगड़ा व्यक्ति मुश्किल से साँस लेता, हाँफता हुआ उसके संग बराबर का फ़ासला क़ायम रखने की कोशिश कर रहा था। उहुँ! एक शैतान बच्चे की तरह वह गली के नुक्कड़ से मुड़कर चुपचाप एक मकान की दहलीज़ में चला आया और दरवाज़े के पीछे छिप गया। दरवाज़े के सूराख़ से बाहर सड़क की ओर देखते हुए उसका दिल धौंकनी की तरह धड़क रहा था। उसके पिता अवश भाव से अँधेरी गली के बीच खड़े थे और चारों ओर देख रहे थे। रह-रहकर उनकी साँस उखड़ जाती थी। आख़िर उन्होंने अपने पाँव मोड़ लिये और पानी में

बहते तिनके की तरह आगे बढ़ने लगे। उनकी कमर झुक गई थी, मानो इस लज्जास्पद दौड़ के बाद थककर वह बिलकुल बेजान हो गए हों! रूमाल से उन्होंने अपना माथा पोंछा और अपने हैट से पंखा झलने लगे। अचानक उस क्षण उसे अपने पिता अत्यन्त बूढ़े और अकेले-से जान पड़े, मानो फ़िक्र और परेशानी ने उन्हें एकदम कृशकाय और तुच्छ बनाकर छोड़ दिया हो। एक वृद्ध, थका-माँदा दरज़ी, असफल दुकानदार, जिसका समूचा जीवन अपने प्रिय सगे लोगों पर आधारित था। उसे लगा, जैसे अचानक भागता हुआ, वह अपने पिता के पास चला जाएगा और उनके कन्धों पर सिर टिकाकर रोने लगेगा : 'बाबू, मुझे बचाने के लिए तुम क्या कुछ भी कर सकते हो? न, कुछ भी नहीं। मेरे लिए तुम्हारा जो डर है, मैं उससे डरता हूँ, क्योंकि मेरा अपना डर इतना बड़ा है कि मैं ख़ुद उसे नहीं ढो सकता। मुझे तुम्हारी निगाहों से डर लगता है; बाबू, मुझे तुम्हारी सूझ-बूझ और समझदारी की बातों से डर लगता है। तुम ज्ञान-अनुभव की बातें करोगे, लेकिन अब उससे मेरा क्या बनेगा? वैसे भी क्या रखा है ज्ञान-अनुभव में? खोजो तो कहाँ मिलेगा? तुम्हारे पास है? मेरे पास है? मुझे नहीं मालूम, बाबू, ज्ञान-अनुभव की आवाज़ सुनूँ, तो मुझे आज ही उसे बाहर निकाल देना चाहिए—अपने आश्रय से बाहर। यह भी शायद अनुचित न होगा कि मैं उसे अपने हाथों से ही मार डालूँ। मैं कह सकता हूँ कि आत्म-रक्षा के लिए मुझे ऐसा करना पड़ा। मैं यह काम बहुत पोशीदा ढंग से कर सकता हूँ, सब कुछ पहले से सोच-समझकर। अँधेरा होने पर मैं उसे अपनी बाँहों में उठाकर बाहर ले जाऊँगा और कायर की भाँति उसे सिमिट्री की दीवार के पीछे फेंक दूँगा, क्योंकि कोई भी उसे अपने घर के भीतर नहीं आने देगा। अब वह कहीं की नहीं है, किसी की नहीं है, सिर्फ़ मेरी। और अँधेरे की।'

उस शाम उन्होंने सुना कि कोई दरवाज़े को तेज़ी से खटखटा रहा है। उसने होंठों पर उँगली रख दी, बत्ती बुझा दी और साँस रोककर बैठा रहा। उसे अपने पिता का स्वर पहचानते देर नहीं लगी।

"पॉल!"

अँधेरे ने उन दोनों को छिपा लिया था। वह कुछ ही देर के लिए दरवाज़े के पीछे खड़े रहे होंगे, किन्तु उस दौरान में उसे समय अन्तहीन लगा था। वह अपने दिल की धड़कन सुन सकता था। जब उसने अपना हाथ अपने दिल पर रखा, उसे लगा, कोई चीज़ बदहवास गति में उसकी हथेली से टकरा रही है।

दरवाज़े के पीछे खड़ा व्यक्ति इतनी आसानी से परास्त होनेवाला नहीं था। वह सीढ़ियाँ चढ़कर दुकान में गया और उस दरवाज़े को खटखटाने लगा जो दुकान से उनकी कोठरी की तरफ़ खुलता था, किन्तु सब व्यर्थ। उसमें ताला लगा था और ताले में चाबी। दरवाज़े का हैंडल ऊपर-नीचे होकर रह जाता था, किन्तु खुलता नहीं था। आख़िर वह चला गया, किन्तु उसके बाद उस शाम मन उचाट-सा हो गया।

नीचे कहीं दरवाज़ा धमाके से बन्द हो गया। जब वह जाने लगा तो उसने उसे रोकने की चेष्टा नहीं की। उसका चेहरा तना था। वह जो कुछ महसूस कर रहा था, उसे वह समझ गई थी। एक अकस्मात्-सा आघात, सहमा सा डर, गले में अटकता हुआ शर्म का गोला। निर्विकार भाव से उसके बालों को सहलाते हुए उसने ज़बरदस्ती अपने होंठों पर मुस्कराहट लाने की चेष्टा की। उसने सिर हिलाया और उत्तर में उदास भाव से मुस्करा दी। वह समझ गई थी।

बिना भोजन किये वह बिस्तर पर लेट गया—अपने विचारों में घिरा हुआ। नींद बिलकुल उड़ गई थी। वह पीठ के बल लेटा था, सिर के पीछे हाथ टिकाए। उसमें इतनी सामर्थ्य भी बाक़ी नहीं रही थी कि उठकर बत्ती बुझा सके। दरवाज़े पर हल्की-सी चरमराहट हुई, किन्तु वह आँखें मूँदे लेटा रहा—सोने का बहाना करते हुए। कौन कमरे में आया है, वह जानता था। पलकों-तले रोशनी की खंडित, झिलमिलाती रेखाओं के बीच उसे अपने पिता का चेहरा दिखाई दिया—उसके चेहरे पर झुका हुआ, झुर्रियों से भरा और क्लान्त। उनकी बूढ़ी आँखें उसके चेहरे के हाव-भाव को पढ़ने की चेष्टा कर रही थीं। वे साँस रोके उस पर झुके थे।

"पॉल..."

वह अपनी पलकें मज़बूती से बन्द किये लेटा रहा और नींद की नियमित लय के साथ साँस लेने की चेष्टा करने लगा। कहीं बहुत भीतर आँसू उमड़ने लगे थे—छाती के भीतर भीगे पत्थर की तरह। 'मैं झूठ बोल रहा हूँ—मैं उस व्यक्ति से झूठ बोल रहा हूँ, जिसने सदा मुझे सच बोलना सिखाया। क्यों सिखाया था मुझे? अब मैं उसी के सामने झूठ बोल रहा हूँ—झूठ, जो अनिवार्य है।'

"पॉल, क्या तुम सो गए? बच्चे, क्या मुझे सुन सकते हो?" दरज़ी का मुरझाया-पीला हाथ उसके बालों को सहलाने लगा—हाथ, जो हवा के झोंके की तरह हल्का था। फिर उन्होंने बत्ती बुझा दी और एक बहुत दबा-सा नि:श्वास लेकर पंजों के बल चलते हुए कमरे के बाहर चले आए। वे रसोई की मेज़ के पास खड़े हो गए, जहाँ उस दिन का अख़बार खुला पड़ा था। मुखपृष्ठ पर ही काली सुर्ख़ियों के बीच एक बड़ा फ़ोटो छपा था। फ़ोटो के नीचे सरकारी घोषणा के शब्द दिखाई दे रहे थे : 'घातक हमले के परिणामस्वरूप एस.एस. नेता रेनाहर्ड हायडरिख़ की मृत्यु हो गई।'

और दिन थे कि एक विक्षिप्त गति में भागे जा रहे थे।

7

बाहरी दुनिया की दैनिकचर्या का कोलाहल बहुत ही दबे-धुँधले ढंग से उनके पास आता था, किन्तु इससे उनकी अपनी दुनिया में कोई बाधा नहीं पहुँचती थी। दिन-भर डर और निराशा की छाया लिये वह अकेला घूमता रहता, किन्तु उसके पास पहुँचते ही, उसके स्पर्श, उसके चुम्बन, नीचे झुकी हुई उसकी पलकों के सम्पर्क में आते ही सब कुछ बह जाता, धुल जाता।

इन दिनों उसकी ज़िन्दगी दो अलग-अलग ज़िन्दगियों में बँट गई थी, जिनके बीच किसी प्रकार की समानता नहीं थी। मानो दोनों के बीच एक ऊँची दीवार खड़ी हो गई हो!

जून महीने की मधुर शामें वे दोनों एक संग बिताते थे। तारों और एक-दूसरे की साँसों तले अकेले...एक-दूसरे में सुखी। और वह पुराना घर था, दोनों को अपने में घेरे हुए, साँस लेता हुआ। वे दबी आवाज़ में कुछ-न-कुछ फुसफुसाते रहते, एक-दूसरे को चिढ़ाते, बेमतलब की बातें करते, और धीमे-धीमे हँसते रहते; क्योंकि दोनों ही जवान थे और प्रकृति के नियमों के अनुसार दुनिया की कोई चीज़ ऐसी न थी जिससे उनकी ख़ुशी की तुलना की जा सकती।

ऐसे क्षणों में उन्हें लगता, जैसे कहीं कोई ख़तरा नहीं है, जैसे सब कुछ ठीक है। उन्हें लगता, जैसे वे किसी चीज़ से बचकर शहर की दीवारों के बीच खो गए हैं—और अब वे बिलकुल सुरक्षित हैं।

हाँ, सुरक्षित! पाँच क़दम उधर और वापस पाँच क़दम इधर।

कभी-कभी ऐसा भी होता कि दोनों बिलकुल ख़ामोश हो जाते—शब्द जैसे किसी काम के न रह गए हों।

सिर्फ़ उसकी आँखें उससे चुपचाप कहतीं :

'देखो—मैंने कभी कल्पना भी नहीं की थी कि कभी ऐसा होगा। तुमसे मिलने से पहले मेरे लिए हर चीज़ अर्थहीन-सी थी। प्रतीक्षा, एक अन्तहीन प्रतीक्षा, और कुछ भी नहीं। व्यर्थ, अनर्गल विचार। जब मैं चौदह वर्ष का था, मैंने मन-ही-मन एक भावुकतापूर्ण कहानी गढ़ ली थी—प्रशान्त सागर में अकेला एक मैं पायलट था। मैंने एक बहुत ही सुन्दर लड़की को संकट से मुक्त कर दिया। फिर मैं उससे प्रेम करने लगा और बाद में उससे विवाह कर लिया। मैंने उस लड़की का नाम भी खोज लिया था—शायद किसी सिनेमा में देखा हुआ कोई नाम। तुम हँसोगी—क्यों? वह लड़की तुम्हारे जैसी बिलकुल नहीं थी। वह सिर्फ़ एक छाया थी—अब सोचता हूँ तो अपने पर शर्म आती है। देखो, अब मैंने तुम्हें पा लिया है। तुम मेरे कन्धे पर झुकी हो और तुम्हारे बालों से एक अजीब-सी ख़ुशबू आ रही है। सुनो—यह कैसी ख़ुशबू है?'

ऐसे क्षणों में समय की गति ठिठक जाती और वे दोनों बिना शब्दों की सहायता के एक-दूसरे से बोलते रहते—उनकी कल्पना को शब्दों की आवश्यकता नहीं थी। वे एक-दूसरे के संग, एक-दूसरे से सटे हुए उन रास्तों पर चलने लगते, जिनका खिड़की के बाहर दुनिया के रास्तों से कोई सम्बन्ध नहीं था।

और तब उन्हें लगता, जैसे उनके पैरों तले धरती बहुत मज़बूत है और समूची दुनिया सूरज की चमचमाती रोशनी में तैरती जा रही है। घास से भरी ढलानों पर वे भागने लगते; पहाड़ी हवा उसके बालों को बिखरा देती। उनके ऊपर नीले आकाश में हवाओं का भँवर फैलता जाता।

उसे हँसना कितना अच्छा लगता था! उसकी हँसी की गूँज पहाड़ियों के बीच हिचकोले खाने लगती, वह उसे अपनी बाँहों में भरकर लम्बी घास पर लिटा देता। वह भी उसके संग लेट जाता और उसके जीवन्त, कोमल, चलायमान होंठों को देखने लगता, उसकी अधमुँदी पलकों को देखने लगता, जिनके भीतर से गीले कोयले की स्याह रोशनी बाहर झाँकती रहती। वह अपना चेहरा उसके नंगे वक्ष पर टिका देता—उन दो दृढ़, किन्तु कोमल, उरोजों की पहाड़ियों पर—और अपनी आँखें मूँद लेता। क्या तुम दुनिया को सुन सकती हो? उसके कोलाहल को? क्या तुम इस क्षण मेरे संग हो? उसकी उँगलियों का कोमल दबाव...और वह उसे अपने ऊपर खींच लेती...और उनके नीचे धरती डोलने लगती, जैसे वह उन्हें अपने सुरक्षित आलिंगन में खींच रही हो...और फिर सब कुछ शान्त हो जाता। वे साफ़ नीले-हरे पानी में तैर रहे थे, वह उससे कुछ गज़ आगे थी और उसकी ओर मुड़कर हाथ हिला रही थी। यह सब मैंने पहले कहाँ देखा है? तालाब, जिसके तटों पर लम्बे-लम्बे बाँस लगे हैं, समतल चरागाहों से घिरा हुआ; सड़क पर झूमते हुए चिनार के पेड़ों की पंक्ति जो कहीं दूर जाकर सनोवर-झाड़ी की सफ़ेद छाया में ग़ायब हो जाती है। यह दुनिया कहाँ है? वहाँ कैसे जाना होगा? और फिर सब कुछ वापस चला आता है। वे एक-दूसरे से सटे हुए रेल के सँकरे गलियारे में खड़े हैं, खिड़की के बाहर अनेक दृश्य-छवियाँ फिसलती जाती हैं—सफ़ेद, भूरी और सुनहरी...!

"पॉल!"

वह जाग गया। चारों ओर रोती हुई दीवारें खड़ी थीं।

"हूँ...क्या?"

वह एक क्षण के लिए हिचकिचाई, अपने ख़यालों को ढकने के लिए उपयुक्त शब्दों को खोजती हुई।

"क्या तुम कभी...किसी स्त्री के संग रहे हो?"

कुहनियों पर टिका उसका मुँह ऊपर उठ गया।

"क्या मानी? तुम्हारा मतलब है कि क्या..."

"सुनो..." संकोच ने उसे घेर लिया। "मेरा मतलब है...किसी के संग...तुम समझते हो।"

वह चुप बैठा रहा। इस प्रश्न ने उसे बिलकुल हक्का-बक्का-सा कर दिया था। उसने कभी उससे इस प्रश्न की आशा न की थी। उसे लगा, जैसे उसने उस पर ठंडे पानी का घड़ा उड़ेल दिया हो! वह दुबारा अपनी पीठ के बल लेट गया और अपलक दृष्टि से छत की ओर देखने लगा। क्यों पूछा है उसने ऐसा प्रश्न?

वह कुछ झिझका, किन्तु अन्त में चुपचाप अनिच्छा से हक़ीक़त स्वीकार कर ली।

"नहीं।" और फिर फ़ौरन उसके संग यह जोड़ दिया, "क्यों पूछती हो?"

"ऐसे ही...मुझे जानकर बहुत ख़ुशी हुई।"

"क्यों?"

"पता नहीं...लेकिन सचमुच मैं बहुत ख़ुश हूँ।"

वह धीमे से हँसी और अपना सिर उसके कन्धे से उठा लिया। कमरे की धुँधली रोशनी में उसने उसका चेहरा अपने दोनों हाथों में ले लिया और उसे धीमे-धीमे सहलाने लगी। उसके कन्धों के नीचे वह इस तरह सिकुड़-मुकुड़कर आराम से बैठ गई, जैसे गरम टोकरी में बिल्ली बैठ जाती है। फिर उसने निश्चिन्तता की साँस ली।

"और तुम?"

शायद उसने उसका प्रश्न नहीं सुना—वह अपने ही ख़यालों में खो गई थी। इस एक क्षण की चुप्पी उसके दिल को भेद गई। उसे लगा, जैसे किसी ने उसे अचानक जकड़ लिया है, मानो पीड़ा की एक लहर उसके फेफड़ों को झिंझोड़ गई हो! वह फिर अपनी कुहनियों के सहारे ऊपर उठ आया, धुँधली रोशनी में उसकी आँखें झिपझिपाने लगी थीं। बिना कुछ सोचे वह उसे हिलाने लगा।

"और तुम?"

उसने आश्चर्य से उसकी ओर देखा।

"मैं? न, बिलकुल नहीं। तुमने सोचा कि..."

"मैंने कुछ भी नहीं सोचा।" उसने ग़ुस्से में उसे बीच में ही टोक दिया।

"किन्तु क्या तुम्हें ख़ुशी नहीं हुई यह जानकर?"

"हाँ!" उसने ईमानदारी से स्वीकार कर लिया और चैन की साँस ली।

"किन्तु तुमने इसके बारे में सोचा होगा...क्यों?"

"ज़्यादा नहीं। मुझे दूसरी चीज़ों में ज़्यादा दिलचस्पी थी। लेकिन देखो, सच पूछो तो मैं इसके बारे में काफ़ी सोचता रहा हूँ। तुमसे झूठ क्यों बोलूँ? मैं सोचता रहा हूँ...इसके बारे में।"

"मुझे लेकर भी...कभी इस बारे में सोचा है?" उसने बहुत ही असहाय-भाव से साँस ली...अपने पर लज्जित, एक तर्कहीन भय के बोझ-तले दबे हुए।

"हाँ, तुम्हें लेकर भी। क्या तुमने बुरा मान लिया?"

"क्यों भला? मैं तुम्हें प्यार करती हूँ...नहीं? मैं तुम्हें वह सब कुछ देना चाहती हूँ, जो मेरे पास है। मुझे भी झूठ बोलने से क्या मिलेगा?"

"तुम बहुत अच्छी हो।" उसका स्वर स्निग्ध-सा हो आया।

"न...ऐसी बात नहीं। इसका ख़याल आते ही मेरा जी घबराने लगता है।"

"डरने की कोई बात नहीं। मैं तुम्हें मजबूर नहीं करूँगा...अगर..."

"मैं जानती हूँ, तुम ऐसा कुछ नहीं करोगे। जब मैं अपनी बुआ के संग रह रही थी, मेरा चचेरा भाई मुझे बहुत तंग किया करता था। उसकी उम्र कोई बीस वर्ष की होगी, किन्तु उसकी इच्छा पूरी नहीं हुई...मुझमें काफ़ी ताक़त है। एक बार मैंने उसका हाथ काट खाया था, लेकिन उसे इसकी परवाह न थी..."

वह ग़ुस्से में चिल्ला उठा, "सूअर कहीं का...उसे तो..."

"और एक बार...उन दिनों हम अपने ही घर रहते थे। हमारा हेडमास्टर बहुत नेक-सज्जन आदमी था...विवाह नहीं हुआ था उनका। हम सब उन्हें बहुत चाहते थे—मुझे भी वे अच्छे लगते थे। मेरे प्रति उनका व्यवहार बहुत सहृदयतापूर्ण था। अक्सर वे इस बात पर गहरा ख़ेद प्रकट करते थे कि मैं आगे स्कूल में नहीं पढ़ सकती। फिर एक दिन...अचानक तालाब के पास रास्ते में, जहाँ बाँसों के झुरमुट थे, मेरी उनसे मुठभेड़ हो गई।

उस दिन कड़कड़ाती धूप फैली थी और मैं गर्मी के मारे बदहवास-सी हो गई थी। वे मुझसे बातचीत करने के लिए ठहर गए। कुछ देर तक मेरा हालचाल पूछा और फिर एकाएक बहुत अजीब ढंग से मुझ पर हाथ फेरने लगे—इस तरह नहीं, जैसे तुम मुझे कभी सहलाते हो।...उनका हाथ रह-रहकर काँप उठता था, उनकी आवाज़ असंयत-सी हो आई थी और आँखों में आँसू भर आए थे। बहुत विचित्र ढंग से साँस लेते हुए वे दबे स्वर में फुसफुसाने लगे, 'बेचारी यहूदी बच्ची, क्या होगा तेरा? अभागी नन्ही सी जान...' और फिर अचानक उन्होंने मुझे छू लिया—देखो, इस तरह, बहुत ही गन्दे और अश्लील ढंग से...मैं एकदम फूट पड़ी और तेज़ी से भागने लगी...घर पहुँची, तब भी मैं रो रही थी। मैंने कभी स्वप्न में भी न सोचा था कि वे ऐसे होंगे..."

"छोड़ो भी अब," उसने कुछ बेचैन-सा होकर उसे बीच में ही टोक दिया। वह अजीब सी परेशानी अनुभव कर रहा था।

"न, अब मैं इस बारे में कुछ नहीं कहूँगी। सच मानो, मैं तो अपने को एक बहुत ही साधारण लड़की समझती आई थी—बिलकुल स्वच्छन्द और आज़ाद। लड़कियाँ मुझे स्टैला के नाम से बुलाती थीं। 'स्टैला, इधर चलें; स्टैला, उधर चलें!' फिर कुछ बड़ी हुई और तब अचानक मैं एक यहूदी लड़की—एस्थर—में बदल गई, जैसे मैं औरों से भिन्न हूँ। क्यों? अचानक ऐसा परिवर्तन क्यों? बाबू ने इस सम्बन्ध में मुझे पहले से ही सावधान कर दिया था; कहा था, यदि मैं ख़ुद नहीं बदलूँगी तो बाद में पछताना पड़ेगा। फिर तो दूसरों से मित्रता करने की इच्छा मर-सी गई। उन्होंने हम पर पाबन्दी लगा दी कि हम आ...यों के संग उठना-बैठना, मिलना-जुलना बिलकुल बन्द कर दें। पॉल, क्या तुम कभी जानते थे कि तुम सचमुच आर्य हो? और तिस पर तुम्हारे सुर्ख़ बाल हैं। सुना है, सुर्ख़ बालों पर वे विशेष रूप से फ़िदा हैं।" वह धीमे से हँसी और अपनी उँगलियाँ उसके बालों पर फेरने लगी।

"अच्छा, अब अपनी बकवास बन्द करो," वह गुर्राया और अपने को मुक्त करने की चेष्टा करने लगा, हालाँकि उसे यह सब अच्छा लग रहा था।

"सच! मुझे तुम्हारे बाल पसन्द हैं। आज मुझे हर चीज़ चुटकियाँ देती-सी जान पड़ रही हैं, हर चीज़ पर हँसने को जी चाहता है और ज़रा देखो, यह सब कुछ एकदम कैसे हो गया...मैं यहाँ आई और एकदम तुमसे प्यार करने लगी...हालाँकि तुम आर्य हो...और..."

"अब चुप भी रहो...तुम जानबूझकर मुझे खिझाने की कोशिश कर रही हो..."

एक बिलकुल नया विचार उसके मस्तिष्क में कौंध गया।

"पॉल, सुनो, तुम्हें नाचना आता है?"

"क्यों? थोड़ा-बहुत...डांसिंग-स्कूल में जो थोड़ा-बहुत सीखा था, बस वही।"

"मुझे कभी इजाज़त नहीं मिली। मैंने एक बहुत बढ़िया फ्रॉक सिलवाई थी...नाचने के लिए। बाद में माँ ने उसे रोज़मर्रा के इस्तेमाल के लिए बदल दिया। बाबू ने मुझे नाचना सिखाया था।"

"मुझे तो कभी ख़ास आनन्द आता नहीं...ज़नाना लोगों की चीज़ लगती है। नाचने से पहले बालों को बड़ी अदा से सँवारना...और इस तरह की बेहूदा बातें। प्रोग्राम शुरू होने से पहले हममें से अधिकांश टॉयलेट में भाग जाया करते थे...कम-से-कम मैं तो ऐसा ही करता था।"

"मुझे बहुत शौक़ था, नाचने का।"

"तुम कहाँ जाती थीं नाचने के लिए?" उसने कुछ सन्दिग्ध भाव से पूछा।

"कहीं नहीं, घर में ही। बड़े कमरे में। हम खिड़कियों के शीशों पर 'ब्लैक-आउट' के पर्दे खींच देते थे, ताकि हमें कोई देख या सुन न सके। माँ पियानो पर 'वॉल्ज़' की धुन बजाया करती थी और बाबू मुझे उसके मुताबिक़ 'स्टेप' सिखाया करते थे। एक, दो, तीन ता-त्रा, ता-त्रा, त्राता, त्राताता...बाबू सचमुच बहुत अच्छे थे और उन्होंने बहुत शीघ्र ही मुझे सब सिखा दिया था। बहुत आसान है...वे मुझे ख़ुश करना चाहते थे।...आओ, मेरे संग नाचोगे?"

"तुम्हारा सचमुच सिर फिर गया है।" उसकी आँखें विस्मय से फैल गईं, किन्तु वह उछलकर खड़ी हो गई थी। फ़र्श पर अपनी चप्पलों को बजाते हुए उसने उसे अपने संग घसीट लिया। अपने बिखरे-उलझे बालों को समेटता हुआ वह बे-मन से खड़ा हो गया और अस्वीकृति में सिर हिला दिया।

"सच, पॉल, इनकार मत करो, मेरा बहुत मन है।" उसने अभ्यर्थना-भरे स्वर में आग्रह किया। उसके गाल एक अजानी-सी उत्तेजना के दबाव में गहरे प्रज्वलित-से हो आए थे। "कोई भी हमें नहीं देख सकेगा और मैं...मैं यहाँ तुम्हारे संग हूँ और बहुत ख़ुश हूँ। ज़रा ठहरो, एक मिनट...मैं अभी तुम्हें कुछ दिखाऊँगी! मैं अभी एक मिनट में वापस आ जाऊँगी—इतने में तुम इस रेडियो से कुछ संगीत निकालने की कोशिश करो—ठीक?"

इससे पेश्तर कि वह कुछ समझ सके, उसने ताले की चाबी घुमा दी, दरवाज़े से गुज़रते हुए दरज़ी की दुकान में घुस गई और बत्ती जला दी।

वह आश्चर्य-भरी आँखों से उसकी ओर देखता रहा, और फिर एकदम घबराकर उसे पुकारा, "ईश्वर के लिए बत्ती बुझा दो—वहाँ 'ब्लैक-आउट' के पर्दे नहीं हैं। बत्ती बुझा दो।"

उसने खिड़की के पास रखे उस हास्यास्पद बक्सानुमा रेडियो का बटन दबा दिया और उसमें से नृत्य-संगीत की इक्की-दुक्की धुन निकालने का विफल प्रयास करने लगा, जिसकी ताल पर कम-से-कम दो-चार क़दम नाचा जा सके।

खड़खड़ाती-पटपटाती आवाज़ों के बीच बहुत मुश्किल से वह प्राग स्टेशन पकड़ पाया; किन्तु वहाँ केवल अरथी को ले जाने का गम्भीर शोक-संगीत और दनादन ढोल पीटने का स्वर सुनाई दे रहा था। प्रोटेक्टर का शव अस्पताल से क़िले की ओर ले जाया जा रहा था।

उसे लगा, जैसे अचानक किसी ने उसकी रीढ़ की हड्डी पर ठंडी बर्फ़ रख दी हो। जल्दी से 'नॉब' मोड़कर उसने रेडियो बन्द कर दिया और चैन की साँस ली।

पीछे मुड़कर देखा तो एकदम खिलखिलाकर हँस पड़ा। वह दरवाज़े की देहरी पर अजीब-सी वेशभूषा में खड़ी थी। दरज़ी की दुकान से एक अधसिले मरदाने कोट को, जिसकी बाँहें केवल ऊपर से ही टाँक दी गई थीं, उसने अपने इर्द-गिर्द लपेट लिया था। कोट बहुत लम्बा था और उसके छोटे-छोटे हाथ नीचे लम्बी लटकती हुई मरदानी 'स्लीब्ज़' में खोंसे गए थे। कन्धों की तरफ़ कोट पर मोटे-मोटे गत्ते लगे हुए थे, जिनके बोझ तले झुकता हुआ कोट का निचला भाग उसके घुटनों तक खिसक आया था।

आश्चर्य से उसने अपने हाथ हवा में हिला दिये।

"यह क्या भेष बनाया है तुमने?"

"क्यों—क्या मैं इस पोशाक में अच्छी नहीं दीखती?" वह ख़ुशी से चहक रही थी।

वह छोटे-छोटे क़दम लेकर उसके पास आई और उसके पैरों के पास आकर नीचे झुक गई।

"मी लॉर्ड, क्या अगली बार आपके संग नाचने का सौभाग्य मुझे मिल सकेगा?"

"बहुत अच्छा!" वह भी उसके खेल में शामिल हो गया। चेहरे पर कड़ी-सी भाव-मुद्रा लाकर उसने आगे कहा, "लेकिन मैं अपना प्रोग्राम घर में पियानो पर छोड़ आया हूँ—संगीत नहीं रहेगा।"

उसने उसका हास्यजनक कोट, जो लकड़ी और सूराख़-भरे अस्तर से चरमरा रहा था, उतारकर एक तरफ़ रख दिया। हल्की-सी मरदानी झिझक के संग उसने उसे अपनी बाँहों में ले लिया और धीरे-धीरे सीटी पर एक पुरानी वॉल्ज़ की धुन बजाने लगा, जो उसने बहुत पहले डांसिंग स्कूल में सीखी थी। तराताता...तराताता...बेडौल सोफ़े, मेज़ और टूटी कुर्सी के बीच तंग, ख़ाली जगह में वे नाचने लगे—हाँफते हुए, संजीदा...मानो उन दोनों ने ज़िन्दगी के इस अभिनय को भी बहुत गम्भीरता से स्वीकार कर लिया हो! नाचते हुए उनकी उलझी आकृतियों की छाया दीवारों पर फिसलती हुई ऊपर छत तक चढ़ जाती थी और फिर नीचे की ओर बहते हुए कमरे

के कोनों में दुबक जाती थी। जब कभी वे मुड़ते थे, एस्थर के चेहरे पर आलोक और छाया का जाल फिसल जाता था। पॉल को अचानक महसूस हुआ कि वह कुछ अलग-सी दीख रही है। उसकी देह उससे सट आई थी, सिर पीछे की ओर मुड़ा था, आँखें अधमुँदी-सी हो आई थीं और होंठ दबे-से खुले रह गए थे।

नृत्य की लयपूर्ण गति में उसकी देह अत्यन्त लचकीली, हिलोरें खाती-सी हल्की और छुईमुई-सी हो आई थी—एक अशरीरी अपार्थिव छाया-सी, जैसे वह कोई मधुमक्खी या बर्फ़ का टुकड़ा या मानुष-जीवन की एक हल्की-सी साँस हो!

उसका पाँव अचानक उसके सन्दूक़चे से टकरा गया और वह अपना सन्तुलन खो बैठा। वह उसकी बाँहों से छूटकर पीछे की तरफ़ सोफ़े पर गिर गई। एक कटे हुए वृक्ष की भाँति वह धड़ाम से उसके ऊपर जा पड़ा और अपनी देह से उसकी देह को ढक दिया। दोनों ठहाका मारकर हँस पड़े। वह अपनी उँगलियों से उसके बाल सहलाने लगा।

"हम दोनों बिलकुल पागल हैं।"

"पागल हैं, तो पागल ही सही।"

उनकी हँसी जिस तरह अचानक फूट पड़ी थी, उसी तरह अचानक ग़ायब हो गई।

"एस्थर..."

"हाँ..."

उस क्षण वह उसकी आँखों को न पहचान सका। उनमें एक ज्वर-ग्रस्त-सा आलोक सिमट आया था...वह एकटक उन्हें देखता रहा, मानो उनकी मायावी चमक ने उसे अपने मोहपाश में बाँध लिया हो! उसकी देह को छूते हुए, जो नृत्य की उत्तेजना से गरम हो आई थी, उसकी साँस बार-बार उखड़ जाती थी।

उसका वक्ष भावावेग में ऊपर-नीचे हिल रहा था। तब अचानक झटके से एस्थर ने उसे अपने आलिंगन में कस लिया; एक अजीब असम्भाव्य शक्ति

से वह उसे अपने में भींचने लगी। उसके जलते होंठ पॉल के होंठों के भीतर धँसते गए। उसकी आँखें अनायास मुँद गईं और वह बिना हिले-डुले लेटा रहा।

"आह...मेरे..." उसे लगा, जैसे उसके इस अद्वितीय स्वप्न में कोई बहुत कोमल, धीमे स्वर में उससे कह रहा है, "प्राण...मुझे कभी अपने से अलग मत करना, पॉल! काश, मैं सब चीज़ों से छिपकर अपने को...कहीं तुम्हारे भीतर छिपा लेती..."

उसने पूरी शक्ति से कसकर उसे अपने से चिपटा लिया। आग की लपटें दोनों में फैलती गईं—दोनों की चिन्तन-शक्ति को अपनी गरमाहट से झुलसाते-उलझाते हुए...। सब चीज़ें एक-एक करके मिटती गईं—सिर्फ़ वह, एक लड़की रह गई, समूचे विश्व का केन्द्र। लगता था, वह उड़ रहा हो। एक चकराहट। वह सुदृढ़ स्नेह के संग धीरे-धीरे उसके चेहरे को सहलाने लगा, जैसे एकदम कुछ नई भावनाओं ने उसे जकड़ लिया हो! आह, उसका दिल एक घंटी की तरह उसके लिए बज रहा था। और एस्थर की साँस? उसके जलते गालों पर फरफराती हुई वह उसकी कनपटियों के बाल कँपा जाती थी, किन्तु जब उसने अपने होंठ उसके नंगे उरोजों के दो नन्हे-नन्हे ऊपर उठे हुए बिन्दुओं पर रख दिये, तो सहसा उसकी समूची देह एक ज़िद-भरी अस्वीकृति में अकड़ गई।

"यह नहीं पॉल...नहीं! आज, अभी नहीं, पॉल...मेरी तरफ़ इस तरह न देखो...सुनते हो? पॉल...!"

उसने देखा, उसकी आँखें आँसुओं से डबडबा आई हैं और तब उसी क्षण उसने उसे छोड़ दिया।

वह फिर धरती पर लौट आया था। एक ज्वार की तरह, तेज़ी से उतरते हुए ज्वार की तरह, सब कुछ ख़त्म हो गया था। तनाव भी मिटने लगा था, सिर्फ़ पीछे शर्म से भरा कम्पन शेष रह गया था, लालसा की एक अजीब सी कड़वाहट। उसे लगा, जैसे अचानक वह बिलकुल ख़ाली और अकेला-सा हो गया है। उन दोनों के बीच फिर एक दूरी आ सिमटी थी। उसे रोने की इच्छा हुई—एक छोटे-से लड़के की तरह।

अपने अकड़े हुए गालों को हाथों से मलता हुआ वह बैठा और पाँव फ़र्श पर रख दिये। अपनी हास्यास्पद स्थिति पर उसे अजीब-सी ग्लानि हो आई। उसने जो कुछ अभी-अभी अनुभव किया था, अपने को उससे मुक्त करने का प्रयास करने लगा। किन्तु, फिर भी लज्जा से भरी आत्महीनता की भावना उसके इर्द-गिर्द मँडराती रही। वह निरा जड़बुद्धि है—एक नौसिखिया, और कुछ नहीं। वह इतना भी साहस नहीं बटोर सका कि सीधी आँखों से उसके चेहरे को देख सके। वह उठ खड़ा हुआ। भर्राई आवाज़ से उसने अपने ऊपर गड़ती दारुणता को दूर ठेलने की चेष्टा की।

"मैं खिड़की खोले देता हूँ—यहाँ तो साँस लेना भी मुश्किल है।"

8

वे अँधेरे में बैठे रहे, चुपचाप। उनके ऊपर आकाश के एक टुकड़े में सबसे शुरू के कुछ तारे टिमटिमाने लगे थे। हृदय में एक अजीब-सी उलझन दबाए वह उदासीन भाव से उनकी तरफ़ देखता रहा। पश्चात्ताप...मूक उलाहने की कटुता। शर्म की एक बेचैनी-सी भावना। अपने इर्द-गिर्द की ख़ामोशी में घिसटता-सा वह सन्तप्त मुद्रा में बैठा रहा। एक ही स्थिति में बैठे रहने से उसकी देह अकड़-सी गई, किन्तु उसके मौन में किसी प्रकार की बाधा न पड़ सके, इस डर से वह चुपचाप, बिना हिले-डुले बैठा रहा। क्यों? क्यों वह उससे कतराकर अलग हो गई? क्या वह उसे ज़लील करना चाहती थी? वह कुछ भी नहीं समझ सका। वह उसकी बाँह पर सिरहाना लिये लेटी थी—वह साँस भी ले रही है या नहीं, इसका अनुमान लगाना भी असम्भव था। उसकी देह हल्की-सी गरम थी। क्या वह सो रही है? अँधेरे में धीमा-सा प्रश्न सुनाई दिया :

"तुम्हें बुरा लगा?"

"न!"

"सच कहते हो?"

उसने कोई उत्तर नहीं दिया; कैसे भी हो, वह झूठ बोलना नहीं चाहता था।

"चुप क्यों हो?"

"कुछ नहीं...सोच रहा हूँ।"

"किसके बारे में? ईश्वर के लिए कुछ बोलो। इस तरह मुँह सीकर न बैठे रहो।"

"ख़ास कुछ नहीं। मैं सिर्फ़ सोच रहा हूँ। ऐसी कोई बात नहीं है।"

उसे लगा, वह उससे हटकर कुछ अलग सिमट आई हो।

"तुम बहुत कठोर हो। बोलो, मैंने क्या किया? क्या तुम इसलिए नाराज़ हो कि मैंने..."

"क्या कहती हो!" उसने तनिक घबराकर उसे बीच में ही टोक दिया। "कुछ भी तो नहीं हुआ।"

"न, यह सच नहीं है। अवश्य कुछ हुआ है। सुनो, मैं सहसा डर गई थी। किसी और समय...क्या तुम मुझ पर विश्वास करोगे? पॉल...क्या तुम सचमुच बहुत उदास हो?"

"उहूँ!"

"सच, मेरी क़तई यह मंशा न थी, तुम्हें किसी तरह ठेस पहुँचाने की। मैं बिलकुल बेवक़ूफ़ हूँ, और कृतघ्न भी। अब तो तुम समझ गए?"

उसने गहरा निःश्वास लिया, "तुम भी बस निराली हो!" उसने अँधेरे में उसका सिर टटोला और बालों को अपनी उँगलियों से सहलाने लगा। कभी-कभी मज़ाक़ में वह उन्हें हल्के-से खींच देता था, किन्तु पहले जैसी अनुभूति अब शेष नहीं रह गई थी। न वे अब उसका अभिनय ही कर सकते थे, और न अब उसकी इच्छा ही बची थी।

उसने अपना सिर उसके सीने पर टिका लिया और बहुत पास उससे कान सटाकर बैठ गई।

"अब यह क्या कर रही हो?"

"मैं सुन रही हूँ। देखो, यह धड़क रहा है...एक जीता-जागता दिल।

हिलो नहीं—देखो, मैं सुन सकती हूँ, धक-धक-धक, जैसे कोई पम्प चल रहा हो। क्या यह मुमकिन नहीं कि इसे मैं चूम सकूँ..."

"तुम निरी पागल हो। दिल ही तो है, धड़केगा क्यों नहीं? इसमें इतनी अजीब बात क्या है?"

"आदमी जब मर जाता है तो यह धड़कन बन्द हो जाती है।"

"यह तो दर्द है—इसमें असाधारण क्या बात है?" उसने किंचित् अनमने भाव से आपत्ति की।

"ख़ास कुछ भी नहीं। साँस भी रुक जाती है, और यह सचमुच भयानक बात है। मुझे यह सोचते हुए भी डर लगता है कि मैं कभी साँस नहीं ले सकूँगी। जब कभी मुझे अपनी हालत असह्य-सी महसूस होने लगती है, तो मैं अपने से कहती हूँ, अरी बेवक़ूफ़ पागल, देख, तू साँस ले रही है—यह क्या कम है? तू अब भी साँस ले सकती है, यह अपने में एक बड़ी चीज़ है, यदि हम मौक़े पर इसके बारे में सोच सकें। पॉल, आओ, हम दोनों एक संग साँस लें। लो...लो...भीतर, बिलकुल भीतर। देखो, क्या तुम इस हवा को महसूस नहीं कर रहे? और साँस लेते हुए बराबर यह सोचते रहो, मैं साँस ले रहा हूँ, मैं साँस ले रहा हूँ, मैं अब भी साँस ले रहा हूँ...दुनिया की सबसे बहुमूल्य वस्तु मेरे पास है।"

उसे यह सब पागलपन लगा, किन्तु न जाने क्यों, वह ख़ुद अपने को न रोक सका। वे दोनों ही साँस लेने लगे—जून की गरम रात की हवा में। और दोनों को इस तरह साँस लेना अत्यन्त सुखकर जान पड़ा।

'अँधेरे में एक सहज, आसान-सा व्यायाम—साँस खींचना और छोड़ देना—इतना आसान कि जिसे सब कोई कर सकते हैं। हम पागल हो गए हैं—हम दोनों ही,' उसने मन-ही-मन सोचा और साँस खींचता रहा।

"एस्थर, तुम भी साँस लो, इस धरती पर साँस लेती रहो, और कभी ठहरो नहीं, रुको नहीं। न हो तो सिर्फ़ मेरी ख़ातिर ही सही—साँस लो, एस्थर!"

वह खिड़की बन्द करने के लिए उठ खड़ा हुआ।

रोमियो, जूलियट और अँधेरा

" 'ब्लैट-आउट' का पर्दा मत गिराना। मैं आकाश देखते रहना चाहती हूँ। रात के वक़्त मुझे यहाँ ऐसा महसूस होता है, जैसे मैं जेल की कोठरी में हूँ। अँधेरे से मुझे नफ़रत है।"

"मुझे भी।"

उसने खिड़की को वैसा ही छोड़ दिया, जैसा उसने चाहा था और सोफ़े के पास चला आया। उसने सिगरेट जला ली और उसका छोटा-सा लाल धब्बा आलोड़ित जल पर डगमगाती तिरेरी-सा हिलने लगा। उसने अपना बायाँ हाथ उसके कन्धे पर फैला दिया और साधारण, रोज़मर्रा की बातें सोचने की चेष्टा करने लगा। व्यर्थ में उदास करनेवाली मृत्यु की बेमानी आशंकाओं को वह यथाशक्ति अपने से दूर धकेलने का प्रयत्न कर रहा था। उसने भला ऐसे ही मृत्यु की चर्चा क्यों छेड़ दी? क्या यह काफ़ी नहीं कि समूचा शहर मृत्यु की गन्ध से भरा है? किन्तु उसे इसके बारे में कुछ भी नहीं मालूम।

"लड़ाई समाप्त होने पर तुम्हारा क्या कुछ करने का इरादा है? मेरा मतलब है, मेरी पत्नी बनने के अलावा?"

उसे लगा, जैसे वह गहरे कृतज्ञ भाव से उसके निकट सट आई हो।

"तुम्हारी पत्नी? पॉल..."

"क्यों, इसमें विचित्र बात क्या है? निश्चय ही तुम..."

"हाँ, निश्चय ही..." उसने बहुत धीमे-से उसकी बात दुहरा दी।

"क्यों, तुम विश्वास नहीं करतीं?"

"करती हूँ। तुम पर विश्वास करती हूँ। किन्तु सिर्फ़ तुम पर, और किसी पर नहीं। अब और कोई रहा भी नहीं, जिसे मैं अपना कह सकूँ। सोचती हूँ तो बड़ा अजीब-सा लगता है। कब होगा हमारा विवाह? और तुम मेरे संग कैसे रहोगे? लड़ाई ख़त्म होने के बाद भी क्या तुम मुझसे ऐसे ही प्रेम करते रहोगे? कभी-कभी मैं सोचती हूँ कि यदि यह सब कुछ न होता, तो शायद हम कभी एक-दूसरे से न मिल पाते—न एक-दूसरे को प्यार कर पाते। क्या तुम भी ऐसा नहीं सोचते? हम सिर्फ़ सड़क पर से गुज़र जाते—

तुम्हारे संग कोई अन्य लड़की होती और तुम मेरी ओर एक निगाह भी न उठाते...क्यों, ठीक है न?"

"यह सच नहीं है," उसने तीखे स्वर में प्रतिवाद किया।

"मालूम नहीं...किन्तु जब कभी सोचती हूँ तो सब कुछ बहुत अजीब-सा लगता है। और देखो पॉल...मैं और तुम एक-दूसरे से बहुत भिन्न हैं। तुम इतने गम्भीर हो..."

"मैं ऐसा पहले नहीं था..."

"...और कुछ-कुछ सख़्त मिज़ाज भी। और मैं..."

"तुम पागल हो।"

"बाबू मुझे 'सिरफिरा' कहा करते थे।"

"ठीक ही तो कहते थे, किन्तु मेरे लिए जैसी तुम हो, वैसी ही अच्छी हो। दुनिया में मैंने आज तक किसी को इस तरह नहीं चाहा, जितना तुम्हें। सच!"

"और तुम अपने को सुखी महसूस करते हो—मेरे संग?"

वह तनिक हिचकिचाया। 'सुखी' शब्द उसे कुछ असंगत-सा लगा—भारी-भरकम-सा, जैसे लड़कियों की भावुकतापूर्ण कहानियों में से उठाकर किसी ने सामने रख दिया हो!

उसने आँखें दूसरी ओर फेर लीं और 'हाँ' में सिर हिला दिया।

तब एकाएक उसे लगा कि एस्थर ने उसके गले में अपनी बाँह डाल दी है और उसका हाथ उसके कन्धे के नीचे लटक आया है। उसने अपना सिर मोड़कर उसकी ओर देखा—एस्थर की संजीदा आँखें उस पर गड़ी थीं।

"तुम्हारे संग मैं सुखी हूँ...बहुत सुखी।" उसने उसका चेहरा अपने हाथों में समेट लिया और धीरे से उसके होंठ चूम लिये।

"ठीक है एस्थर, मुझे जानकर ख़ुशी हुई, किन्तु तुमने मेरे प्रश्न का उत्तर नहीं दिया। लड़ाई ख़त्म हो जाने के बाद तुम क्या करोगी?"

"मैं? मुझे नृत्य का शौक़ है..."

"सैलोम की तरह नर्तकी बनने का?"

"लेकिन मैं किसी का गला नहीं काटूँगी। नर्तकी बनने के लिए बहुत कड़े परिश्रम की आवश्यकता है, लेकिन मुझे विश्वास है कि मैं अड़चनें पार कर लूँगी। मैं घर में नाचने का अभ्यास किया करती थी, किन्तु लुक-छिपकर, ताकि कोई मुझे न देख सके। कभी-कभी मैं ड्राइंग रूम की मेज़ का रंग-बिरंगा मेज़पोश अपने इर्द-गिर्द लपेटकर बाग़ में नाचने लगती थी। बाबू जब कभी मुझे देखते तो हँसने लगते। कहते, 'एस्थर, यह तूने क्या हुलिया बनाया है? तेरा सिर तो नहीं फिर गया?' ईश्वर ही जाने, वह किस क़िस्म का नृत्य था जो मैं उन दिनों नाचा करती थी। जो मेरे दिमाग़ में आता, बस, वैसे ही नाचने लगती—सिर्फ़ अपने सुख के लिए। जब मैं उदास होती तो उदासी का नृत्य नाचने लगती और जब ख़ुश होती तो ख़ुशी का। एक बार मैं माँ के संग मेला देखने गई थी। 'एक परी-कथा से दूसरी परी कथा तक'—यह उसका नाम था। बहुत सुन्दर था। मैं सोचती हूँ, किसी दिन मैं भी थियेटर में नाचूँगी—बहुत ऊँचे विशाल मंच पर, और नाचते समय रोशनी की रेखा मेरे इर्द-गिर्द घूमेगी—बिलकुल ऐसे ही, जैसे कुत्ता घूमता है। फिर अचानक हॉल में रोशनी जल उठेगी और सब लोग तालियाँ बजाएँगे। फिर मैं धीमे से झुकूँगी—इस तरह; और तब...तब मैं हॉल के बाहर चली आऊँगी, ताज़ी खुली हवा में..."

"और बाहर मैं खड़ा हूँगा, तुम्हारी प्रतीक्षा में। तुम्हें देखकर कहूँगा, 'आज रात तो बस, तुमने कमाल कर दिखाया'—या कुछ ऐसा ही..."

"फिर हम दोनों एक संग कहीं चल पड़ेंगे, कहीं अकेले में। सिर्फ़ हम दोनों—और हवा। तुम्हें हवा अच्छी लगती है?"

"हाँ, पतझड़ में जब पत्ते झरते हैं। मुझे पतझड़ अच्छा लगता है—सब कुछ उन दिनों शान्त और स्थिर-सा हो जाता है।"

"...और तुम क्या करोगे?"

"मैं? अध्ययन। बहुत-सा काम करना है।"

"तारे?"

"तुमने कैसे जाना?" उसने आश्चर्य से पूछा और सिर उठाकर उसकी ओर देखने लगा।

"ऐसे ही ख़याल आ गया।"

"हाँ। हर शाम मैं वेधशाला जाया करूँगा। उसका गुम्बद खोलकर आकाश का मुआयना किया करूँगा। मैं पहले भी ऐसा कर चुका हूँ—बिलकुल विस्मयकारी दृश्य सामने दिखाई देता है। जब मैं छोटा था तो गाँव में चाची के घर रहता था। रात होते ही मैं बाहर घास पर लेट जाता था। खुली आँखों पर समूचा आकाश झिलमिलाने लगता था—अचानक लगता था, जैसे हमारे नीचे कुछ भी ठोस न रह गया हो। लगता था, जैसे हम खुली सपाट दिशाओं में उड़े जा रहे हों; हमारे पास से तारों के झुरमुट गुज़र जाते हों और हम उनकी ओर हाथ हिलाते हुए आगे बढ़ जाते हों। क्यों बाबा बृहस्पति, क्या हाल है? और भाई शुक्र, तुम कैसे हो? चाँद को यदि एकटक, अपलक़ देर तक देखते रहो तो अचानक बोध होता है कि वह गोल, सपाट चीज़ नहीं है, जैसा कि अक्सर लोगों को दिखाई देता है। वह महज़ एक मंडल है, जो आकाश में बिना किसी स्तम्भ या आधार का सहारा लिये लटक रहा है। और यह ख़याल आते ही सिर चकराने लगता है, किन्तु इन सब चीज़ों को जानने के लिए गम्भीर अध्ययन की आवश्यकता है—अंक और आँकड़ों में उलझना होगा, समझीं? यह गणितशास्त्र है, कविता नहीं।..."

वह आश्चर्यचकित-सी रह गई। वह कितना-कुछ जानता है, उस अतिपुरातन, मौन ब्रह्मांड के बारे में, जो उनके ऊपर फैला है! देर तक वह उसे समझाता रहा, नक्षत्र-सम्बन्धी दुर्घटनाओं के बारे में, उन सूर्यों के बारे में जो हमारी पृथ्वी पर चमकनेवाले सूर्य से अलग हैं। अगस्त मास की उल्काओं के सम्बन्ध में, जिन्हें 'पर्सेड' भी कहा जाता है; क्योंकि 'पर्सियस' नामक नक्षत्र-मंडल उन्हें अपने थैले से बाहर फेंकता रहता है। सेफेड के बारे में, जो हमारे विश्व के लाइट हाउस हैं। वृहत्काय 'अन्तार' के सम्बन्ध में, जिसकी तुलना में हमारा सूर्य बच्चों की खेलनेवानी गोली से भी छोटा दिखाई देता है।

केपलर के ग्रह-पति नियमों की पेचीदगियों की व्याख्या करने में वह पूरी तरह उलझ गया और उसे इतना भी ध्यान नहीं रहा कि वह उसकी बातें

समझ भी रही है या नहीं, किन्तु उसने बुरा नहीं माना। उसकी बाँह में सिमटी हुई वह चुपचाप सुनती रही। उसका उत्साह जैसे उसे भी छू गया था और एक अजीब ख़ुशी में उसका समूचा अस्तित्व दीप्त-सा हो उठा। उस क्षण उसे पहली बार इतनी तीव्रता से महसूस हुआ कि वह उसे कितना चाहती है। वह अपनी समूची देह से यह महसूस कर रही थी और उसका दिल इस अहसास के बोझ तले दबा जा रहा था।

"तुम मुझे सब दिखाओगे...क्यों?"

"अवश्य...यह भी कोई पूछने की बात है!"

"शायद तुम किसी दिन कोई नया तारा खोज निकालोगे। क्या नाम रखोगे उस नये तारे का? देखो, उसे तुम्हें मेरा नाम देना होगा! लेकिन शायद मेरे नाम का पहले से ही कोई तारा है—क्यों?"

"तुम निरी पागल हो।" वह तनिक बड़प्पन के भाव से मुस्कराया, "तुम समझती हो, नये तारों को खोजना कोई हँसी-खेल है? कुछ लोग तो अनेक वर्ष बिता देते हैं...।"

"अच्छा, उस पीले-से सितारे का क्या नाम है—उधर? दिखाई दिया तुम्हें?" आकाश की ओर उँगली से संकेत करते हुए उसने पूछा।

"वह वेगा है—लीरा के नक्षत्र-मंडल का एक प्रमुख तारा। क्या तुम इस नक्षत्र-मंडल को अच्छी तरह देख सकती हो? उधर, वहाँ उस ओर और इस तरफ़ भी...यह सब लीरा का ही हिस्सा है।"

"देखने में तो यह लीरा (बीन) के समान दिखाई नहीं देता।"

"मुझे नहीं मालूम। मुद्दत पहले इसे यह नाम दिया गया था। जो भी हो, उन लोगों की कल्पना-शक्ति हमसे कहीं ज़्यादा थी। वैसे तुमने कभी असली बीन देखी है?"

"न, कभी नहीं।"

"बस, यही तो बात है।"

"और तुमने?"

"हूँ...न, मैंने भी नहीं देखी।"

"बस, यही तो बात है।" उसने कहा और नटखटपन से हँसते हुए उसका मुँह चूम लिया। फिर वह आकाश की ओर उन्मुख होकर हाथ हिलाने लगी। "हलो, लीरा के नक्षत्र-मंडल में रहनेवाले वेगा! क्या हालचाल है तुम्हारा? देखा तुमने, वह मेरी ओर देखकर किस तरह चमका था? लोगों की अपेक्षा तारों को समझना बहुत आसान है, हालाँकि वे हमसे इतनी दूर हैं और लोग हमारे इतने निकट होते हुए भी..."

उसने उसे अपनी बाँहों में भर लिया और अपने होंठ उसके होंठों पर अंकित कर दिये। कितनी बातूनी लड़की है यह, उसने मन-ही-मन में सोचा। किन्तु उसके लिए जैसी वह थी, वैसी ही अच्छी थी—जीवन्त और चंचल; नये विस्मयकारी विचारों में गोते लगाती हुई; कौतूहलपूर्ण उत्सुकता, हवाई कल्पनाओं और पल-छिन बदलती मन:स्थितियों तथा अनुभूतियों से परिपूर्ण। उसके विचार इतनी तेज़ी से चक्कर काटते थे कि उसके लिए उनका अनुकरण करना असम्भव हो जाता था।

"पॉल!" अचानक उसने बहुत दबी आवाज़ में कहा, "पॉल, तारों के परे क्या है?"

"मैं नहीं समझा...तारों के परे और ढेर-से तारे हैं—ब्रह्मांड, असीमता..."

"और उसके परे? सबके परे?"

"और ज़्यादा तारे, अन्य जगत्, जिन्हें आकाश-गंगा भी कहते हैं और इस तरह यह सिलसिला कभी ख़त्म नहीं होता..."

"और वहाँ ईश्वर भी है?"

उसने आज तक कभी इस सम्बन्ध में नहीं सोचा था। उस जैसे भावी वैज्ञानिक के लिए इस तरह के विचारों में सिर खपाना स्वाभिमान के विरुद्ध था।

"पता नहीं मुझे," वह अनमने भाव से बड़बड़ाया और अपने कन्धे सिकोड़ लिये। "मैंने कभी इस बारे में नहीं सोचा। तुम जानती ही हो, मैं तो विज्ञान का पक्षपाती हूँ—बाक़ी गोरखधन्धा मुझे नहीं भाता और तुम? तुम ईश्वर में विश्वास करती हो? किस तरह के ईश्वर में? अपने यहूदियों के...?"

"मैं? मुझे भी कुछ नहीं मालूम। हाँ, कभी-कभी इच्छा ज़रूर होती है कि वह कहीं हो—एक बूढ़े, दयालु व्यक्ति की तरह। जब दूसरे लोग तुम्हें बेवजह सता रहे हों, तो कम-से-कम उसके पास जाकर हम अपना दुखड़ा रो सकें। पागलपन की बात है—है न? किन्तु कभी-कभी मैं सोचती हूँ कि यदि मैं विश्वास करने लगूँ, तो शायद मुझे इतना डर नहीं लगेगा जितना अब लगता है। सोचती हूँ, वह उँगली उठाकर मुझे बुला लेगा। कहेगा—एस्थर, मेरी बच्ची, मेरे पास चली आओ। अब तुम्हें किसी से डरने की ज़रूरत नहीं। वे लोग अब तुम्हें इस धरती पर नहीं चाहते, क्योंकि तुम यहूदी हो..."

"एस्थर!" एकदम भयाक्रान्त होकर उसने उसे बीच में ही टोक दिया, "मैं तुम्हें चाहता हूँ, यहाँ इस धरती पर।"

"मैं जानती हूँ। लेकिन ऐसा ईश्वर शायद कहीं नहीं है। यदि होता, तो अपनी आँखों से यह सब कैसे देखता रहता? जानते हो, हमारा परिवार धर्मपंथी बिलकुल नहीं था। बाबू 'क़ादिश' (यहूदियों की विशेष प्रार्थना) के लिए वर्ष में सिर्फ़ एक बार जाया करते थे और वह भी आदत से लाचार होने के कारण, विशेष कर दादा का मन रखने के लिए। बाबू भी तुम्हारी तरह विज्ञान में विश्वास करते थे। मैं भी करती हूँ, लेकिन सबसे ज़्यादा ख़ुशी मुझे इस बात की है कि तुम इतने बुद्धिमान हो और इतना सब कुछ जानते हो।"

"और मुझे ख़ुशी है, एस्थर, कि इस दुनिया में तुम हो।"

उसके शब्दों के स्नेह से वह सहसा अभिभूत हो आया था। उसने उसे अपनी बाँहों में घेर लिया, उसकी देह को अपनी देह से ढक लिया, उसके मुँह को बार-बार चूमने लगा, किन्तु बहुत सहज भाव से—बिना कोई हलचल या उत्तेजना महसूस किये। उनके बीच जो कुछ हाल में बीता था, उससे स्नेहार्द्र होकर वह धीरे-धीरे उसका मुँह सहलाने लगा। एक शान्त, निःशब्द गीत उनके दिलों में प्रवाहित होने लगा—गीत जिसे उनके अलावा कोई अन्य नहीं सुन सकता था, हालाँकि वह बहुत वास्तविक था और उनके चारों ओर व्याप्त था। वह धीरे से उठा और ब्लैक-आउट का सलवटों-भरा पर्दा नीचे गिरा दिया, बत्ती जला दी। वह उसके चेहरे को देखना चाहता था।

वह लेटी थी—उसकी प्रतीक्षा करती हुई। उसकी बाँहें दोनों ओर फैली थीं और आँखें चमक रही थीं। उसने अपना सिर उससे सटाकर तकिये पर टिका दिया और उसके बालों की ओर झुककर, जो मन में आया, धीमे-दबे स्वर में फुसफुसाने लगा—एक शब्दहीन संगीत, जिसे कोई अन्य नहीं सुन सकता था, हालाँकि वह बहुत वास्तविक था और उनके चारों ओर व्याप्त था।

"जानती हो—मुझे कितनी ख़ुशी है कि इस दुनिया में तुमने जन्म लिया। एकतारा, एस्थर? मैंने अपने लिए एकतारा खोज लिया है—बिलकुल संयोग से—अकस्मात् पार्क में, आकाश में नहीं। पागलपन है न? जो भी कहो, मुझे इसकी चिन्ता नहीं है। न जाने कौन-से नक्षत्र-मंडल से यह तारा मेरे लिए नीचे आ गिरा था? तुम एक दिन मेरी वधू बनोगी—सुनती हो? सुनती हो एस्थर? मैं जानता हूँ, मैं बहुत बेढंगे, बेतुके ढंग से ये सब बातें कह रहा हूँ—मुझे सचमुच नहीं मालूम, इस तरह की बातें कैसे कही जाती हैं...किन्तु जो महसूस कर रहा हूँ, वह यही है। तुम मेरी हो—मेरे माता-पिता से भी ज़्यादा निकट हो। इस दुनिया में तुम्हारे बिना रह सकूँगा, यह सोचते हुए भी अब डर लगता है। मैं इसकी कल्पना भी नहीं कर सकता। किसी दिन जब मैं तुम्हारे माता-पिता से मिलूँगा, तो उनके प्रति अपनी गहरी कृतज्ञता प्रकट करना नहीं भूलूँगा। मैं उनसे कहूँगा कि मैं तुमसे हमेशा प्रेम करता रहूँगा। सच एस्थर, मैं तुमसे हमेशा प्रेम करता रहूँगा।"

अकेलेपन के इस शान्त लम्हे को सहसा किसी ने भंग कर दिया। उन्हें स्वप्न में भी यह भ्रम न हुआ कि बाहर अँधेरे में एक आँख उन दोनों पर गड़ी है; खिड़की के फ्रेम और सलवटों-भरे ब्लैक-आउट के पर्दे के बीच तंग दरार से कोई अपलक, एकटक उनकी ओर देख रहा था। कमरे की दीवारों और टूटे-फूटे फ़र्नीचर पर फिसलती हुई वह आँख आख़िर क्षण-भर के लिए लड़की

के कोट पर आकर टिक गई, जो कुर्सी के हत्थे पर लटक रहा था। कोट के कॉलर-तले एक पीला सितारा झिलमिला रहा था—आकाश के सितारों से बिलकुल अलग।

आँख ग़ायब हो गई।

लकड़ी की टेढ़ी-मेढ़ी सीढ़ियों पर एक आदमी की भारी पदचाप देर तक गूँजती रही।

फिर वह पुराना घर ख़ामोशी में सिमट गया।

9

ज़रा देखो, सारी दुनिया कैसे बदल गई है! लगता है, जैसे अचानक सिकुड़ गई हो—चार दीवारों, एक छत और धूल भरे फ़र्श के बीच। वहाँ एक खिड़की भी है और खिड़की के परे है आदमियों की दुनिया। खिड़की से आकाश का ज़रा-सा टुकड़ा दिखाई देता है और वह घंटों अपलक उसे निहारती रहती है। सामने एक छत भी दिखाई देती है—मुद्दत पुरानी, टूटी-फूटी शहतीरों से ढकी हुई, मानो किसी विशाल दैत्य ने अपने अदृश्य हाथों से उसे मसोस डाला हो! पीछे की तरफ़ शाहबलूत के दो वृक्ष थे, जिनकी शाख़ाएँ छत पर झुकी रहती थीं। वह खिड़की के पास नहीं जा सकती थी, इस डर से कि कहीं घर का कोई प्राणी उसे देख न ले। यही उन दोनों ने आपस में निर्णय किया था। वह इस निर्णय से अंगुल-भर भी हटने को तैयार न था।

यही उसकी दुनिया थी—उसे लगता, जैसे वह किसी तहख़ाने में बन्द हो!

यहाँ दूर की आवाज़ें सुनाई देती थीं। जब कभी कोई आवाज़ कान में पड़ जाती और वह उसे समझ जाती, तब उसे लगता, जैसे वह घर में होनेवाले कार्य-कलाप का एक अदृश्य गवाह बन गई हो! कभी-कभी उसे

बातचीत का कोई टुकड़ा, ड्योढ़ी में हो रही बहस की ऊँची आवाज़ें, टीन की चिलमची में गिरते पानी का स्वर सुनाई दे जाता था। फिर किसी की, ईश्वर ही जाने किसकी, पदचाप सुनाई दे जाती। दिन के वक़्त पासवाले कमरे से सिलाई की मशीनों की खड़खड़ाहट सुनाई दिया करती; दरज़ी की दुकान से चिर-परिचित आवाज़ें भी कानों में पड़ जातीं। अब वह उन्हें अलग-अलग करके पहचान जाती थी। हमेशा यही होता—पहले एक खखारती-सी आवाज़ उठती और उसके जवाब में भारी, फटी हुई फुसफुसाहट। इनके अलावा कुछ अजानी-सी आवाज़ें भी सुनाई देतीं—अजनबी लोगों की आवाज़ें। अँधेरा घिरने पर हथौड़ा पीटने की आवाज़ सुनाई देती और फिर अचानक सुनाई देती गिटार की उदास खनखनाहट और किसी गीत के दबे-से बोल। कभी-कभी किसी बच्चे की रिरियाहट सुनाई देती, जैसे वह रोती हुई आवाज़ से किसी का ध्यान अपनी ओर आकर्षित करने की चेष्टा कर रहा हो—और तब, न जाने क्यों, ख़ुद उसके आँसू छूटने लगते।

रात के सन्नाटे में दीवार की दूसरी तरफ़ लगी घड़ी संजीदा स्वर में टिक-टिक बोलती रहती—अपनी डिंग-डाँग, डिंग-डाँग से समय की घड़ियों को विभाजित करती हुई; पास ही कहीं से चूहों की खड़खड़ाहट सुनाई दे जाती। वह इन छोटी-मोटी आवाज़ों की अब अभ्यस्त हो गई थी हालाँकि अपनी भाव-शून्य अरुचि के कारण, जो स्त्रियों की अपनी विशेषता है, उसने अब उनकी ओर ध्यान देना छोड़ दिया था।

शुरू-शुरू में उसे लगता था, जैसे इस अकेलेपन में वह पागल हो जाएगी। कुछ दिनों तक वह उन पुस्तकों को पढ़ने की चेष्टा करती रही, जो वह उसके लिए लाया था, किन्तु उसकी आँखों के आगे किताबों की पंक्तियाँ बदहवास गति में नाचने लगतीं। दूसरे लोगों की समस्याओं पर वह कैसे अपना ध्यान केन्द्रित कर पाएगी, जब वह स्वयं अपनी समस्याएँ नहीं सुलझा सकती? जब किताब के पन्ने पर आँख पड़ते ही उसका ध्यान अपनी ज़िन्दगी की पीड़ा और निरर्थकता में डूब जाता है? कभी-कभी वह दरज़ी की दुकान में लोगों की बातचीत सुनने की चेष्टा करती, किन्तु मशीनों की खड़खड़ाहट

में उनके शब्द डूब जाते। उनकी बातों का हर दसवाँ शब्द उसके कानों में पड़ जाता और वह कुछ भी न समझ पाती कि वे आपस में क्या-कुछ कह रहे हैं। कभी-कभी ऊब और व्यर्थता की भावना इतनी घनी हो जाती कि उसे लगता, वह अपने होश-हवास खो बैठेगी, कोठरी की सूनी चहारदीवारी के भीतर हमेशा के लिए ख़त्म हो जाएगी। अपने को ऐसी भावनाओं से दूर रखने के लिए वह छोटे-छोटे कामों में अपना दिन बाँट लेती।

सुबह के वक़्त थोड़ा-बहुत व्यायाम करती, पाँच क़दम उस तरफ़, पाँच क़दम पीछे की तरफ़, फिर अपनी अलसाई देह को झटकते हुए बीस बार अपने घुटनों को झुकाकर सीधा करती, अपने धड़ को मोड़कर बाँहें हिलाती; किन्तु इस सबसे कोई ख़ास राहत नहीं मिलती थी। इसके बाद वह अपना कमरा साफ़ करती थी। अपनी छोटी-सी कोठरी को चमका-दमकाकर वह बहुत साफ़ और सुन्दर रखना चाहती थी, किन्तु झाड़ने-पोंछने के लिए कमरे में ज़्यादा चीज़ें नहीं थीं और उसे सारा काम बहुत ख़ामोशी से करना पड़ता था।

और उसके बाद? प्रतीक्षा, और सिर्फ़ प्रतीक्षा!

लगता, वह पागल हो जाएगी, किन्तु वह अपने दुःख-दर्द की बात पॉल से नहीं कहना चाहती थी। उसकी परेशानियों को बढ़ाने से कोई लाभ नहीं। वह केवल दाँत पीसकर चुप रह जाती थी।

घंटों मुँह औंधा किये वह लेटी रहती, आँसुओं से तकिया भीगता रहता। अँधेरा घिरते ही वह उठ खड़ी होती। बालों को ठीक करती और आँसुओं को पोंछ डालती, ताकि वह सहज, सुखी भाव से उसका स्वागत कर सके।

"कोई नई ख़बर?"

"कुछ भी नहीं, कप्तान साहब!" वह छाती तानकर फ़ौजी मुद्रा में खड़ी हो गई। होंठों पर उल्लास-भरी मुस्कराहट खेलती रही, "सब ठीक, कप्तान साहब!"

"बहुत अच्छा!" फ़ौजी सलाम देते हुए उसके चेहरे पर भी संजीदा भाव सिमट आता। "स्टैंड एट ईज! लेकिन भाई, तुम्हें पहले कुछ खाना-पीना चाहिए। तुम काफ़ी भूखी दिखाई देती हो...क्यों, ठीक है न?"

उसने नकारात्मक ढंग से सिर हिलाया और उसके बाल कन्धों पर बिखर गए। वह भूखी है, यह तथ्य वह कभी स्वीकार नहीं करती थी।

"झूठ...मैं ख़ूब जानता हूँ, तुम कितनी भूखी हो। आख़िर कुछ भी हो, तुम महज़ एक लड़की हो—परी नहीं, क्यों?"

उसने झेंपते हुए अपने स्कूल के बस्ते में से दरारों से भरा मीने का बरतन निकाला और उसके सामने रख दिया। एकदम वह उस पर टूट पड़ी और अभी कुछ क्षण पहले अपनी भूख के बारे में जो कुछ कहा था, उसे बिलकुल झुठलाते हुए जो कुछ भी बरतन में था, उसे साफ़ करने लगी।

"म...म..." मुँह भरा था, अतः बड़बड़ाते हुए बोली, "पता नहीं, ग़ैर-आर्यों की परियाँ भी होती हैं, या नहीं? तुम्हारा क्या ख़याल है?"

"पगली!" वह धीरे से गुर्राया और ख़ाली बरतन अपने बस्ते में रख दिया, "काफ़ी नहीं था तुम्हारे लिए, लेकिन इससे ज़्यादा ले आना सम्भव नहीं हुआ, मुझे ख़ेद है...।" क्षमा-याचना के स्वर में उसने कहा।

उसने हाथ की उलटी तरफ़ से मुँह पोंछा और उसके माथे को चूम लिया।

एक दिन जब वह आया, उसकी बाँह-तले एक लम्बा, तंग बक्सा दबा था, जो हिलते ही खड़-खड़ बोलने लगता था। वह बहुत ही रहस्यमय भाव से उसकी ओर देख रहा था।

"यह क्या लाए हो?" उसने उत्सुकता से पूछा।

उसने कोई उत्तर नहीं दिया और रहस्य-भरी मुद्रा में अपनी उँगली होंठों पर रख दी। फिर 'स्नेक्स एंड लैडर्स' का बोर्ड उसके सामने रख दिया और गिट्टियाँ सजाने लगा।

"तुम्हारी लाल हैं—पाँसा फेंको।"

वह ख़ुशी से फूली न समाई। बच्चों के इस खेल से वह भली-भाँति परिचित थी और घर में अक्सर बाबू के संग खेलती थी। काला पाँसा बोर्ड पर लुढ़कने लगा और अपनी गिट्टियों को ऊपर-नीचे रखते हुए वे आसपास की दुनिया भूल गए। वह बुरी तरह झुँझला उठती जब वह उसकी गिट्टियों को दुबारा 'स्टार्ट' पर भिजवा देता।

"तुम सूअर हो...चलो, ख़ैर, कोई बात नहीं। बच्चू, जरा सब्र करो, बदला लेकर छोड़ेंगी। बस, छह आने की देर है! उँह, फिर तीन!"

उसके चेहरे पर लड़ाकू भाव आ गया था—कभी-कभी वह एकदम दुखी हो जाती—और जब वह उसकी ओर देखकर हँसने लगता, तो ग़ुस्से में उसके बाल नोचने लगती। खेलते हुए बच्चों का-सा जोश और उत्साह छलक रहा था। हारने पर वह गिट्टियों को बोर्ड से उठाकर फेंक देती और बिलकुल रुआँसी होकर कोने में बैठ जाती।

उसके बालों में अपनी उँगलियाँ उलझाते हुए उसने उसे पीठ के बल नीचे लिटा दिया—वह उसे रोकती रही और फिर दोनों हँसते हुए एक-दूसरे से भिड़ गए। वह उन सब दाँव-घात का प्रयोग कर रही थी जो औरतें अक्सर लड़ते हुए करती हैं और पुरुष जिनका सैद्धान्तिक रूप से विरोध करते हैं।

"हाँ, अब तुम नाख़ून मार रही हो—बिल्ली कहीं की!" उसने हाँफते हुए उसकी कलाई पकड़ ली।

वह उसकी लौहवत् उँगलियों से अपने को मुक्त करने के लिए जंगली पशु की तरह छटपटाने लगी—और आख़िर अपने को छुड़ाकर ही दम लिया।

"अब मैं तुम्हारे संग नहीं खेलूँगी—तुम बेईमानी करते हो।"

"अच्छा, मत खेलो," उसने हँसते हुए कहा, "मेरा क्या बिगड़ता है!"

उसने शैतानी से अपनी जीभ बाहर निकाल दी और माथे पर बिखरे बालों को समेटने लगी। फ़र्श से काले पाँसे को उठाकर अपनी उँगलियों से खेलने लगी और फिर उसे नीचे गिरा दिया। दो का निशान दिखाई दिया। अगर छह आ जाएँ, तो फिर सब कुछ ठीक हो जाएगा। उसने पाँसा फिर फेंका, "उहुँ...पाँच। चलो, पहले से तो बेहतर है।"

"पहली बार से कुछ नहीं होता, तीन बार फेंकना होगा।"

उसने फिर पाँसा फेंका—इस बार तीन आया। "यह भी कुछ नहीं; इसे तो सिर्फ़ यों ही देखने के लिए फेंका था।" एक बार और फिर तीन! "यह मरदूद तीन पीछा नहीं छोड़ेगा।" उसने बहुत बार कोशिश की, किन्तु छह ने आने का नाम नहीं लिया। वह एकदम उकता गई।

उसने उसकी ओर ताकते हुए पूछा, "तुम बड़ी अन्धविश्वासी हो—क्यों?"

"हूँ तो क्या?" उसने मुँह फुलाकर उसे झिड़क दिया और प्रश्न-भरी दृष्टि से उसकी ओर निहारने लगी।

"पागलपन नहीं तो और क्या; लेकिन इसमें भला मेरा क्या दोष?" उसने तनिक अपराधी भाव से कहा।

विचारों का सिलसिला सहसा बदल गया था और वह सुखी, स्वप्न-लोक से उतरकर ठोस, वास्तविक जगत् में आ गई थी।

"क्या तुम ख़ुद बिलकुल भी अन्धविश्वासी नहीं हो?"

उसने अपने कन्धे सिकोड़ लिये, फिर निर्णयात्मक ढंग से सिर हिलाते हुए कहा, "बिलकुल नहीं। मैं कोई बूढ़ी ढड्ढो नहीं हूँ।"

वह अचानक चुप हो गया। कुछ देर पहले का उल्लास फीका पड़ गया था। वह उसके सम्मुख स्वीकार नहीं करना चाहता था कि वह सुबह बिस्तर से उठते वक़्त कितनी सावधानी से पहले अपना दायाँ पैर बाहर निकालता है और जब वह बेख़बर-सा होकर गड्ढों से बच निकलता है तो उसे कैसे अपने पर खीझ आती है और...और...लेकिन यह सब पागलपन है। किन्तु फ़र्ज़ करो, यदि...अरे, अब छोड़ो भी! उसने पाँसा उठा लिया और मेज़ पर लुढ़का दिया।

"देखो!" उसने कहा।

कैसा विचित्र संयोग है! लुढ़कता हुआ पाँसा ठहर गया था और उसके ऊपर छह की बिन्दियाँ चमक रही थीं।

"देखा तुमने!...तुम्हें ऐसी चीज़ों से घबराना नहीं चाहिए। एक दिन सब कुछ ठीक हो जाएगा—पहले की तरह।"

वह एकदम उसके प्रति कृतज्ञ-सी हो आई और अपनी बाँहें उसके गले में डाल दीं। शायद उसकी ही बात सच है—हमेशा की तरह!

आख़िर वही तो एक है, जो जीवित व्यक्तियों की दुनिया से उसे जोड़ता है—उसका एकमात्र आधार। जब वह उसकी कोठरी में होता, झिझकता हुआ अपनी सशक्त बाँहों में उसे भर लेता, बालों से छेड़खानी करता, तब वह अपने में एक अद्‌भुत-सी शान्ति महसूस करती थी। जब वह चला जाता और कोठरी ख़ाली हो जाती, तब कमरे की दीवारें उसे खाने को दौड़ने लगतीं और बाहर भाग जाने को उसका मन तिलमिलाने लगता। एकदम बाहर—दरवाज़ा तोड़कर एकदम बाहर भाग जाए, कहीं भी, कहीं भी लोगों के बीच! माँ और बाबू के पास—लेकिन न जाने वे अब कहाँ हैं? शायद वे उसका इन्तज़ार कर रहे हैं। उसे लम्बे, स्नेह-भरे पत्र लिख रहे हैं—पत्र, जो उसके पास पहुँचने के बदले दुनिया में महीन रेशों से घूमते रहते होंगे। अपने घर भाग जाए! लेकिन अब उसका घर कहाँ है? इससे पेशतर कि अँधेरा दम घुटानेवाली गैस की मानिन्द उसके कमरे में सरक आए, उसे भाग जाना चाहिए—अभी, इसी क्षण भाग जाना चाहिए। उसे अब डर लगता है, इस अँधेरे से। वह अब इस तरह नहीं रह सकती—उसके पास अब सिर्फ़ इसके अलावा कुछ नहीं रहा कि हर लम्हे धड़कते दिल से दरवाज़े की तरफ़ ताकती रहे कि कब दरवाज़े का हैंडल धीरे से घूमेगा और वह भीतर आएगा। जब वह भीतर पाँव रखता है, उसके होंठों पर हल्की-फुल्की-सी मुस्कराहट थिरकती रहती है, किन्तु आँखों की बेचैनी उसकी इस शान्त मुद्रा को झुठलाती-सी जान पड़ती है।

वह यह भी जानती थी कि हर गुज़रते दिन के साथ वे बराबर एक-दूसरे के निकट आते जा रहे थे—हालाँकि पुरुष और स्त्री के परस्पर सम्बन्ध की दृष्टि से वे अब भी एक-दूसरे से अपरिचित थे। और वह यह भी जानती थी कि वे दोनों इस बोध के सम्मुख अपने को बहुत असहाय-सा पाते थे, जो टेढ़े-मेढ़े रास्तों से होकर उनके निकटतर खिंचा चला आता था—एक शब्दहीन प्रश्न की तरह उनके बीच आ खड़ा होता था। ज्वार की मानिन्द उनकी कोमलतम गहराइयों से उमड़कर ऊपर बह आता था;

किन्तु फिर अचानक शर्म उमड़ आती, जो उनकी चाह से जूझती हुई दुबारा इस ज्वार को वापस लौटा देती थी। चाह! वह महसूस कर सकती थी—उसकी उँगलियों के स्पर्श में, उसकी आँखों में, उसके होंठों पर।

वह भरसक इस चाह को उससे छिपाने की चेष्टा करता था और तब उसका मन उसके प्रति कृतज्ञता से भर जाता था। कभी-कभी अकस्मात् उन्हें अजीब-सा आश्चर्य जकड़ लेता, जब उन्हें लगता कि उनकी आँखें एक-दूसरे की निगाहों से कतराकर बच निकलना चाहती हैं। वह उठ खड़ा होता, बेचैनी से सिगरेट सुलगाकर अपने चेहरे पर हाथ फेरने लगता।

"अब तुम ज़्यादा दिन यहाँ नहीं रहोगी। तुम्हारा रंग बिलकुल पीला पड़ गया है। तुम्हें सूरज की रोशनी चाहिए। तुम कुछ बोलती क्यों नहीं? क्या बात है?"

"वायदा करो, तुम आज अपनी घड़ी नहीं देखोगे—एक बार भी नहीं?"

"अरे, यह तो वैसे ही—आदतन!"

"तुम्हें देखकर लगता है, जैसे तुम हर दम जाने की जल्दी में खड़े रहते हो।"

"ऐसा क्यों कहती हो? यह सच नहीं है।"

"कभी-कभी मुझे ख़ुद अपने पर परेशानी होने लगती है। मुझे लगता है, पॉल, हम दोनों पागल हैं। यदि मुझमें ज़रा-सी भी सूझ-बूझ होती और तुमसे इतना प्यार न होता, तो कभी की यहाँ से भाग खड़ी होती।"

"तुम्हारी बुद्धि सठिया गई है...क्यों, है न? तुम नहीं जानतीं कि क्या..."

"क्या?"

"कुछ नहीं। धैर्य से काम लो। मैं जो कुछ कर रहा हूँ, उस पर भरोसा रखो। अब कुछ दिनों की ही बात है—लेकिन तुम्हें यहाँ टिके रहना ही होगा, क्योंकि....इसके बिना तुम...देखो, तुम मेरा विश्वास नहीं करोगी?"

ऐसे क्षणों में वह उसे अपनी ओर खींचकर अदम्य आवेग से अपनी बाँहों में जकड़ लेता, मानो वह अपनी समूची शक्ति उसमें उड़ेल देना चाह रहा हो! वह अधमुंदी आँखों से उसके आलिंगन में भिंच जाती और फिर पूरी

लालसा और प्यार से ख़ुद उसे अपनी बाँहों में कसने लगती। चाह उसमें भी थी, धुँधली-सी, जो कभी-कभी ऐसी अनुभूति से उसके वक्ष में उठने लगती, जिससे वह अब तक अपरिचित थी और जिसके दबाव-तले उसका समूचा भाव-बोध गड्डमड्ड होने लगता। काश, वह अपने को उसमें छिपा सकती, अपना सब कुछ छिपा सकती! फिर उसे अपने में अकेला नहीं रहना होगा, फिर वह पीड़ायुक्त सीमा मिट जाएगी, जहाँ वह ख़त्म होता है और वह शुरू होती है। क्या वह भाग नहीं सकती!

दरवाज़ा बन्द हो जाता और वह फिर अकेली रह जाती।

वह असहाय-सी औंधी पड़ी रहती—आधी जागी, आधी सोई-सी। आसपास की सब चीज़ें गूँगी और तटस्थ-सी बन जातीं। रात और दिन न जाने कितनी बार आए और कितनी बार गुज़र गए। और उसे लगता, जैसे उसके दिल की गति धीमी होती जा रही है, उसकी नाड़ियों का रक्त-प्रवाह मन्द पड़ता जा रहा है। केवल उसकी स्मरणशक्ति अब भी पहले की तरह सजीव थी—एक अद्भुत जादुई लालटेन के समान वह उसके मस्तिष्क पर धुँधली, उलझी तसवीरें अंकित करती रहती। कभी-कभी ऐसे क्षण भी आते जब उसे लगता कि अब तक जिस ज़िन्दगी को उसने जिया था, वह वास्तव में ज़िन्दगी नहीं थी।

वह महज़ आनेवाले दिनों की इन्तज़ारी का अर्सा था—एक विडम्बना, एक स्वप्न—और कुछ नहीं।

एक तरह से देखो, तो सब कुछ था : माँ और बाबूजी, उनका छोटा-सा क़स्बा, उसका पुराना स्कूल, जहाँ प्रकृति-विज्ञान के कमरे में भूसे से भरे उल्लू और चिमगादड़ रखे रहते। घास-पत्तियों से भरा तालाब, जिसमें नाव चलाने का उसे शौक़ था और उनके बाग़ में हरी पत्तियों और डालियों से घिरा 'ग्रीष्मगृह'।

बाबू ने मधुमक्खियों के छत्ते बनाए थे। गर्मियों में मधुमक्खियाँ बाड़े के इर्द-गिर्द हरदम गूँजती रहती थीं और उसकी नृत्य-पोशाक, जिसको उसे दीदी की पुरानी फ़ैशनवाली अलमारी में छिपाकर रखना पड़ा था।

बाबू का शल्य-चिकित्सालय भी वहाँ था—चारों तरफ़ चम-चम करता, सफ़ेद; उसमें से हमेशा साबुन और कीटाणुनाशक दवाइयों की गन्ध आती रहती थी। बिना काम के वहाँ कोई पाँव भी नहीं रख सकता था और प्रतीक्षालय, जिसमें बलूत की लकड़ी का फ़र्नीचर सजा रहता था और मेज़ों पर कैलेंडर रखे रहते थे।

दीवार पर एक तसवीर लगी थी, जिसमें सू-सू करता, धुआँ उगलता रेल का इंजन दिखाया गया था। एक पोस्टर भी लगा था जिसमें एक डॉक्टर अपनी एक बाँह किसी रोती हुई नंगी लड़की के कन्धे पर रखे था और दूसरी बाँह एक बहुत ही भयानक कंकाल को दूर हटाने के लिए उठी थी जो अपनी ठंडी उँगलियों से उस बेचारी, भयभीत लड़की को पकड़ने की चेष्टा कर रहा था। पोस्टर में एक युवा डॉक्टर का चित्र था, जिसकी शक्ल-सूरत उसके पिता से बिलकुल भी नहीं मिलती थी, किन्तु जब कभी वह पोस्टर देखती, उसे अपने पिता पर गर्व हुए बिना नहीं रहता था।

इस तसवीर के नीचे आसपास के गाँवों के मरीज़ बैठे रहते। उनके जूते कीचड़ में लिथड़े रहते और उनके कपड़ों से अस्तबल की गन्ध आती रहती। जब वे वापस जाते, तो फ़र्श पर वसन्त ऋतु की कीचड़ के निशान अपने पीछे छोड़ जाते।

चेहरे, आवाज़ें, शब्द। घर में ज़ोर से घंटी बजने की गूँज; घर के फाटक पर बाबू किसी आगन्तुक से बातचीत कर रहे हैं, बातें करते हुए वह चाँदी-से धवल बालोंवाला अपना सिर हिलाते जाते हैं। घर की ओर आते हुए वह मोटर-ग़ैरेज की तरफ़ मुड़ जाते हैं। अपनी छोटी-सी मोटर में धक्के-झटके खाते हुए वे गाँव के कीचड़ भरे रास्ते पीछे छोड़ते जाते हैं। बाबू बहुत एकाग्रचित्त होकर मोटर चलाते थे—कभी-कभी मोटर के पहिये चारों तरफ़ कीचड़ उछालते हुए, गड़हों पर से गुज़र जाते। हर घर में बाबू को अपने कोमल हाथों से कंकाल की छाया दूर करनी पड़ती थी। और यह काम करने के लिए जब कभी वह मरीज़ के घर जाते, वह बाहर मोटर में बैठी रहती और उसकी आँखें आसपास की दुनिया में खो जातीं।

घरों के सामने उत्तेजित स्वर में बोलती और इशारे करती हुई औरतें, सामने से आती हुई साइकिल, जिसके पहिये गड़हे में धँस जाते और गड़हों का गँदला पानी उछलकर बेचारी किसी बतख़ को पूरा-पूरा नहला देता। और तब बाबू हाथ की बनाई सिगरेट को सन्तुष्ट भाव से फूँकते हुए बाहर आते, और जी-तोड़ कोशिशों के बाद छोटी-सी मोटर आगे खिसक पाती। जलसिक्त खेतों के बीच मोटर में झटके खाते हुए वे आगे बढ़ते जाते।

वह मौक़ा पाते ही बाबू पर प्रश्नों की बौछार करने लगती। उस घर में एक छोटे-से लड़के ने जन्म लिया था। 'और उसकी माँ? क्या उसे बहुत पीड़ा हुई थी?'...'आह बिटिया, तुम सब कुछ जानना चाहती हो! मालूम नहीं, इसी उत्सुकता के कारण बेचारी बिल्ली मारी गई थी!' वे दोनों ठहाका मारकर एक संग हँसने लगते और पतझड़ की बौछार से लदे-फँदे आकाश-तले गुज़रते हुए उनके भीतर ख़ुशी की एक लहर दौड़ जाती।

तेरहवाँ साल! उसकी सबसे पक्की सहेली जेनी थी। उसने जेनी की सहायता से माँ से अनुनय-विनय करके अपने बाल कटाने की अनुमति प्राप्त कर ली थी—एक ऐसा षड्यंत्र जिस पर बाबू अक्सर कुढ़ते रहते थे। उस समय वह अपने को छोटी-सी सम्भ्रान्त महिला समझने लगी थी—आधी बच्ची, आधी औरत...वक्षस्थल पर दो छोटे-छोटे उरोज उभर आए थे। कभी वह देर तक खी-खी करके हँसती रहती, कभी अजीब-सा अलसायापन घिर आता। उसमें जो तेज़ी से परिवर्तन हो रहा था, उस पर वह ख़ुद हैरान थी।

कभी-कभी महसूस होता कि कोई अजनबी चीज़ उसके देह के भीतर आ समाई है जो उसके विचारों को गड्डमड्ड कर देती है। उसे लगता, जैसे उसकी दुनिया ऊपर से नीचे तक उलटी हो गई, जिसमें चन्द उदास, चन्द खिलखिलाहट-भरी भावनाएँ दबी रहती हैं।

कभी-कभी इन रंग-बिरंगी भावनाओं का ज्वार उस पर उठने लगता और उनके प्रवाह-तले वह बिलकुल अवश, असहाय-सी हो जाती। गहरी आत्मीय मुलाक़ातें, दबी आवाज़ों में फुसफुसाहट, ऊँची आवाज़ में खिलखिलाकर हँसना और रूमाल को हाथ में मसोसते हुए अकेले रास्तों पर चहलक़दमी करना।

उसे अब क्या करना चाहिए? और छोटे-छोटे अनाड़ीपन से भरे क़िस्से। उसका नाम जेरेमी था, किन्तु सब उसे जिम कहकर बुलाते थे। वह उससे एक दरज़ा आगे था और उससे पहले शायद ही उसने कभी उसकी ओर देखने का कष्ट उठाया था।

कैसे शुरू हुआ था यह सब क़िस्सा? त्रोनिचेक तालाब के किनारे चरागाह था, जिसकी घास नई-नई काटी गई थी। वह वहाँ उस दिन गई थी और उछलते-कूदते अपने नृत्य की एक तर्ज़ गुनगुना रही थी। अचानक उसके पाँव ठिठक गए। वह तालाब के किनारे खड़ा था। उसे वहाँ देखकर उसे काफ़ी झुँझलाहट हुई थी। अपने हाथ जेबों में डाले वह पेड़ के सहारे खड़ा था। उसके चेहरे पर हमेशा मर्दानी गम्भीरता रहती थी और होंठ एक प्रशान्त, टेढ़ी मुस्कान में दबे रहते थे। किन्तु उस दिन वह उसे वहाँ देखकर एकदम घबरा उठी थी। उसका चेहरा लाल हो उठा था और वह एकदम भूल गई कि अपने हाथों और पैरों का क्या करे! उसे ऐसी स्थिति में देखकर वह बुरी तरह हँस पड़ा और फिर अर्थ-भरे ढंग से अपना माथा धीरे-धीरे थपथपाने लगा। 'आवारा कहीं का!' वहाँ से भागने से पहले वह उसे मुँह खोलकर जीभ दिखाना न भूली।

किन्तु क़िस्सा यहीं ख़त्म नहीं हुआ। अगले कुछ दिनों के दौरान में वह अपनी कॉर्डराय की पतलून में हाथ ठूँसे लुके-छिपे उसके घर के आसपास चक्कर लगाता रहता था। खिंची भौंहों के तले उसकी अजीब-सी निगाहें जब कभी उस पर गड़ जातीं, तो वह एकदम बेचैन-सी हो जाती। उन दिनों वह 'दादी'* पढ़ रही थी, अतः उसे यह विश्वास होते देर न लगी कि वह स्वयं विक्टोरिया है और वह युवक है उसका शिकार-प्रेमी। अन्तर केवल इतना ही था कि उसके 'युवा-प्रेमी' की चमकती नीली आँखें थीं, बच्चों का-सा मुँह था और माथे पर छोटे-छोटे लाल दाने थे।

फिर उसे एक महत्त्वपूर्ण पत्र मिला, जो कॉपी से फाड़े हुए लाइनदार पन्ने पर जल्दी-जल्दी किसी स्कूल-छात्र के हाथों द्वारा लिखा गया था।

* 'चेक' साहित्य का अमर ग्रंथ।

'मैं तुम्हें प्यार करता हूँ। क्या तुम मुझसे मिलना-जुलना पसन्द करोगी? मैं कल चार बजे तुम्हारी प्रतीक्षा करूँगा—उसी स्थान पर जिससे हम दोनों परिचित हैं।—तुम्हारा स्नेह-अभिलाषी; जे.पी.।'

नीचे पुनश्च: करके लिखा था : 'पत्र पढ़ने के बाद एकदम नष्ट कर देना!!!—जे.'

उसने पत्र फाड़ दिया, अपने को आश्वस्त करने के लिए कि वह सचमुच उससे बहुत नाराज़ है। किन्तु दूसरे दिन वह नियुक्त स्थान पर गए बिना न रह सकी।

आज भी उसका चेहरा आँखों के सामने घूम जाता है। एक अजीब हास्यास्पद-सी गम्भीर मुद्रा में वह पेड़ के सहारे खड़ा था; उसने अपने बाल, जो धूप में उजले-से चमक रहे थे, बहुत सावधानी से बनाए थे और उसका चेहरा उत्तेजना से बार-बार फड़क उठता था। पेड़ के तने से हटकर डगमगाते क़दमों से वह उसके निकट चला आया—उस समय उसकी आँखें एकदम सिकुड़-सी आई थीं। उसकी आवाज़ बार-बार टूट जाती थी; सामने आते ही वह अपनी भूमिका को, उन शब्दों को, जो उसने पहले से ही रट लिये थे, काँपती-भर्राई आवाज़ में दुहराने लगा। वह कुछ नहीं बोली, सिर्फ़ इतना ही कहा कि वह रास्ते से गुज़र रही थी—बस, और कुछ नहीं। वह एकदम बहुत निराश-सा हो गया और उससे कुछ आगे कहते न बन सका। तब वह न जाने कैसे यह भूल गई कि उसे किस तरफ़ जाना था। वह बड़े शालीन भाव से उसके संग तालाब के किनारे छोटी-सी पगडंडी पर चलने लगा। वह इसी उधेड़बुन में खो गया था कि उसका हाथ अपने हाथ में ले या न ले। उसे मन-ही-मन काफ़ी मज़ा आ रहा था उसके इस अन्तर्द्वंद्व से। उस बेचारे को बात करने के लिए कोई भी विषय नहीं मिल पा रहा था—उसकी ज़बान जैसे तालू से चिपक गई थी। 'सर्दी तो नहीं लग रही?'—'न।'—'कभी प्राग गई हो?'—'हाँ!'—'घर लौटने की जल्दी तो नहीं है?'—'नहीं, मेरा मतलब है, हाँ।'

उसके बाद वे कभी-कभी एक-दूसरे से मिलते थे। वह काफ़ी सुशील स्वभाव का लड़का था—गम्भीर मर्दाने चेहरे के पीछे से बचकानी शर्म

झाँकती रहती थी। एक दिन उसने उससे कहा कि उसकी सबसे बड़ी अभिलाषा यह है कि वह सारी दुनिया घूम सके, इसलिए उसने एक मोटी एटलस भी ख़रीदी है। जब कभी वह यह सोचता है कि बड़ा होकर उसे अपने पिता की दवाइयों की दुकान का कारोबार सँभालना होगा, और दिन-भर काउंटर के पीछे खड़े होकर एस्परीन और हाज़मा ठीक करने की दवाएँ बेचनी होंगी, तो डर के मारे दिल काँप उठता है। वह घर छोड़कर भाग जाएगा। जब कभी वह गम्भीर, रहस्य-भरी मुद्रा में उसके सामने यह प्रस्ताव रखता कि वह भी उसके संग भाग चले, तो वह ठहाका मारकर हँस पड़ती। वह अक्सर उसकी बातों पर हँसने लगती थी। किन्तु जब वह अकेली होती, तो उसके बारे में बहुत गम्भीरता से सोचती थी—वह पहला पुरुष था जो उसके जीवन में आया था। जब उसने शुरू-शुरू की झिझक से छुटकारा पा लिया तो एक दिन पहली बार उसने उसका चुम्बन लेने की कोशिश की। काफ़ी लड़ने-झगड़ने के बाद आख़िर उसने अनुमति दे दी। भला इतना तूफ़ान करने की क्या ज़रूरत थी? उस प्रथम चुम्बन का उसके लिए शायद ही कोई महत्त्व रहा हो। उसके बाद फिर उसने कभी विरोध नहीं किया और वह उस पर अपने क्षुधित चुम्बनों की बौछार करता हुआ कभी न थकता था।

फिर सब कुछ ख़त्म हो गया। इसके अलावा कुछ और हो भी नहीं सकता था। जो कुछ हुआ, वह आकस्मिक नहीं था। जिस दिन कीचड़ में रपटती जर्मन सैनिकों की मोटर साइकिलें उनके छोटे-से क़स्बे में घुसीं, उस दिन शाम को उन्हें जंगल के दूसरे छोर पर एक-दूसरे से मिलना था। शुरू वसन्त के दिन थे और चारों तरफ़ दलदल ही दिखाई देती थी। वे कीचड़ के किनारे-किनारे चुपचाप चल रहे थे। दिन बीत गए। जो कुछ भी उन दिनों घट रहा था, वह उसे ज़्यादा समझ में नहीं आता था। थोड़ा-बहुत जो भी समझ पड़ता, वह या तो माता-पिता के चेहरों को देखकर या लोगों की दबी-छिपी फुसफुसाहटों को सुनकर। 'बाबू, यह सब मामला क्या है?'—'एस्थर बिटिया, कुछ भी नहीं...मामला क्या होगा?' वे आख़िर तक उससे सब क्यों छिपाते रहे? और फिर घटनाचक्र तेज़ी से घूमने लगा—पहले नाचने की शिक्षा ख़त्म हुई,

फिर स्कूल जाना छूटा और सबसे बड़ा आश्चर्य तब हुआ जब उसे पता चला कि लोग, बिना शब्दों के माध्यम से, उसे समझाने की कोशिश कर रहे हैं कि वह और लोगों से भिन्न है। वह यहूदी लड़की है। अनेक यहूदी परिवार घर-बार छोड़कर देश के बाहर भाग गए थे और अजाने, अजनबी लोग उनके ख़ाली मकानों में आकर बस गए थे—ऐसे लोग, जिन्हें क़स्बे के निवासी घृणा की दृष्टि से देखते थे। वे लोग क्यों भाग गए? 'बाबू, क्या हमें भी जाना होगा?'—'नहीं, एस्थर, हम यहीं रहेंगे। हमारा घर यहीं है।'

वह जानती थी कि बाबू के मित्रों ने उन्हें कहीं बाहर चले जाने की सलाह दी थी, किन्तु बाबू चट्टान की तरह अटल रहे। एक दिन उसका भाई कामिल उनसे विदा लेने आया था। वह प्राग में चिकित्साशास्त्र का विद्यार्थी था, किन्तु उसे काफ़ी पहले कॉलेज से निकाल दिया गया था। विदा लेते वक़्त उसकी आँखें रोते-रोते सूज आई थीं—फिर वह अपने पीछे बिना कोई नाम-निशान छोड़े हमेशा के लिए ग़ायब हो गया। दिन-पर-दिन स्थिति बिगड़ती जा रही थी। उसे धीरे-धीरे समझ में आने लगा कि ज़ेनी को उससे मिलने का अवकाश क्यों नहीं मिल पाता। वह सिर्फ़ शाम के समय उससे मिलने आती थी—और वह भी पीछे के दरवाज़े से। वह अत्यन्त सहृदयता से पेश आती थी। वे दोनों हरे रंग से पुते 'ग्रीष्म-गृह' में बैठ जाती थीं और ज़ेनी धीरे-धीरे उसके बाल सहलाती रहती थी। 'रोओ नहीं—प्यारी एस्थर! एक दिन सब ठीक हो जाएगा।'—'जानती हूँ, अब नहीं रोऊँगी। स्कूल की क्या ख़बर है? नृत्य की क्लास में जाती हो? किसके साथ सबसे ज़्यादा नाचती हो? क्या मेरी फ्रॉक देखोगी?'

और जिम! दिन-पर-दिन वह और भी अधिक शर्मीला होता जा रहा था। उनका मिलना-जुलना अब काफ़ी कम हो गया था। जब कभी वे मिलते, ज़्यादा समय चुप ही रहते। एक दिन उसने कहा कि उन दिनों स्कूल में उसे बहुत ज़्यादा काम करना पड़ता है। वह अब उसकी आँखों से आँखें मिलाते हुए कतराता था, चेहरे पर अपराधी भाव सिमटा रहता था और उसकी मुस्कान पहले से ज़्यादा टेढ़ी हो गई थी। वह सब कुछ समझ गई।

घरवालों ने उसे डाँट-डपटकर अच्छी तरह पाठ पढ़ाया होगा। बेचारा जिम! क्या यह वही जिम था जो दुनिया घूमने के स्वप्न देखा करता था? न, उसे दुनिया से समझौता करते देर नहीं लगेगी। आख़िर उसे अपनी ज़िन्दगी उस छोटे-से क़स्बे में ही बितानी होगी—अपने पिता की दुकान के काउंटर के पीछे। धीरे-धीरे उसे एस्परीन और हाज़मे की गोलियाँ बेचने में ही सुख मिलने लगेगा। उसे अब उस पर ख़ेद नहीं होता था, जब वह बातचीत करते समय टालमटोल करने लगता था।

एक दिन जब उसने सीधे-सीधे उससे पूछा कि यहूदी लड़की के संग घूमते हुए क्या उसे डर महसूस नहीं होता? तो वह बुरी तरह हकलाने लगा था। बेशक, उसे बहुत डर लगता था। उसके भीतर जैसे सब कुछ ढह गया था, बुरी तरह सड़-गल गया था। जल्दी ही, अपनी मानसिक आत्मरक्षा की ख़ातिर, वह उसके बिना, उसके संग मिलने-जुलने की घड़ियों और उसके चुम्बनों के बिना जीने की अभ्यस्त हो गई। वह समझ गई कि उसे उसके बारे में धोखा हुआ था। जब कभी वह उससे सहानुभूति जतलाने की कोशिश करता, तो उसके दिल में नफ़रत की आग भड़क उठती। एक दिन जब वे एक-दूसरे से अलग होने लगे तो वह अगली बार मिलने का वादा करना भूल गया। वह पहले से ही ऐसी सम्भावना के लिए तैयार थी। कुछ दिनों बाद उसे टाइप किया हुआ एक पत्र मिला, जिसमें उसने उसके प्रति अपना अमिट प्रेम प्रकट किया था। उसने बहुत कुछ सूझ-बूझ और लौह-अनिवार्यता की बातें लिखी थीं—बाद में प्रार्थना की थी कि वह उसे समझने की कोशिश करे। उसने यह वादा भी किया था कि जब यह असाधारण स्थिति ख़त्म हो जाएगी तो वे दोनों विवाह कर लेंगे और एक संग दुनिया घूमने निकल पड़ेंगे। उसने उससे अपना फ़ोटो वापस माँगा था...ऐसा करना बेहतर होगा। वह पत्र के नीचे अपने हस्ताक्षर देना भूल गया था, किन्तु अन्तिम वाक्य लिखना नहीं भूला था। 'कृपया पत्र को नष्ट कर देना'—बिना किसी पीड़ा या पश्चात्ताप के सारा मामला समाप्त हो गया था—केवल कभी-कभी उसके दिल में कड़वाहट और घृणा की लहर दौड़ जाती थी। उसके बाद वह अनेक

बार ज़ेनी के साथ—अपनी पुरानी झिझक और शर्म को लिये—घूमता हुआ दिखाई दिया था। शायद वह उससे भी अपने अमर प्रेम और दुनिया में एक संग घूमने के वादे दुहरा रहा होगा।

उन दिनों उसे बहुत सूना-सूना-सा लगता था—इतना घना सूनापन कि उसे लगता कि हाथ बाहर निकालते ही वह उसे छू लेगी। निस्सन्देह, उस छोटे-से क़स्बे के लगभग सभी निवासी उनसे बहुत सहृदयता से पेश आते थे। लुक-छिपकर, किन्तु स्पष्ट रूप से, वे उन्हें जतलाना न भूलते थे कि जो कुछ हो रहा है, वे उसके विरुद्ध हैं और उसके माता-पिता के संग उनकी आत्मीयता पहले की ही तरह क़ायम है। यद्यपि अब उसके पिता का साफ़-सुथरा शल्य-चिकित्सालय बिलकुल ख़ाली पड़ा रहता था। उनके मरीज़ों में जो सबसे ग़रीब थे, वे अपने पुराने 'डॉक्टर बाबू' को अभी तक नहीं भूले थे। ऐसे अनेक लोग थे जो न केवल मैत्रीपूर्ण शब्दों से, बल्कि सक्रिय रूप से उनकी सहायता करने के लिए तत्पर रहते थे, किन्तु उनके इर्द-गिर्द जो अजीब ख़ालीपन-सा घिर आया था, वह महज़ सहानुभूति द्वारा ही दूर नहीं हो सकता था। प्रतिदिन कड़े और कठोर नियम, जो पहले से कहीं अधिक भयानक थे, जारी किये जा रहे थे। लोग उन पर दयापूर्ण दृष्टि डालकर आगे बढ़ जाते थे। उसे महसूस होता था कि सहानुभूति का यह भाव ही उनके और अन्य लोगों के बीच खाई खोद देता था। 'सुना तुमने? तुझ बेचारी का क्या दोष? तेरे पिता नेक सज्जन हैं, सारा परिवार ही भले लोगों का है।'—'ईश्वर के लिए चुप रहो; इन बातों से क्या बनेगा?' वह दिन-रात चिन्ता में घुलती रहती। क्यों? वे क्यों हम पर अफ़सोस ज़ाहिर करते हैं? कुछ अन्य क़िस्म के लोग भी थे—ख़ास कर जब माँ को उनके कोटों पर पीले सितारे लगाने के लिए बाध्य होना पड़ा, वे लोग उनके छोटे-से घर पर ललचाई आँखें डालकर आगे बढ़ जाते थे। बाबू के अभिन्न मित्रों ने इस सम्बन्ध में उन्हें सतर्क किया था।

और उसके स्कूल की पुरानी सहपाठिनें! वह उनसे बचकर निकल जाया करती थी। किन्तु जब कभी उनसे मुठभेड़ हो जाती तो उसे लगता, जैसे उसके प्रति उनका व्यवहार एक-दूसरे से बहुत भिन्न है। कुछ सिर्फ़ 'हलो' कहकर

आँखें दूसरी तरफ़ मोड़ लेतीं और तेज़ी से आगे बढ़ जातीं। कुछ उसकी ओर भेद-भरी दृष्टि से देखकर आँख मार देतीं और बातें करने के लिए रुक जातीं, 'अरी, आजकल कहाँ दुबकी रहती है? कभी हमसे मिलने भी आया कर!'

एक बार स्कूल का नया वर्ष शुरू होने पर किसी अनाम व्यक्ति ने स्कूल की किताबों का पार्सल उसे भेजा था ताकि वह सातवीं क्लास की पढ़ाई घर में जारी रख सके। किन्तु ऐसी भी लड़कियाँ थीं जो उसके सामने आते ही कठोर बड़प्पन का भाव ओढ़ लेती थीं; एक अभद्र रुचि और खुली-नंगी उत्सुकता से उसकी ओर ताकने लगती थीं—मानो वह कोई असाधारण, अजीब जानवर हो। ऐसी लड़कियों से उसे सख़्त नफ़रत थी। अपनी सहपाठिनों की भिन्नताएँ, जिनसे पहले वह बेख़बर थी, अब उसकी आँखों के सामने खुल गई थीं; काली भेड़ों को अब गिरोह में पहचानना मुश्किल नहीं था। एक बार ऐसी ही एक लड़की जब उसे ताक रही थी, तो वह मुँह खोलकर अपनी जीभ दिखाने का लोभ संवरण न कर सकी।

याद आता है? क्या कभी वह स्मृति-पट से उन शब्दों को मिटा सकेगी जो किसी ने उनके घर के हाते की दीवार पर खड़िया से लिख दिये थे? एक दिन सुबह जब वह घर के बाहर आई तो उसकी आँखें उन पर पड़ गई थीं: 'गन्दे यहूदियों को बाहर करो!' बड़े-बड़े, सफ़ेद बेढंगे अक्षर। अचानक उसे लगा था, जैसे वे अक्षर उसकी तरफ़ दौड़ रहे हैं, उसकी आँखों में भरते जा रहे हैं। बुरी तरह आँसू बहाते हुए वह घर की ओर भागने लगी और भीतर घुसते ही बाबू की गोद में आ गिरी।

उन्होंने उसका सिर हाथों से पकड़कर अपनी छाती से लगा लिया। 'बाबू, ऐसा क्यों?' वह उनके ऊपर झुकी थी और रह-रहकर सिसक उठती थी। 'हमने उनका क्या बिगाड़ा है? मैं अभी बाहर जाकर उन्हें मिटा देती हूँ।' किन्तु बाबू ने कुछ न कहा—वे रहस्यमय ढंग से बिलकुल शान्त बैठे रहे, मानो उन्होंने सब कुछ भाग्य पर छोड़ दिया हो। 'नहीं, एस्थर, इससे कुछ नहीं बनेगा। इन चीज़ों की ओर ध्यान न दो—हमें यह सब भुगतना होगा... इस तरह रोते नहीं, बिटिया!'

उसने आँखें खोल दीं। मैं कहाँ हूँ? उसे सब कुछ याद हो आया। बाहर आँगन में फिर एक शाम सरकने लगी थी। कोई धीमे-धीमे, सीटी बजाता हुआ ड्योढ़ी के तख़्तों पर चुपचाप चल रहा था। वह पीठ के बल लेटी थी, भूख ने उसकी समूची देह को जकड़ लिया था।—ईश्वर जाने, वह कब आएगा?

बाबू! वह उसके ऊपर झुके थे, उनके साफ़-चिट्टे कोट से कीटाणुनाशक दवाई की भीनी-भीनी-सी गन्ध आ रही थी। उनका काँपता हाथ उसके बालों को सहला रहा था—और वे कुछ भी नहीं बोले। उन्होंने क्यों नहीं कुछ कहा? ज़रा-सा भी विरोध क्यों नहीं किया? क्यों...? कौन-सी ऐसी भयानक बात थी, जिसे वे जानते थे और कहना नहीं चाहते थे? कौन-सा अपराध किया था उन्होंने? याद आया उसे, उनका झुर्रियों भरा ज़र्द चेहरा; स्याह, विवेकपूर्ण आँखें; कमज़ोर शरीर पर लटकता हुआ पुराना, ज़रूरत से ज़्यादा लम्बा कोट, जिस पर पीला सितारा चिपका रहता। सुबह होते ही वे घर से बाहर निकल पड़ते—ग़मगीन और किसी मूक चिन्ता में डूबे हुए। किन्तु यही बाबू उन दिनों भी हँसते-हँसाते रहते थे और शाम के समय जब बत्ती जल जाती और 'ब्लैक-आउट' का पर्दा यथास्थान लगा दिया जाता, वे उसे 'वॉल्ज़' नृत्य सिखाया करते। उन दिनों उसकी एक नई सहेली बनी थी—ब्लांका; पीले सितारे की समान नियति ने उन दोनों को एक संग ला मिलाया था। और अम्माँ थीं, जो यदि घर में कुछ भी न हो, तो भी न जाने कैसे भोजन तैयार कर लेती थीं—और फिर सबकी आँख बचाकर चुपचाप रोती रहती थीं। यही उसका घर था, अँधेरे और अपशकुनों से घिरा हुआ—लेकिन नहीं, यही क्या कुछ कम था कि उन दिनों भी वे सब उस घर में एक संग रहते थे।

सप्ताह और महीने गुज़रते गए—ख़ाली और ख़ामोश। मैं कहाँ हूँ? यह एक स्वप्न है, बारिश में भीगती पुरानी, दो पहियोंवाली छकड़ा गाड़ी का दुःस्वप्न—पानी में चमकते पत्थरों पर चरमर करती हुई चीज़ों और पोटलियों का ढेर हिलता जा रहा है, हर व्यक्ति पचास किलोग्राम वज़न सामान अपने संग ले जा सकता है—बाबू ठेला खींच रहे हैं और वह और अम्माँ उसके संग-संग चल रहे हैं—सामने खुला फाटक दिखाई देता है।

बारिश टपाटप पड़ रही है। यहाँ उन्हें एक-दूसरे से विदा लेनी होगी, एक-दूसरे से जुदा होना पड़ेगा। लोग सड़क पर आ-जा रहे हैं, उनके पीछे रंग-बिरंगे पोस्टरों का ढेर लगा है—पानी में भीगता हुआ। सब कुछ भीग रहा है, बारिश गिर रही है। सारी दुनिया पर प्रलय में डूबती दुनिया कुछ-कुछ ऐसी लग ही रही होगी—उसके मस्तिष्क में अजीब-सा विचार कौंध गया—पानी में भीगते चिपटे पत्थरों का अन्तहीन फैलाव! यदि उसका पाँव पत्थरों की काली रेखा पर नहीं पड़ता, तो वे फिर मिलेंगे। वह एक ही बार विश्वास करती है, और नहीं भी करती। वे हमेशा यहाँ क्या इसी तरह खड़े रहेंगे? एक के बाद एक छकड़ा गाड़ियाँ आती जा रही हैं, बच्चों के पेरेम्बुलेटर और ऐसे लोग जिनके पास सिर्फ़ एक सूटकेस के अलावा कुछ भी नहीं है—सब कोटों पर एक-जैसे पीले सितारे टँके हैं, पुरुष, स्त्रियाँ और बच्चे; आँसू, हँसी और बारिश, ठंडी धुंध में सिकुड़ा हुआ लम्बी दाढ़ीवाला बूढ़ा, दो लम्बी-लम्बी चोटियोंवाली छोटी-सी लड़की, जिसने अपनी मैली-कुचैली गुड़िया को छाती से चिपका रखा है, सुन्दर वेशभूषा में एक स्त्री और फिर बारिश की बूँदों की टपाटप, शब्द, सरकारी दस्तावेज़, मकानों की गीली दीवारें, उलटा पड़ा कूड़ा-करकट का पीपा और नाली में गड़गड़ बहता पानी, खिड़कियाँ और आँखें। उसके पिता ने फुसफुसाते स्वर में उसे सान्त्वना देने की कोशिश की और अपने रूमाल से माथे का पसीना पोंछ डाला; उनके हैट के कोने से बारिश की बूँदें टपकती जाती थीं। उसे चूमते समय अम्माँ अपने आँसुओं को न रोक सकीं—'मेरी नन्ही-सी बिटिया'—'बाबू,' वह उनके कान में धीमे से फुसफुसाई, 'ऐसा क्यों...? हमने क्या किया है?'—'कुछ भी तो नहीं—प्यारी एस्थर! सचमुच हमने कुछ भी नहीं किया...महज़ इतना ही कि हम हैं। समझती हो एस्थर? यह अँधेरा है...यह समय और ये दिन। तुम्हें लड़ना होगा इससे...और देखो, रोते नहीं। हम किसी दिन फिर अपने बाग़ में लौट आएँगे और तुम मेरे संग बाहर घूमने चला करोगी...दिल छोटा न करो, हमें बराबर चिट्ठी लिखती रहना। हम आख़िर कोई अपराधी नहीं हैं—अन्त में सब कुछ ठीक हो जाएगा। किन्तु इस समय और कोई चारा नहीं है।'—'बाबू, मैं तुम्हारे संग आना चाहती हूँ।

मुझे अपने संग ले चलो। तुम्हारे बिना यहाँ मैं कहीं की भी न रहूँगी। मुझे डर लगेगा यहाँ...बाबू!'

पुरानी छकड़ा गाड़ी आगे बढ़ी और फाटक के बाहर निकल गई। बारिश की तेज़ बौछार, लोगों की धक्कम-धक्का—'बाबू,' वह चिल्लाई। 'अलविदा, एस्थर, हम जल्दी ही एक-दूसरे से मिलेंगे, अलविदा, हम तेरेज़ीन में मिलेंगे।'—'बाबू! बाबू' वह चीख़ती रही उनके पीछे।

और फिर वे उसकी नज़रों से ओझल हो गए।

वह तेज़ी से सोफ़े से उठ खड़ी हुई और हाथों से मुँह रगड़ने लगी। 'ब्लैक-आउट' का पर्दा यथास्थान लगाकर बत्ती जला दी। 'उसके आने से पहले मुझे अपने बाल सँवार लेने चाहिए और ठीक से तैयार हो जाना चाहिए,' उसने सोचा। 'कैसी शक्ल निकल आई है मेरी!' उसका मन क्लान्त-सा हो आया। उसे अपना आपा बहुत शिथिल और मलिन-सा जान पड़ा, जैसे कहीं उसके भीतर सलवटें पड़ गई हों। यहाँ नहाने-धोने का भी कोई ठिकाना नहीं—अपने ब्लाउज़ पर इस्तरी भी नहीं फेर सकती। गर्मियों के दिन थे, किन्तु उसके क़ैदख़ाने में रत्ती भर ताज़ी हवा आने की इजाज़त नहीं थी। अपने बदन में उसे पसीने का अजीब चिपचिपापन-सा महसूस होता, जिसके कारण वह एकदम परेशान-सी हो उठती। 'हे ईश्वर, मैं तो बिलकुल टूटी जा रही हूँ! और मैं कितना चाहती थी कि जब उसके सामने जाऊँ तो आकर्षक दिखूँ—बहुत आकर्षक; हर स्त्री उस पुरुष की आँखों में, जिसे वह चाहती है, अत्यन्त आकर्षक दिखना चाहती है। और एक मैं हूँ कि कुछ भी नहीं कर सकती। इस दयनीय अवस्था से कहीं अच्छा है, भूखा रहना—हाँ, भूखा रहना कहीं बेहतर है इससे!' उसने छोटा-सा ख़ाली शीशा फूलदान के सहारे टिका दिया और अपने उलझे बालों को

कंघे से सँवारने लगी। कमरे की धुँधली रोशनी में झिलमिलाते आईने पर एक अपरिचित-सा चेहरा उसकी ओर झाँकने लगा—अशान्त निद्रा की सलवटों से भरा चेहरा।

सहसा सहमकर उसने आँखें मूँद लीं—'नहीं, नहीं...यह मैं नहीं हूँ।'

जब उसने आँखें दोबारा खोलीं तो उसे लगा, जैसे कोठरी की छत उस पर झुकती आ रही है—जैसे अभी भरभराती हुई उसके सिर पर आ गिरेगी। वह बदहवास-सी होकर उठ खड़ी हुई और दरवाज़े की तरफ़ भागने लगी—उसकी साँस तेज़ी से चल रही थी। न, दीवारें गिर नहीं रहीं। बराबर वहीं हैं, जहाँ पहले थीं। वह जान गई, उसके संग क्या हो रहा है। और कुछ नहीं—सिर्फ़ भूख, अपने पंजों से उसे जकड़कर उसकी जीवन-शक्ति को कुरेद रही थी—और उस पीड़ित अवस्था में उसका मानसिक सन्तुलन नष्ट होता जा रहा था। भूख के पंजों की चुभन महसूस होते ही उसकी देह ऐंठ जाती और फिर दुबारा ढीली पड़ जाती।

'हे ईश्वर, आख़िर वह कब आएगा?'

वह दरवाज़े के हैंडिल पर हाथ रखे खड़ी थी। दरवाज़े पर कान धरे वह ड्योढ़ी के सन्नाटे को सुनती रही। लगा, बाहर कोई फूत्कार रहा है। या उसके कान हैं, जो बज रहे हैं? उसे उस छोटी-सी लड़की की बात स्मरण हो आई, जो सड़क के बीच टेलीग्राफ़ के खम्भों पर कान लगाए खड़ी रहती थी। क्या तुम सुदूर दुनिया की गुंजार सुन सकती हो? अन्तहीन दूरियाँ! सन्नाटे की लुभावनी फूत्कारें! बाहर, काश, वह बाहर जा पाती और तब उसे पहली बार अत्यन्त तीव्रता से महसूस हुआ कि एक क्षण आएगा, जब वह अधिक बर्दाश्त नहीं कर सकेगी और बाहर निकल भागेगी। इस दुनिया से छिपकर जैसे भी हो, कहीं रह लेगी। पेड़ों के झड़े पत्तों से अपने को ढक लेगी अथवा अपने बाग़ के पिछवाड़े किसी ख़रगोश के बिल में दुबकी पड़ी रहेगी। और तब सहसा एक पगली आकांक्षा उसकी देह में सिमट आई। तेज़ी से उसके हाथों और पैरों को जकड़ने लगी और उसका दिल धौंकनी की तरह धड़कने लगा। अभी, इसी क्षण!

उसने हैंडिल घुमाया, दरवाज़े को इतनी जल्दी खुलता देखकर वह सहम-सी गई। सामने धुँधली रोशनी में भीगी ड्योढ़ी दूर तक चली गई थी, छत पर एक नीला लट्टू टिमटिमा रहा था। फफूँद की गन्ध। दूर कहीं दरवाज़ा फटाक से बन्द हुआ। टप, टप, टप—ख़ाली बेसिन में पानी टपक रहा था।

एक क़दम और फिर दूसरा—एक क्षण के लिए बिलकुल सन्नाटा खिंचा रहा और फिर लकड़ी की सीढ़ियों पर किसी के भारी क़दमों की आवाज़ गूँजने लगी। वह घर के लोगों की अलग-अलग पदचाप से भली-भाँति परिचित हो गई थी—यद्यपि उसने आज तक उनमें से किसी का चेहरा नहीं देखा था। यह एक मोटे व्यक्ति की पदचाप थी, जिसे साँस लेने में काफ़ी कठिनाई होती थी। यह पॉल के पैरों की आवाज़ नहीं थी...एक स्पष्ट पहचान उत्पन्न होती है अनन्त प्रतीक्षा के बाद, और इसी के आधार पर वह उसके क़दमों को एकदम पहचान लेती थी। शायद आज वह नहीं आएगा, कल उसने कुछ ऐसा ही कहा था।

एक ख़ाली शाम।

क़दमों की आहट पास आई और वह घबराकर पीछे की तरफ़ मुड़ गई। कमरे में घुसते ही उसने जल्दी से दरवाज़ा बन्द कर दिया।

तनाव के कारण उसका कलेजा मुँह को आ गया था। गलियारे की ढीली शहतीरों पर खड़खड़ाती क़दमों की आहट दूर होती गई। उसने चैन की साँस ली। यदि पॉल उसे ऐसे में देख लेता? हाथ-मुँह धोकर वह उसकी प्रतीक्षा करेगी।

असम्भव नहीं कि वह आख़िर आ ही जाए।

दूसरे दरवाज़े के पार जाकर उसने चाभी लगा दी; नेवले की तरह तेज़ी से फुदककर वह दरज़ी की अँधेरी दुकान में आ घुसी। उसे अब अँधेरे में रास्ता टटोलना कठिन नहीं लगता था। एक ओर सिलाई की मशीनें रखी थीं, जिनसे आसानी से बचते हुए वह आगे बढ़ आई; दूसरी ओर दरज़ी की भूसे भरी 'डमी' खड़ी थी, जिस पर चारों तरफ़ से पैबन्द लगा कोट लटक रहा था। कमरे के दूसरे कोने में हाथ-मुँह धोने का बेसिन था—

अँधेरे में नल टटोलते उसे देर न लगी। उसने अपना ब्लाउज़ उतारा और बाँहें बहती धार के नीचे फैला दीं। हाथों में पानी भरकर उसने अपना मुँह उसमें डुबो दिया और अपने गले के पिछले भाग और बालों पर छप-छप करते हुए पानी छिड़कती रही—उसे यह सब कुछ इतना अच्छा लग रहा था कि देर तक अपनी देह को धोने-भिगोने के बाद भी उसे पूरी तृप्ति नहीं हुई।

यही कारण था कि वह बिजली के स्विच के 'खट' होने की आवाज़ न सुन सकी। डर की एक हल्की-सी चीख़ उसके मुँह से निकल पड़ी और अपने नंगे वक्षस्थल को ढकने के लिए उसने तौलिया पकड़ लिया—टेबल पर जलते लैम्प की रोशनी-तले उसकी आँखें अजाने भाव में झिपझिपा उठीं।

"अब मैंने तुम्हें पकड़ लिया।"

दूसरे कमरे की तरफ़ जो दरवाज़ा खुलता था, उसकी देहरी पर एक आदमी खड़ा था—उसके बिलकुल पास—और अपने चश्मे की कोर से उसकी ओर अत्यन्त कौतूहल से ताक रहा था। उसका स्वर उसे परिचित-सा लगा। सींक-सी पतली लम्बी देह—आगे की ओर कुछ-कुछ झुकी हुई, गंजा सिर और होंठों पर प्रसन्नचित्त मुस्कराहट—वह काफ़ी कुछ एक रहस्यमय बूढ़ा-सा दीख रहा था, जिसका उल्लेख अक्सर परी-कथाओं में मिलता है।

"और आप यहाँ कैसे आ टपकीं, छोटी-सी बेगम साहिबा?"

उसने कुछ नहीं कहा। उसके दाँत अचानक सर्दी से कटकटाने लगे थे। उसका मुँह आधा खुला रह गया था। अपने वक्षस्थल पर तौलिया चिपकाए वह फैली आँखों से उसकी ओर देख रही थी।

"तो तुम्हीं वह निशाचरी हो जो रात के समय यहाँ चक्कर लगाती हो—क्यों?" आदमी ने धीमे से हँसते हुए कहा, "मुझे तुम्हारी ही तलाश थी और आज मैंने तुम्हें पकड़ लिया। अब बोलो, क्या कहती हो? अरे, कुछ तो कहो—क्या तुम गूँगी निशाचरी हो?"

उसने अपना सिर हिलाया, किन्तु मुँह से एक शब्द भी न निकल सका।

"अरे, आओ भी...मुझसे डरने की कोई ज़रूरत नहीं। झटपट कपड़े पहन डालो..., फिर आराम से बातचीत करेंगे—क्यों, ठीक है न?"

10

तीन दिन बाद एक निन्दनीय घटना हुई। ड्योढ़ी में बातचीत करनेवाले लोगों को एक मत पर पहुँचने के लिए ज़्यादा बहस नहीं करनी पड़ी—रेयसेक का हाथ इसमें रहा होगा, सबकी यही राय थी। नीचे की कोठरी से ऊपर की छत तक उस मकान में लोग बरसों से एक संग रहते आए थे और जैसी कहावत है, अच्छी तरह जानते थे कि किस घर में क्या पक रहा है। वे एक-दूसरे के परिवारों की तीसरी-चौथी पीढ़ी तक से परिचित थे और अच्छी तरह जानते थे कि किस आदमी से दिल खोलकर बात की जा सकती है, किसे दूर ही सलाम-बन्दगी करके टालना बेहतर है।

वैसे इस बारे में निश्चित कोई भी न था। रेयसेक? सचमुच? छि:-छि:-छि:...वह लम्बे अर्से से तीसरी मंज़िल में रह रहा था, किन्तु शायद ही कोई पड़ोसी उसके बारे में निश्चित रूप से कह सकता था कि वह उससे परिचित है। जब से मकान में यह अफ़वाह फैली कि जर्मनों से उसकी गहरी साँठ-गाँठ है, तब से लोग उससे दूर-दूर रहना ही पसन्द करते थे।

पुराने दिनों में वह पड़ोसियों से ज़्यादातर अलग-थलग ही रहता था,

इस तथ्य को वे आज तक भूले नहीं थे। दिन-रात वह अपने फ़्लैट में घुसा रहता था और उसने अपनी पत्नी को आज्ञा दे रखी थी कि वह गलियारे में नल के पास खड़ी-खड़ी दूसरी पड़ोसिनों से गपशप करने में समय नष्ट न करे। उसका व्यवहार यद्यपि प्रकट रूप से अशिष्टतापूर्ण न था—उसमें हल्का-हल्का-सा दर्प झलकता रहता था, मानो वह दूसरों को यह जतलाना चाहता था कि उसकी आँखों में उसका अपना महत्त्व इतना अधिक है कि वह ऐरों-ग़ैरों के निकट सम्पर्क में आना पसन्द नहीं करता।

सुनने में आया था कि शहर के बाहर उसका सीसाकारी का छोटा-सा बिजनेस था—किन्तु आर्थिक संकट के दिनों में उसका दिवाला निकल गया। उसके दिल को गहरा सदमा पहुँचा था। हर शाम लोग देखते कि वह एक भारी थैला बग़ल में दबाए घर वापस लौट रहा है—थुलथुल मोटा शरीर, उखड़ी-उखड़ी साँसें। उसकी ऐसी लुटी-पिटी अवस्था, फूत्कारती साँसें, नाक का घिसा-पिसा रंग देखकर लोगों के मन में उसके प्रति सहानुभूति जाग जाती।

उसकी पत्नी अड़तीस वर्ष की उम्र में अचानक चल बसी, जैसे अचानक मोमबत्ती बुझ जाती है; किन्तु घर में शायद ही किसी प्राणी को उसका अभाव खला हो। आज मरी, कल दूसरा दिन—पुराने घर में ज़िन्दगी अपनी अलसाई गति में पूर्ववत् बहती रही।

दो वर्ष बाद उसका दुबला-पतला लड़का घर से ग़ायब हो गया। लोगों से कहते सुना गया कि वह जर्मनी में किसी टेक्निकल कॉलेज में अध्ययन कर रहा है। सुना कुछ? रेयसेक! कभी-कभी वह घर आता था—पॉलिश से चमकते ऊँचे जूतों से गलियारे के चरमराते तख़्तों पर चलता हुआ वह पिता के दरवाज़े की ओर बढ़ जाता; काली बरसाती के कॉलर कानों तक उठे रहते और हैट आँखों पर झुकी रहती। कुछ महीने पहले वह अन्तिम बार वहाँ दिखाई दिया था। जर्मन फ़ौजी पोशाक, जो उसे अच्छी तरह फिट नहीं आई थी, पहने वह मकान के बाहर आया। उसके हाथ में एक सूटकेस था। बाहर दरवाज़े पर उसने अपने पिता से विदा ली, आलिंगनबद्ध होकर दोनों ने एक-दूसरे का मुँह चूमा और फिर बूढ़े रेयसेक ने अपने लड़के के कन्धे को ज़ोर से थपथपाया।

उस शाम, देर तक वह अपने चन्द अज्ञात मित्रों के संग शराब पीता रहा, अपनी फटी-फटी ऊँची आवाज़ में वे सुबह होने तक फ़ौजी गीत गाते रहे और दीवारों पर बोतलें फोड़ते रहे। उस रात मकान में कोई भी एक पलक न सो सका। उसके बाद रेयसेक के घर में पीने-पिलाने का दौर अक्सर चलता था और मकान के किरायेदारों ने तटस्थ भाव से इस तथ्य को स्वीकार कर लिया कि रेयसेक ने बोतल से दोस्ती गाँठ ली है। शायद अपनी आत्मा को शराब में डुबो रहा है। पहले वह कितना सीधा-सादा, निरीह शख़्स दिखाई देता था... कुछ-कुछ हास्यास्पद-सा, किन्तु अब लोग उससे इस क़द्र डरने लगे कि जब कभी वह पास दिखाई दे जाता, उनके वाक्य अधूरे ही हवा में लटकते रह जाते।

वे सब उससे कन्नी काटने लगे। 'हिश्...रेयसेक आ रहा है!' किन्तु पिछले कुछ महीनों से वह अकेला, नरद्वेषी गुमसुम रहने के बजाय पड़ोसियों से हँस-खुलकर बातचीत करने की कोशिश करता था—लगता था, जैसे पहले की-सी प्रसन्न मुखरता उसमें वापस लौट आई है। पड़ोसियों को देखते ही वह दूर से अपना हैट आदर से उतार देता और किसी-न-किसी विषय पर अपनी बातचीत छेड़ने की चेष्टा करने लगता।

बेवक़ूफ़! उसे शायद नहीं मालूम था कि वह चारों ओर एक गहरी खाई से घिरा था और उसकी समस्त कोशिशों के बावजूद लोग चुपचाप कन्धा सिकोड़कर उसे टाल देते थे। महज़ ख़ालीपन के अलावा उसके हाथ कुछ भी न लग सका था।

दूसरी तरफ़, उसके घर में मद्यपान की पार्टियों की संख्या दिन-पर-दिन बढ़ती जा रही थी। स्पष्ट ही उसके पास रुपये-पैसे की कमी न थी। पैसा आख़िर सिर पर चढ़कर बोलता है। बाहर निकलता तो बड़े ठाट-बाट से। गलियारे में लोगों से यह भी सुनने में आया था कि वह घर में मुलायम गद्दीदार बास्कट पहनकर बैठता है—बिलकुल एक सम्भ्रान्त व्यक्ति की तरह। हमेशा वह एक नये सूट में दिखाई देता था—कोट के बटन-होल में एक फूल टँगा रहता था। उसकी वेशभूषा को देखकर जान पड़ता, मानो वह उन दिनों किसी लड़की को रिझाने की कोशिश कर रहा है। "ऐसा तो नहीं है कि...?"

“चलो हटो भी यार, लोग भी न जाने कहाँ-कहाँ की हाँकते हैं!”

निश्चित जानकारी किसी के पास न थी और न ही कोई उससे कुछ पूछता था। मिलनसारी और मैत्री-भावना उसके पोर-पोर से फूटती जान पड़ती थी, किन्तु उसके और मकान के अन्य किरायेदारों के बीच तनाव की अदृश्य खाई बढ़ती ही गई।

दो दिन पहले एक अजीब घटना हुई।

वह भड़भड़ाता हुआ अपने घर से बाहर निकलकर ड्योढ़ी में आ खड़ा हुआ; अपने दोनों हाथों से वह काग़ज़ का एक टुकड़ा पकड़े था। परदों से पड़ोसियों की ख़ामोश आँखें उसे देख रही थीं। गालों पर टप-टप बहते आँसुओं से उसकी आँखें अन्धी-सी हो गई थीं। समूची देह पत्ते-सी काँप रही थी। उसने बग़लवाले घर का दरवाज़ा खटखटाया, हक्की-बक्की-सी एक स्त्री बाहर निकली, जिसके हाथों में उसने वह काग़ज़ पकड़ा दिया। रोते-रोते उसकी घिग्घी बँध आई थी, ठीक से एक शब्द भी उसके मुँह से न निकल पा रहा था। सिसकियों के बीच वह अपने महँगे और भड़कीले रूमाल पर बार-बार नाक सिनकता जाता था। पड़ोसी की स्त्री ने पत्र पढ़ा और बिना एक भी शब्द कहे सहानुभूति से सिर हिला दिया। उसी ने बाद में मकान के अन्य प्राणियों को सारी घटना बताई थी। उसका पुत्र पूर्वी मोर्चे पर खारकोव पर आक्रमण करते समय वीरगति को प्राप्त हुआ था—फ़्यूहर और विराट जर्मन साम्राज्य के लिए उसने अपने प्राण त्याग दिये। हाँ-हाँ, इतना ही।

पत्र वापस उसे देकर उसने दरवाज़ा बन्द कर लिया। अब वह ड्योढ़ी में अकेला रह गया था। वह गिरता-पड़ता ऊपर सीढ़ियाँ चढ़ने लगा और स्टूडियो का दरवाज़ा खटखटाने लगा। उत्तर की प्रतीक्षा किये बिना वह अन्दर घुस पड़ा। ईश्वर ही जाने, सब घरों को छोड़ आख़िर वह वहीं क्यों गया? सब लोग चित्रकार से परिचित थे; भला, नेक आदमी था, हालाँकि व्यवहार में कुछ सनकी-सा दिखाई देता था। कदाचित् रेयसेक अपने को निपट अकेला और निस्सहाय पाकर किसी अन्य व्यक्ति के सम्मुख अपने दिल का बोझ

हल्का करना चाहता था—या शायद वह कुछ ऐसे लम्हों से गुज़र रहा था, जब इनसान अपने दु:ख के संग अकेला नहीं रह सकता।

कुछ देर बाद वह फिर दिखाई दिया। हड़बड़ाता हुआ वह बाहर निकला और एक बेडौल कीड़े की भाँति तेज़ी से सीढ़ियाँ उतरता गया। फिर वह अचानक ठिठक गया। रेलिंग पकड़कर पीछे मुड़ा और स्टूडियो की दिशा में मुँह घुमाकर अपनी फटती आवाज़ में ज़ोर-ज़ोर से चिल्लाने लगा :

"हाँ...मुझे उस पर गर्व है! तुमने सच कहा है...गर्व है मुझे उस पर!—मैं सचमुच उस पर गर्व करता हूँ!"

सबने सोचा, शायद ज़्यादा चढ़ा ली है या उसके होश-हवास गुम हो गए हैं, किन्तु उसकी घुटती चीख़ों में भयंकर ग़ुस्सा उबल रहा था। अत: बाद में जो कुछ हुआ, पड़ोसियों को समझते देर न लगी—इसमें अवश्य उसका हाथ रहा होगा।

वे एक संग उस चट्टान पर चढ़ रहे थे—काले बादलों की चादर चीरते हुए, ऊँचे और ऊँचे—चट्टान की हर शिला पर पाँव टेककर दूसरी उससे भी ऊँची शिला को पार करने में संघर्षरत। किसी ने उन्हें शिखर पर चढ़ने का आदेश दिया था, किन्तु किसने? उसकी शक्ल-सूरत अब उसे याद नहीं थी।

वह अब और नहीं चल सकती थी। उसने अपने हाथ उसके आगे बढ़ा दिये—हथेलियाँ खरोंचों से भरी थीं, ख़ून से लथपथ। वह बराबर सिसकियाँ ले रही थी।

उसने उसे धीरज बँधाते हुए आगे चलने के लिए प्रोत्साहित किया। किन्तु वह स्वयं अपना स्वर नहीं सुन सकता था। उसके पास अपनी कोई आवाज़ नहीं थी। पूरा बल लगाकर वह उसे चट्टान के तीखे-नुकीले पत्थरों पर घसीटने लगा। इस अमानवीय श्रम से उसके फेफड़े फटने-से लगे।

ऊपर और ऊपर! नीचे की ओर देखने से डर लगता था, मानो वे अभी मैली-भूरी धुंध से ढके गड़हे में गिर पड़ेंगे। अत: वह हर क्षण ऊपर शिखर की ओर देख रहा था। शायद अब कुछ गज़ का फ़ासला ही शेष रह गया है, अगली बड़ी चट्टान के मोड़ पर फिसलन-भरी सीढ़ियाँ पार करते ही वे अपने लक्ष्य पर जा पहुँचेंगे। चाक़ू की धार-सी तेज़ हवा उन्हें कँपा जाती थी। उसने पूरी शक्ति से चिल्लाने की कोशिश की—अपने गले की नसों को खींचते हुए—किन्तु हवा के क्रन्दन और चीत्कार के अलावा उसे कुछ भी सुनाई नहीं दिया। वह उसे शिला-मंच पर खींच लाया, जहाँ वह खड़ा था और वह उसके पैरों पर मूर्च्छित होकर गिर पड़ी।

'थोड़ा और चलो—सिर्फ़ कुछ क़दम और अपने दाँत भींचकर आगे बढ़ चलो!' फिर अचानक भय से वह चीख़ पड़ा।

चट्टान के इर्द-गिर्द एक गिद्ध अथवा एक विराटकाय चील चक्कर काट रही थी। उसके काले डैनों की छाया पास पड़ी मूर्च्छित लड़की के चेहरे पर नाच रही थी। उसने पक्षी की आँखों को देखा—वे मानवीय आँखें थीं। पहले इन्हें कहाँ देखा था? वह चट्टान की अन्तिम सीढ़ी पर खड़ा था, पूरी शक्ति लगाकर उसने बाएँ हाथ से लोहे का एक काँटा पकड़ रखा था और दाएँ हाथ में थाम रखा था लड़की का हाथ।

वह उसका हाथ पकड़े नीचे फैले गड़हे पर लटक रही थी, स्वयं अपनी धुरी पर झूल रही थी और उसके मैले-कुचैले कोट पर एक सितारा चम-चम प्रकाशमान हो रहा था।

वह पक्षी चट्टान की गहराइयों से उड़ता हुआ फिर ऊपर आ गया था। उसने देखा कि अपहारक पंजों के बजाय उसके मानवीय हाथ थे। इन हाथों ने उस लड़की के पैरों को पकड़ लिया और एक ज़बर्दस्त भयानक झटके से उसे घसीटता हुआ नीचे की ओर खींच ले गया। वह बेबस खड़ा था। वे एक-दूसरे की ओर देख रहे थे—अपने स्वरहीन अधरों को हिलाते हुए, मानो उनके सारे शब्द हमेशा के लिए खो गए हों। कुछ भी शेष नहीं रहा था—सिवाय उनकी आँखों के।

फिर उसने देखा कि उसकी आँखें भी जाती रहीं। अँधेरे से भरे सिर्फ़ दो काले सूराख़। क्या उस पक्षी ने...? उसने उसका हाथ छोड़ दिया और वह गिरने लगी। नीचे फैली धुंध में गिरती हुई उसकी देह क्षण-प्रति-क्षण छोटी होती जा रही थी—गुड़िया-सी। उसकी चीख़ती गूँज मानो गिरजे की दीवारों के भीतर से आ रही थी। फिर वह गूँज भी सिमट गई। और तब अचानक उसे लगा, मानो वह हवा की मानिन्द हल्का हो गया है; एक अजीब शक्ति उसे शिखर की ओर घसीटे ले जा रही है। वह ऊपर उड़ता रहता, यदि किसी के हाथों ने उसे बीच में ही न रोक लिया होता। उनकी कोई देह न थी। वे सिर्फ़ हाथ थे। वह अपने को उस लड़की के पीछे फेंक देना चाहता था, किन्तु वे हाथ उसे जकड़े रहे। वह चीख़ना चाहता था, किन्तु उन हाथों ने उसका मुँह बन्द कर दिया। उसने उनके विरुद्ध संघर्ष करने की चेष्टा की, किन्तु वे उससे अधिक शक्तिशाली साबित हुए। तब आश्चर्य से उसकी आँखें फैल गईं—उसने सहसा उन हाथों को पहचान लिया। वह उनकी तरफ़ दौड़ा, चट्टानों पर उसके पाँव फिसल गए और वह घुटनों के बल आ गिरा। वे हाथ पतली-झीनी धुंध में ग़ायब हो गए और फिर दुबारा उसके बहुत निकट आ प्रकट हुए। अभी सब कुछ नष्ट नहीं हुआ। वे हाथ...!

वह जाग गया।

जून की उज्ज्वल, सुनहरी सुबह खिड़की से झाँक रही थी, रसोई से कॉफ़ी पीसने का स्वर सुनाई दे रहा था और हर चीज़ अपने स्थान पर ज्यों-की-त्यों रखी थी। उसकी आँखें कमरे के इर्द-गिर्द घूमने लगीं—रात का दुःस्वप्न अब तक उससे चिपका था। एक बोझ की तरह वह उसके मस्तिष्क पर पड़ा था। दिन-भर उसे लगता रहा, जैसे वह स्वप्न की धुँधली छाया में भटक रहा है; उसकी टाँगें एक अस्पष्ट अपशकुन के भय से रह-रहकर काँप जाती थीं। पागल! एक स्वप्न! उस दिन स्कूल-सर्टिफिकेट पाने की अन्तिम मौखिक परीक्षा थी।

क्या फ़र्क़ पड़ता है?

परीक्षकों के सम्मुख खड़ा होकर वह मशीन के पुतले की तरह फ़्यूहर की जीवन-कथा सुनता रहा। उसका मन मूक घृणा से भर उठा था; हर चीज़ कितनी दूर, कितनी यातनामय; कितनी अर्थहीन-सी जान पड़ रही थी। अपने मित्रों से आँख बचाता वह स्कूल के ठंडे गलियारों में चलता रहा—यंत्रवत् उसकी देह उसकी गति और चाल के नियमों का पालन करती रही। 'क्या बात है?' उसके कक्षा-अध्यापक के चेहरे पर मूक जिज्ञासा खिंच आई थी। 'क्या तबियत ठीक नहीं है?...परीक्षा में उत्तर तुमने बुरे नहीं दिये; लेकिन, लड़के, तुम्हारे रंग-ढंग मुझे अच्छे दिखाई नहीं देते!'

और उसके मित्र : 'पॉल यार, तेरे दिमाग़ का कोई पुरज़ा तो ढीला नहीं है? जर्मन में मैं आज पास नहीं हो सकता—बिलकुल पक्की बात है!'

तिख परीक्षा-कक्ष के दरवाज़े पर खड़ा प्रतीक्षा कर रहा था—उसके चेहरे का रंग चॉक-सा सफ़ेद पड़ गया था।

'यार, इस मरदूद 'ज़ायन'[1] का क्रिया-योग कैसे होगा? Adolf Hitler wurde in Braunau geboren[2]...छछूँदर के बच्चे, ज़रा अपनी कोठरी से बाहर तो आ यार, कुछ थोड़ा-बहुत शूगल ही रहेगा। अच्छा भई, चलें! अब बन्द भी करो, इस तरह जोंक की तरह किताबों से नहीं चिपके रहते।'

परीक्षा में वह सफल हो गया था; अब वह स्कूल छोड़ सकता था, अपने में अकेला रह सकता था।

किन्तु वह हर ओर से उदासीन था। सब चीज़ों के प्रति उसका मन हिक़ारत से भर उठता था।

---

1. Sein—'होना'।
2. एडोल्फ हिटलर का जन्म ब्रानौ में हुआ था।

जून महीने की धूप में तपती सड़कों पर वह घिसटता हुआ घूमता रहा। उसके संग रात का स्वप्न था, जो अन्धे आदमी के कुत्ते-सा उसके साथ-साथ चल रहा था।

गली के नुक्कड़ पर एक नये पोस्टर को देखते ही उसके पाँव जहाँ थे, वहीं जमे रह गए। उसकी हड्डियाँ सहसा ठंड से सिकुड़ने लगीं। वह पढ़ता गया—एक गाँव को[1], जिसका नाम उसने पहले कभी नहीं सुना था, बिलकुल तबाह कर दिया गया था। उसके पीछे और उसके इर्द-गिर्द लोगों की छोटी-सी भीड़ इकट्ठी हो गई थी। वे सब उसके कन्धों पर झुक-झुककर पोस्टर पढ़ रहे थे।

वे सब ख़ामोश थे—साँस रोके खड़े थे...।

वयस्क पुरुषों को गोली से मार दिया गया...स्त्रियों को कंसन्ट्रेशन कैम्पों में भेज दिया गया है...और बच्चे...ठीक ढंग से उनका पालन-पोषण किया जाएगा। धूल में लोटती गाँव की इमारतें...!

और इस घोषणा की बग़ल में एक नई फ़ेहरिस्त लगी थी—उन सब लोगों की फ़ेहरिस्त जिन्हें हाल में फाँसी की सज़ा दी गई थी।

वह भीड़ को चीरता हुआ बाहर निकल आया। उसका सिर नीचे झुका था, ताकि कोई भी उसका चेहरा न देख सके, उसकी आँखें न देख सके।

और वह भागने लगा। वह गलियों में से भाग रहा था और उसका स्वप्न उसके संग-संग घिसटता जा रहा था—वह पक्षी, जिसके मानवीय हाथ थे।

वह और अधिक तेज़ी से भागने लगा ताकि वह उससे छुटकारा पा सके। उसके पाँव मुड़ गए, उस तरफ़—जहाँ वह थी।

हाँफता हुआ वह गली के अगले मोड़ पर ठहर गया; उसे सहसा आभास हुआ कि सड़क पर चलते लोग उसकी ओर देख रहे हैं।

उसकी साँस शान्त, नियमित रूप से चलने लगी और उसने अपने हाथ पैंट की जेबों में ठूँस लिये।

1. उपर्युक्त गाँव का नाम 'लिदीत्से' था, जिसे जर्मनों ने एक रात में ही भस्म कर डाला था।

आँखें उठाईं, तो सामने सड़क पर जड़े वही पुराने, नीरस पत्थरों के पैटर्न दिखाई दिये, जिन्हें उसने हज़ारों बार देखा था; किन्तु उस क्षण उसकी देह में भय की लहर दौड़ गई। लगा, उसकी देह ठंडी पड़ती जा रही है और वह काँप रहा है और उसकी आँखें जमी हैं उन पत्थरों पर और उसके घुटने नीचे ज़मीन की तरफ़ झुकते जा रहे हैं...।

वह दु:स्वप्न! अपनी पीठ एक ख़ाली टेलीफ़ोन बूथ के सहारे लगाकर वह खड़ा हो गया।

एक काली, चौड़ी मोटर उस पुराने मकान के सामने खड़ी थी। चारों तरफ़ लोगों में बदनाम थी यह मोटर—'मसेड्स'। ड्राइवर फ़ुटपाथ पर अपने चमड़े के कोट की जेबों में हाथ ठूँसे प्रतीक्षा कर रहा था। सिगरेट पीता हुआ वह अलसाए भाव से जम्हाई लेता जाता था और कभी-कभी अपनी मिचमिचाती आँखों से घरों की दीवारों और खिड़कियों को देख लेता था। खिड़कियाँ ख़ाली थीं और सड़क पर ज़िन्दगी अपनी अभ्यस्त, उनींदी गति से बह रही थी। फिर भी ड्राइवर जानता था कि सड़क पर चलते हुए लोग कनखियों से उस काली मोटर को देख लेते थे और दर्जनों भय-विस्फारित आँखें परदों की जाली से बाहर झाँक रही थीं। गली में आतंक आ सिमटा था। वह देख कुछ भी नहीं सकता था, किन्तु हवा में गैस की गन्ध की तरह वह उस आतंक को महसूस कर सकता था।

उसे एकदम शीघ्र पहुँच जाना चाहिए, उसके पास! उसे लगा, जैसे वह पागल होता जा रहा है। उसकी कनपटियाँ तेज़ी से स्पन्दित हो रही थीं। उसने ज़ोर लगाकर अपने को टेलीफ़ोन बूथ से अलग किया और घर की ओर चलने लगा। उसे देखकर जान पड़ता था, जैसे वह सोता हुआ नींद में चल रहा हो। दुनिया के सब हिस्से धुएँ में डूबते जा रहे थे। उसकी कनपटियों का स्पन्दन तीव्रतर होता जा रहा था। उसे आदेशों और चीख़ों की आवाज़ें सुनाई दे रही थीं।...नहीं, कुछ भी नहीं है, केवल उसे धोखा हुआ है। हर चीज़ बिलकुल शान्त है—ट्राम के रगड़ खाते ब्रेकों की आवाज़, शहरी यातायात की गूँज, बस और कुछ भी नहीं। और वह मोटर एक विशाल चुम्बक-पत्थर है—

एक स्याह रोशनी, जो दु:स्वप्न के पतिंगों को अपनी ओर खींचती है। वह निर्णयात्मक क़दमों से आगे बढ़ा—उन सबसे लोहा लेने के लिए, अन्तिम साँस तक लड़ने के लिए...।

किसी ने उसकी क़मीज़ की आस्तीन झटके से खींच ली। उसने पीछे मुड़कर देखा। घर की ड्योढ़ी का कोई जाना-पहचाना चेहरा दिखाई दिया। उसने अपने हाथ जेबों से बाहर निकाल लिये और प्रतीक्षा करने लगा।

"पॉल, उधर मत जाओ," वह आदमी धीरे से फुसफुसाया। उसने अपनी चाल धीमी नहीं की। उसकी आस्तीन पकड़कर उसने उसे नरमी से; किन्तु मज़बूत हाथों से पीछे की तरफ़ खींच लिया।

"क्या...?"

"वे...वे आए हैं, किसी को पकड़ने के लिए।"

वह फिर उसी जगह आ खड़ा हुआ था, गली के नुक्कड़ पर टेलीफ़ोन बूथ की दीवार से सटा हुआ। सूर्य की प्रचंड किरणें पूरी निर्ममता के संग उस पर बरस रही थीं, मानो आकाश से कोई जलते प्रखर तीर उसके चेहरे की सूखी खाल पर छोड़ रहा हो। उसके गले के नीचे, क़मीज़ के भीतर, पसीने के छोटे-छोटे परनाले बहने लगे थे। 'मैं अभी जाग जाऊँगा।' वह बार-बार मन-ही-मन में दुहराने लगा—'मैं जाग जाऊँगा और देखूँगा कि सब कुछ अपनी जगह पर व्यवस्थित है, पहले जैसा है, कुछ भी नहीं बदला, कुछ भी नहीं बिगड़ा; मेरा कमरा, पिंजरे में बन्द मेरी बुलबुल, मेरी पुस्तकें, नक्षत्र-लोक का नक़्शा। यह सब एक स्वप्न है! शायद वह एस्थर भी एक स्वप्न है! न, वह नहीं।' टेलीफ़ोन बूथ के शीशे से वह मोटर को देखता रहा—आख़िर वह बेचैन-सा हो उठा।

समय कितना अन्तहीन है!

वे बाहर क्यों नहीं आते? यह काम इन लोगों के वश का नहीं—मोटी-मोटी तनख़्वाह पानेवाले हिंस्र जानवर! उनके खूँख़्वार पंजों के भीतर आते ही वह प्राण तोड़ देगी।

मकान के दरवाज़े से वे बाहर आए, पाँच लम्बे डील-डौलवाले आदमी। उसे प्रसन्नता हुई कि वह उनके चेहरे नहीं देख सकता। उनकी लम्बी-चौड़ी देहों के बीच एक आदमी घिरा था, नंगे सिर, बीच की उम्र—न ज़्यादा बूढ़ा, न जवान। हड़बड़ाहट में उसने अपने ऊपर कोट डाल लिया था, क़मीज़ के बटन खुले थे। उन्होंने उसे हथकड़ियाँ नहीं पहनाई थीं—अपने घूँसों और रिवॉल्वरों पर उन्हें पूरा विश्वास था। उनके चेहरों पर इतना सहज साधारण-सा भाव था, मानो वे मोटर में पिकनिक पर जा रहे हों। वे मोटर के निकट पहुँच गए। ड्राइवर जल्दी से अपनी सीट पर आकर बैठ गया। दरवाज़े खुले और इंजन आज्ञापूर्वक खड़खड़ाने लगा।

नंगे सिरवाला आदमी एक क्षण ठिठका खड़ा रहा—धूप सीधी उसके चेहरे पर पड़ रही थी। चमकती रोशनी में उसके चेहरे के नक़्श आपस में घुलने लगे—धूप में चमकते महज़ सफ़ेद और पीले धब्बे। उसने अपना सिर उठाया, आँखों के सामने फैली थी सड़क, घरों की खिड़कियाँ, खिड़कियों पर रखे फूलों के गुलदस्ते और परदों के पीछे से उसकी ओर झाँकती हुई दर्जनों आँखें। उसने एक गहरी साँस ली, ताज़ी हवा को अपने फेफड़ों में भर लिया और कन्धे सीधे किये।

हाँ, यह वही था—छत के स्टूडियो में रहनेवाला—चित्रकार!

उनमें से एक ने उसकी पसलियों पर घूँसा मारते हुए उसे आगे धकेला और फिर उसे मोटर में घुसेड़ दिया। फटाक से दरवाज़े बन्द हुए और फिर वह काली मोटर दहाड़ते हुए इंजन के साथ उस स्तब्ध, आतंकग्रस्त गली से ग़ायब हो गई।

11

और तब उसे लगा, जैसे गली की हर चीज़, हर घर, खिड़कियाँ, सड़क पर चलते लोगों के चेहरे, दुकानों के साइनबोर्ड और मकानों के गन्दे कोने अपने मूक आश्चर्य को झिंझोड़ते हुए पानी के भीतर से ऊपर आ रहे हैं। धीरे-धीरे, तनिक अनमने भाव से, गली अपनी पुरानी ज़िन्दगी की तरफ़ लौटने लगी। कहीं एक छोटा-सा कुत्ता भौंक रहा था, सड़क के पत्थरों पर 'ब्रूअरी' के घोड़ों के खुर बज उठते थे।

पॉल हिला। आगे पाँव बढ़ाते समय उसके मन में एक छोटी-सी भावना उठी—शर्मिन्दगी और आश्वासन से मिली-जुली। अपनी इस भावना पर उसे गहरी लज्जा थी, किन्तु वह उसके भीतर थी—आश्वासन और चैन की एक स्वार्थपरक, नीची, दूषित भावना। सोचो, अब कोई उपाय सोचो। यह ज़ाहिर था कि अब वह इस मकान में नहीं रह सकती। उन्हें अब इस जगह को षड्यंत्रकारियों का अड्डा मानने में देर न लगेगी और वे इसका कोना-कोना, हर फ़्लैट और कोठरी छान डालेंगे। कभी भी वे तलाशी ले सकते हैं—आज या कल; माथे से पसीना पोंछने के बाद जब कभी उनके

हाथ ज़रा भी ख़ाली होंगे, वे यहाँ आ धमकेंगे। उसे यहाँ से जाना ही होगा। लेकिन कहाँ? गाँव में बुआ के पास। वे अकेली जगह में रहती हैं—उनके यहाँ कोई-न-कोई व्यवस्था हो जाएगी। वह इस सम्बन्ध में माता-पिता को सब कुछ बता देगा, उन्हें अपनी बात मनवाने की चेष्टा करेगा। वे अत्यन्त भयभीत हो जाएँगे, यह वह जानता है; किन्तु दूसरा कोई रास्ता नहीं है। उन्हें बाध्य होना ही पड़ेगा उसकी सहायता करने के लिए, ताकि वह जीवित रह सके। ज्योंही तनाव का यह ज्वर उतरेगा और राइफलें कुछ ठंडी पड़ेंगी, ज्योंही 'प्रोटेक्टोरात' के दैनिक जीवन की बासी-नीरस शान्ति वापस लौटेगी, वह उसे यहाँ से ले जाएगा।

बोझिल ख़यालों से दबा हुआ वह टेढ़े-मेढ़े रास्ते से दुकान की तरफ़ चलने लगा। दुपहर की कड़कड़ाती धूप में गली निपट सूनी और उजाड़ पड़ी थी। प्यास के मारे उसका गला सूखने लगा था। वह पहले दुकान में जाएगा, जी-भरकर पानी पिएगा और फिर इधर-उधर झाँककर वापस लौट आएगा।

उसने दुकान का वातावरण कुछ अजीब-सा पाया। कमरे की हवा बोझिल, पहले से दुगुनी बोझिल थी, क्योंकि उस दिन वहाँ एक नया गाहक आया था।

और गाहक भी भला कौन!

टाँगें फैलाए वह धूल और घटिया क़िस्म के कपड़े की कतरनों से भरे फ़र्श पर अपने पाँव अच्छी तरह जमाकर खड़ा था। यद्यपि उसकी चौड़ी पीठ पॉल की तरफ़ थी, दुकान में घुसते ही उसने उसे एकदम पहचान लिया और उसके पाँव धरती पर गड़े रह गए—वह यहाँ किसलिए आया है?

गाहक अपने आने का असली प्रयोजन बताने के बजाय इधर-उधर की हाँक रहा था।

उसकी बातों के उत्तर में वे सिर्फ़ हूँ-हाँ करके चुप हो जाते थे। दरज़ी उसके सामने घुटनों पर झुका कपड़े की फीते से कमर से मोहरी तक उसकी पतलून का माप ले रहा था; माप लेकर उसने उसे अपनी फटी-पुरानी नोटबुक में दर्ज किया और भौंहें टेढ़ी करके ख़ामोश निगाहों से अपने लड़के की ओर देखा।

वे सब बिलकुल चुप थे। केवल नया गाहक, रेयसेक सुसंस्कृत ढंग से बार-बार हवा में हाथ हिलाता जाता था।

और वह बोल रहा था, बराबर बोलता ही जा रहा था।

"और तब मैंने अपने से कहा कि और जगह दरज़ी तलाश करने की क्या ज़रूरत है, जब इस मकान में ही एक मौजूद है? तो जनाब, देखिए, अब मैं आपके सामने खड़ा हूँ...बस, बढ़िया-सा सूट बना डालिए...!"

कोई भी नहीं हँसा। उसके वाक्यों के बीच बार-बार घना सन्नाटा सिमट आता था। दुकान के अप्रेंटिस पेपेक को नज़ला था और उसके नाक सुड़कने की आवाज़ दूर तक सुनाई दे जाती थी। गर्मी में ऊँघती एक मक्खी खिड़की के शीशे पर बाहर जाने का रास्ता टटोलती हुई भिनभिना रही थी—भिन, भिन, भिन...!

चेपक अपना खोखला पेट टेबल के सहारे लगाकर बैठा था और उँगलियों से सूट के कपड़े को जाँच-परख रहा था। वह कपड़े को अपनी कमज़ोर आँखों के पास ले आया और बड़े गहरे-गम्भीर भाव से सिर हिलाने लगा, "हुम!"

"क्या ख़याल है!" रेयसेक ने पूछा। अपनी जेब से उसने सौंफ की छोटी-छोटी गोलियाँ निकालीं और उनमें से एक गोली अपने मुँह में डालते हुए कहा, "है न बढ़िया माल?"

"एक सपना," चेपक ने बिना हिले-डुले उत्तर दिया।

दरज़ी बार-बार उसकी ओर चेतावनी और अभ्यर्थना-भरी निगाहों से देख लेता था, किन्तु कटिंग-मास्टर ने उस ओर कोई ध्यान नहीं दिया। "आजकल ऐसी चीज़ मिलना नामुमकिन है।"

"दीया लेकर ढूँढ़ो तो भी नहीं..." रेयसेक आत्म-तुष्टि के भाव से घुनघुनाया—सौंफ की गोली उसके मुँह में फँस गई थी। किन्तु उसी क्षण उसे चेपक की प्रशंसात्मक टिप्पणी तनिक असंगत-सी जान पड़ी। "क्या कहा तुमने? अरे भाई, यह कपड़ा मेरे घर में बरसों से पड़ा है।...मैं आपसे बस इतना ही कहूँगा कि यह सूट जल्द-से-जल्द तैयार हो जाना चाहिए।

ज़रूरी कारण है, इसीलिए कह रहा हूँ। और...उधार का काम नहीं, सारा हिसाब नक़द में करूँगा।"

"यह सूट आपके लिए ज़्यादा गरम तो नहीं रहेगा?" कपड़े को एक तरफ़ करते हुए चेपक ने तनिक चिन्तित स्वर में पूछा।

"गरम? उहूँ—ऐसी क्या बात है?" रेयसेक ने अलसाई उदासीनता से उत्तर दिया।

इस बीच दरज़ी को खाँसी का दौरा पड़ गया। चेपक इस खाँसी का अर्थ अच्छी तरह जानता है; बेचारा दरज़ी अपने ब्रांकाइटिस से उनके इस सन्दिग्ध वार्तालाप को दबाने की चेष्टा कर रहा था।

"सुना है, इस साल भयंकर गर्मी पड़ेगी?" चेपक ने अत्यन्त संजीदा भाव से कपड़े के थान पर अपनी उँगली घोंपते हुए कहा। "बढ़िया ऊन है।"

"अहा!"

"क्षमा कीजिए...क्या कहा आपने?"

"कुछ नहीं; मैंने कहा—अहा!"

"अहा! कुछ दिन पहले किसी व्यक्ति ने इसी तरह 'अहा' कहा था, बुरी गत बनी बेचारे की! और वह आदमी कोई ऐरा-ग़ैरा नत्थू-खैरा नहीं था। सो देखा आपने...आजकल के ज़माने में बेहतर यही है कि..."

"तुम श्वेयक* की तरह बात कर रहे हो।"

"क्या कहा? वैसे श्वेयक के बारे में आपकी क्या राय है?"

"मूर्ख," रेयसेक ने तुनकते हुए कहा। "ख़तरनाक और मूर्ख। आजकल बहुत-से लोग श्वेयक का अभिनय करते जान पड़ते हैं। समझते हैं, यह कोई खेल है। यह हमारी राष्ट्रीय बीमारी है—और कुछ नहीं। अरे, मूर्ख हो, सो तो ठीक है, सोचते रहो मूर्खता की बातें, किसी का क्या बिगड़ता है, लेकिन बेवक़ूफ़ी का तमाशा न करो। तमाशे की शुरुआत श्वेयक से होती है और अन्त होता है तोड़ने-फोड़ने की कार्यवाहियों में—

---

* विश्वविख्यात चेक उपन्यास 'अच्छा सिपाही श्वेयक' का नायक, जिसके चरित्र में चालाकी और भोलेपन का अभूतपूर्व सम्मिश्रण था।

और फिर राज्यद्रोह के अपराध में फाँसी का तख़्ता। मुझे तो चेक लोगों की बुद्धि पर तरस आता है।"

"और नहीं तो क्या!" चेपक ने अपनी सहमति प्रकट की। "तरस आने की तो बात ही है कि..."

"जनाब, यहाँ एक बटन लगेगा या दो?" दरज़ी ने बीच में दख़ल देते हुए कहा। वह अपने माथे से पसीना पोंछ रहा था। पॉल को लगा, उसके होश-हवास गुम होते जा रहे हैं।

"एक," गाहक ने अधीरता से कहा और अपने विचार प्रकट करने में व्यस्त हो गया। "यह लड़ाई भी बस एक ही बला है! ईश्वर ही जाने, इस सबका क्या अन्त होगा?"

"क्या, लड़ाई?" चेपक के स्वर में आश्चर्य भर आया। "सब कुछ तो साफ़ है, देखा नहीं? अख़बारों में..."

"बेशक! लेकिन इन बातों में अक़्ल की ज़रूरत है...आदमी को अपनी अक़्ल से सोचना चाहिए।" गाहक महोदय अब ज़रा जोश में बोल रहे थे। "हमारे देशवासी यह नहीं समझते कि यह उनका सौभाग्य है कि उन्हें कीचड़ से भरी खन्दकों में नहीं लेटना पड़ता। हमेशा उन्हें झगड़ा-फसाद करने की सूझती है...उन्हें अपने सौभाग्य को सराहना चाहिए कि वे चैन और शान्ति का जीवन बिता सकते हैं..."

"मैं तो यह कहूँगा कि जर्मन रायख़ ने उन्हें जो सुरक्षा दी है, उसके प्रति वे पर्याप्त रूप में अपनी कृतज्ञता प्रकट नहीं करते।" रेयसेक एक क्षण के लिए चुप हो गया और कुछ सोचता हुआ कटिंग-मास्टर चेपक की ओर देखता रहा। फिर उसने अपने कन्धे सिकोड़ लिये।

"बेशक, उनकी राष्ट्रीय भावना का मूल्य मैं समझता हूँ। यह कौन कहता है कि अपनी राष्ट्रीय भावना छोड़ दो, लेकिन आँखें खोलकर स्थिति को भी देखना चाहिए। यथार्थवादी बनो, यही मेरा कहना है। पहले से ही उनके हाथ अनेक चीज़ों में उलझे हैं, उन्हें आजकल गिनने-चुनने का अवकाश कहाँ! दीवार से सिर फोड़ना भला कहाँ की अक़्लमन्दी है!"

"आपकी बात सोलह आने सही है।" चेपक ने उत्साहपूर्वक हामी भरी।

"कुछ भी कहो, कोई सरकार अराजकता बरदाश्त नहीं कर सकती। मैं एक आदमी को जानता था जो अपने तकिये के नीचे बन्दूक़ छिपाकर रखता था। ज़रा सोचो, एक पुरानी बन्दूक़—शायद 'तीस वर्षीय युद्ध' के ज़माने की, बिलकुल रद्दी। शायद उससे एक शॉट भी नहीं लगाया जा सकता था; और वह उसे हवाई जहाज़ों और टैंकों के ख़िलाफ़ इस्तेमाल करने के मंसूबे बाँध रहा था। पागलपन है या नहीं! और ऐसे भी लोग हैं जो..." एक क्षण चुप रहने के बाद वह फिर बोला। "जो ऐसे आदमियों को आश्रय देते हैं जिन्होंने अपना नाम पुलिस के पास दर्ज नहीं करवाया; यहाँ तक कि साले यहूदियों तक को शरण देने में बाज़ नहीं आते। क्या कहा जाए ऐसे लोगों के बारे में? और फिर वे सबके सामने मूँछें उठाकर चलते हैं! न जाने ऐसे लोगों को—अपने स्वप्नों की दुनिया में विचरनेवाले ऐसे पागल आदमियों को—कब अक़्ल आएगी?"

वह इस उपदेशात्मक लहज़े में देर तक बोलता रहा। उसकी आँखें बराबर वर्कशॉप के इर्द-गिर्द चक्कर काट रही थीं; आख़िर वे उस छोटे-से कमरे के बन्द दरवाज़े पर ठिठक गईं। अपनी थकी आँखों से वह दुकान में बैठे आदमियों को चुपचाप देखने लगा।

"उस आदमी की तरह, जो ऊपरी मंज़िल में रहता था।" चेपक थकनेवाला शख़्स नहीं था, उसने बात का सिलसिला जारी रखते हुए कहा।

"कौन?"

"वही—जो छत पर अपने स्टूडियो में रहता था। आज वे उसे पकड़कर ले गए।"

"बोल्शेविक!"

"क्या कहा! आपको कैसे मालूम?"

"मकान का हर प्राणी जानता है। इतने पुराने मकान में भला...!"

बेचारा दरज़ी इस यातना को अधिक सहन न कर सका, बीच में ही टोककर उसने पूछा, "कब तक आपका सूट तैयार हो जाना चाहिए, हुज़ूर?"

"जितनी जल्द हो सके मास्टर—ज़्यादा-से-ज़्यादा एक सप्ताह। क्यों, ठीक है न? तीन दिन बाद मैं फिटिंग के लिए आऊँगा—पक्की बात।"

भड़कीले रंगवाले रूमाल से उसने गर्दन का पसीना पोंछा और चेहरे पर वक्र भंगिमा लिये बूढ़े भालू की तरह वह चलने के लिए आगे बढ़ा।

"काफ़ी दिलचस्प बातचीत रही, क्यों? अच्छा भई, अब मैं चला।"

अचानक, अप्रत्याशित रूप से उसकी एड़ियाँ पीछे की तरफ़ मुड़ गईं और तब एक अजीब घटना हुई। उसे शायद दरवाज़ा पहचानने में भूल हुई और वह सीधा उस दरवाज़े की तरफ़ बढ़ चला जो छोटे कमरे की ओर खुलता था।

इससे पेश्तर कि वे कुछ समझ पाते, उसका हाथ दरवाज़े के हैंडिल पर था और उसे घुमाने की कोशिश कर रहा था।

कोई भी नहीं हिला, सिवाय पॉल के। उसका चेहरा फक् पड़ गया था। वह उठ खड़ा हुआ, किन्तु किसी ने उसकी ओर ध्यान नहीं दिया। उसने अपने पीछे मेज़ पर कपड़ा काटने की बड़ी कैंची को छुआ, फिर उसे अपने हाथों में दबोच लिया—इतनी ज़ोर से कि उसकी उँगलियों के पोर एकदम सफ़ेद पड़ गए। अब? अधमुँदी आँखों से वह दरवाज़े के हैंडल पर झुके हाथ को देखता रहा। वह पक्षी।

हैंडिल पर वह हाथ एक बार फिर घूमा।

उसकी पीठ में कैंची भोंक दो! पीछे से भागकर पूरी शक्ति से कैंची की तेज़ नोक उसकी पसलियों के बीच घुसेड़ दो, उसका हाथ चाक कर दो—उस क्षण उसकी समूची देह आक्रमण के लिए तन गई थी।

कुछ भी नहीं हुआ।

उसने गहरी साँस ली।

हैंडल अपनी जगह पर वैसे ही क़ायम था।

वह आदमी धीरे-से वर्कशॉप की तरफ़ मुड़ा। उसके चेहरे पर अपराध-भरी मुस्कराहट सिमट आई थी। दुकान में बैठे हुए व्यक्तियों पर उसने खोजती-सी निगाह डाली और फिर तनिक संकोच में अपने कन्धे सिकोड़ लिये।

"इस तरफ़—बाहर जाने का रास्ता इस तरफ़ है श्रीमान्!" दरज़ी विनीत स्वर में फुसफुसाया।

"अरे, हाँ-हाँ—देखो तो, दरवाज़ा ढूँढ़ने में ही गड़बड़ हो गई। यह सब गर्मी का प्रताप है—गर्मी का!"

अपने पीछे सूखी पपड़ी-सी ख़ामोशी छोड़कर वह बाहर चला गया।

ख़ामोशी। बोझिल ख़ामोशी।

कटिंग-मास्टर चेपक सबसे पहले होश में आया। उसके चेहरे पर पहले-सी तीखी-तिक्त भंगिमा खिंच आई थी।

"देख लिया!" दरवाज़े की ओर उन्मुख होकर उसने सिर हिलाया, "हमारे नये गाहक।"

दरज़ी बड़े ध्यान से अपनी नोटबुक पर आँखें गड़ाए था, मानो वह उस पर दर्ज किये माप के सम्बन्ध में विचार कर रहा हो। बेचैनी से इधर-उधर हिलते हुए वह बार-बार अपने कन्धे सिकोड़ लेता था।

"उसका कॉलर छोटा तो नहीं रहेगा?"

"हूँ...हाँ...बेशक...उहूँ..."

"हाँ, तो क्या सोचा है? क्या इस मरदूद का सूट तैयार करोगे?"

बिना किसी बहस के चक्कर में पड़कर चेपक ने वार किया। वह गहरी हिक़ारत से सूट के कपड़े को हाथों से मसल रहा था। दरज़ी ने रक्षात्मक भाव से अपने हाथ ऊपर उठा दिये।

"मैं क्यों? तुम हमेशा मेरे पीछे क्यों पड़े रहते हो? बनाऊँगा या नहीं बनाऊँगा, तुम्हारी बला से। अकल की ज़रूरत है मियाँ...महज़ ज़ुबान हिलाने से कुछ नहीं बनता। यह कोई नीलाम का तमाशा नहीं।"

"हाँ...हाँ, फिर यही सही। मेरा ख़याल है, यदि वह तुम्हारे सामने इनसान की चमड़ी लाकर रख दे, तो भी तुम उसका कोट तैयार कर दोगे—साथ में दो बटन लगाना भी नहीं भूलोगे। ख़ूब बढ़िया चीज़ रहेगी—क्यों?"

"बेकार की बातें, और कुछ नहीं।" दरज़ी ने कमज़ोर लहज़े में अपना बचाव करते हुए कहा। "चाहे कुछ हो जाए, तुम वैसे-के-वैसे रहोगे।...यह क्या उसे खुल्लमखुल्ला भड़काना नहीं होगा, अगर मैं..."

"अच्छा, यह सब छोड़ो। मैं सिर्फ़ यह जानना चाहता हूँ कि तुम यह सूट बनाओगे, या नहीं?"

"ईश्वर के लिए ज़रा अकल से काम लो! इसके अलावा और रास्ता क्या है?"

"रास्ता? रास्ता तुम्हें ढूँढ़ना होगा, तुम यहाँ के मालिक हो। वे कब तक हमारी इस अक़्लमन्दी का फ़ायदा उठाते रहेंगे? कुछ भी कहो, आख़िर ठहरे तुम दुकानदार ही!"

पेश्तर इसके कि रोज़मर्रा का वह झगड़ा आगे बढ़ पाता, दरज़ी की कैंची ने चेपक के उत्तेजित व्याख्यान को बीच में ही काट डाला।

लकड़ी की मेज़ पर कैंची झन से गिर पड़ी।

धुँधली रोशनी में वह उसके पास लेटा था—महज़ एक स्वप्न और कुछ नहीं... उसने चैन की साँस ली। वास्तविकता, गरम जीती-जागती वास्तविकता उसके सामने है, उससे सटकर लेटी है। वह उसे अपने हाथ से महसूस कर सकता है, उसके सुगन्धित बालों में अपनी उँगलियाँ उलझा सकता है। उसकी भौंहों की बंकिम रेखा पर अपनी उँगली फेर सकता है, उसके अधखुले होंठों को छू सकता है, उन्हें अपने होंठों से दबा सकता है।

दुःस्वप्न की छाया से मुक्त होने के बाद अब फिर वह पहले-सा निश्चिन्त हो गया था, किन्तु अब भी कुछ था, जो मिटा नहीं था। दिन-भर की घटनाएँ विचित्र, अद्भुत प्रतीकों-सी अब भी उसके इर्द-गिर्द मँडरा रही थीं...जैसे वे अस्पष्ट चेतावनियाँ हों, किसी अज्ञात शक्ति की। उसे लग रहा था, जैसे कोई चीज़ उन्हें घेरती जा रही हो।

मानो वह एक पिंजरे में हो, जिसे वह देख नहीं सकता, किन्तु अपने चारों ओर महसूस कर सकता है।

"सो रही हो?"

"नहीं।"

वह सिर पीछे की तरफ़ टिकाकर आकाश की ओर निहारने लगा। मूक, अवसन्न। इस बार उस ओर से उड़ने का कोई बुलावा नहीं आया। चारों तरफ़ तारे बिखरे थे, साफ़-सुथरे नक्षत्र-मंडल, ब्रह्मांड के शाश्वत नियमों द्वारा परिचालित। वह उन सबके नामों से परिचित था; बर्फ़ से ठंडे, नियमबद्ध, उदासीन, हवा में टिमटिमाते। उहूँ...तारे!

"वे लोग क्या करेंगे उसके संग?" अँधेरे से आवाज़ आई। वह अपनी कुहनियों पर उठ आया।

"तो...तुमने भी देखा?"

"हाँ। वे उसे खिड़की के सामने से धकेलते हुए ले गए थे। उनमें से एक आदमी सिगरेट सुलगाने पीछे ठिठक गया था। वह बहुत पीला और दुबला-पतला-सा दिखाई दे रहा था—शायद वह बीमार था। उसने एक हाथ में दस्ताना पहन रखा था। जान पड़ता था, मानो वह कोई ज़ख़्म छिपा रहा हो।"

"उसने तुम्हें देखा?"

"न, भला कैसे देख सकता था! मैं कम्बल के नीचे छिपी थी।"

"ठीक।" उसने सिर हिलाया और अपने शब्दों पर ज़ोर डालते हुए कहा, "तुमने बिलकुल ठीक किया।"

"वह कौन था?"

"मुझे क्या मालूम?"

"मेरा मतलब उस आदमी से है, जिसे वह अपने संग ले गए।"

"अरे...वह! छत की कोठरी में रहनेवाला चित्रकार। जानती हो, वह आदमी, जो शाम के वक़्त गिटार बजाया करता था।"

"हमेशा उसके गिटार से उदास धुनें सुनाई देती थीं।"

"पहले वह बिलकुल दूसरी तरह के गीतों का शौक़ीन था। लोग कहते हैं, उसकी पत्नी उसे छोड़कर भाग गई। पता नहीं, कहाँ तक यह बात सच है! मुझे उसके बारे में कुछ भी नहीं मालूम—लोग तरह-तरह की गप्पें हाँकते हैं।"

"वे उसे पकड़ने क्यों आए?"

"मकान के लोग जो कुछ कह रहे हैं, मैं सिर्फ़ वही जानता हूँ। कहते हैं, वह कम्यूनिस्ट था।"

"वे कम्यूनिस्टों के पीछे क्यों पड़े हैं?"

"शायद इसलिए कि रूस में भी कम्यूनिस्ट हैं, जो इनके ख़िलाफ़ लड़ रहे हैं, किन्तु मैं इन चीज़ों के बारे में ज़्यादा नहीं जानता। ऐसी बातों में सिर खपाना मुझे अच्छा नहीं लगता।"

"रूसी आख़िर इन्हें हरा देंगे, क्यों?"

"ज़रूर...इसके बारे में शक की गुंजाइश नहीं। लेकिन कब?"

"वे हम लोगों के पीछे क्यों पड़े हैं?"

"क्योंकि वे जानवर हैं। नस्लों के बारे में उन्होंने एक पाशविक सिद्धान्त गढ़ लिया है, जिसे लेकर वे पागल हो गए हैं—बिलकुल मध्यकाल की तरह। उन दिनों वे इसे घेटो* के नाम से पुकारते थे।"

"लेकिन अब मध्यकाल कहाँ है? हम बीसवीं सदी में रह रहे हैं।"

वह तनिक तिक्त भाव से हँसा, "हाँ, यह सही है; लेकिन क्या किया जाए, हम एक अजीब दौर से गुज़र रहे हैं। तुमसे मिलने से पहले मैंने कभी इस सम्बन्ध में नहीं सोचा था। अब एकाएक लगता है, जैसे मेरी आँखें खुल गई हैं। उनका प्रोटेक्टोरात, जानती हो, यह एक पिंजरा है और हम इसमें बन्द हैं; कितना ही सिर मारो, इसके सीख़चों से बाहर निकलना नहीं हो सकता। मैंने पहले कभी ऐसा महसूस नहीं किया था।"

वह अचानक चुप हो गया और पीठ के बल लेट गया। अँधेरे में उसकी देह को टटोलकर उसने उसे अपने पास खींच लिया। वह धीरे-धीरे उसके बालों को सहलाने लगा। उसकी टेढ़ी, ज़िद्दी लटों को अपनी उँगलियों में लपेटने लगा, अपनी साँसों को उसके स्याह बालों में बिखेरते हुए वह अपने ख़यालों को केवल उस पर केन्द्रित करने की चेष्टा करने लगा, किन्तु ऐसा कहाँ हो पाता था!

"पॉल..." उसने बहुत धीमे से कहा।

---

* यहूदियों की अलग बस्ती, जिसके बाहर वे नहीं जा सकते हैं।

"क्या बात है?"

"वहाँ—बाहर क्या हो रहा है?"

उस प्रश्न में एक अजीब याचना-सी छिपी थी। वह एकदम बेचैन-सा हो उठा। वह उठ बैठा और अँधेरे में लैम्प का स्विच टटोलने लगा। बत्ती जला दी। फिर जानबूझकर असम्पृक्त भाव से वह उसकी ओर देखने लगा। इतनी हल्की-सी झुँझलाहट उसके चेहरे पर सिमट आई थी।

"ख़ास कुछ भी नहीं। न जाने तुम क्या सोच रही हो?" उसकी आँखों से कतराते हुए उसने टालते हुए स्वर में कहा, किन्तु जब दुबारा उनकी आँखें मिलीं तो उसे लगा, जैसे वह कुछ-कुछ समझ गई है। उन आँखों में एक अजीब-सा भय आ समाया था।

"अच्छा, बताओ, तुम कितना कुछ जानती हो?" उसने तनिक अनिश्चित स्वर में पूछा।

"ज़्यादा कुछ नहीं। इतना अवश्य जानती हूँ कि तुम मुझसे झूठ बोल रहे हो; क्यों?"

उसने अपने हाथों से उसका कन्धा पकड़ लिया और धीरे-धीरे उसे हिलाने लगा। फिर उसने ऊपर ताक पर रखे ख़ामोश, टूटे-फूटे रेडियो की ओर इशारा करते हुए उलाहना-भरे स्वर में कहा, "सच कहो, तुम इसे छिप-छिपकर सुना करती हो; क्यों, ठीक है न? इस मरदुए बक्से को मुझे बहुत पहले ही खिड़की से बाहर फेंक देना चाहिए था। मैंने तुम्हें शुरू में ही मना किया था, लेकिन तुम हो...भला तुम हर चीज़ जानने के लिए इतनी उतावली क्यों हो? भले-बुरे हर तरह के लोग इस मकान में रहते हैं। सब बुरे बेशक न हों, निश्चय ही सब लोग बुरे नहीं हैं, लेकिन डर हर आदमी को लगता है—अच्छा हो, या बुरा। ऊपर की मंज़िल में एक आदमी रहता है, जो जर्मनों से साँठ-गाँठ बनाए है। मुझे इस कमबख़्त रेडियो को यहाँ से हटा देने पर ही चैन मिलेगा। तुम कुछ भी समझती क्यों नहीं? मेरे इस कमरे में तुम बिलकुल सुरक्षित हो। बाहर जो भी कुछ हो रहा है, उससे तुम्हारा कोई सम्बन्ध नहीं। क्या तुम इतना भी नहीं समझ सकतीं?"

"क्यों नहीं है सम्बन्ध? बाहर जो कुछ हो रहा है, उसका सम्बन्ध तुमसे भी है। तुम भी यह अच्छी तरह जानते हो।"

"क्या जानता हूँ मैं...? ईश्वर के लिए बताओ, मैं क्या जानता हूँ?"

अचानक उसके आँसू फूट पड़े और उसने उसे अपने पास घसीट लिया। उसके गले में अपनी बाँहें डालकर वह सब कुछ सुबकते हुए कहने लगी, वे सब चीज़ें, जो पिछले दिनों उसे पीड़ित करती रही थीं। उसने अपने को उसके आलिंगन से मुक्त कर लिया और पास पड़े सोफ़े पर बैठ गया। वह जो कुछ कह रही थी, उसे वह चुपचाप सुनता रहा। उसके जबड़े तन गए थे और उसकी उँगलियाँ यंत्रवत् जेब में पड़ी काग़ज़ की गेंद से खेल रही थीं। वह अपनी जेबों में सिगरेट की तलाश करने लगा—और कुछ नहीं, अगर छोटा-सा टोटा ही मिल जाए, किन्तु उसे कुछ भी नहीं मिला। उसकी उँगलियाँ काँप रही थीं।

"पॉल, मैं और ज़्यादा दिनों तक अपना मुँह बन्द नहीं रख सकती, मुझसे अब नहीं सहा जाता। मैं सब कुछ जानती हूँ, सुनते हो, सब कुछ मैं जानती हूँ, अगर उन्होंने मुझे यहाँ देख लिया तो तुम्हें, तुम्हारे माता-पिता को, सबको गोली से मार देंगे। —कभी-कभी मुझे इतना डर लगता है पॉल, कि मैं चीख़े बिना नहीं रह सकती; मेरी ख़ातिर...लेकिन यह नहीं होगा—न, न, ऐसे नहीं...।"

"हिश,...चुप रहो! इस तरह उत्तेजित नहीं होते..."

"पॉल, आज मैंने उन्हें देखा था। मैं अब ज़्यादा इस तरह नहीं घिसट सकती—इस तरह नहीं। देखो, मैं तुम्हें प्यार करती हूँ, अपने से कहीं ज़्यादा। यह डर मुझे पागल बना देगा।...मैं तुम्हें बहुत चाहती हूँ पॉल; लेकिन यहाँ मेरा गुज़ारा नहीं...लोगों के बीच रहने का मेरा अधिकार बहुत पहले ख़त्म हो गया, और तुम...पॉल, तुम्हें जीवित रहना होगा...! समझते हो?"

उसने अपना हाथ उसके मुँह पर रख दिया, शब्दों की उस झड़ी को रोकने के लिए। उसकी गिरफ़्त से मुक्त होने के लिए वह बदहवास-सी छटपटाने लगी, किन्तु उसने उसे उस समय तक नहीं छोड़ा, जब तक वह

कुछ शान्त न हो गई। उसने अपना मुँह तकिये में धँसा लिया; उसके कन्धे बार-बार सुबकियों से हिल उठते थे। अपना सिर हाथों में दबाए वह उसके सामने कुर्सी पर बैठा था और सूनी आँखों से पीछे रखे काले सूटकेस को देख रहा था।

"तुम आख़िर चाहती क्या हो?"

"मैं चली जाऊँगी...अभी...आज।"

"नहीं," उसने तीखे स्वर में कहा, "मैं तुम्हें कभी इजाज़त नहीं दूँगा।"

"मुझे जाना ही होगा, पॉल! तुम समझते क्यों नहीं?"

"हाँ, मैं नहीं समझता और न ही समझना चाहता हूँ। वे तुम्हें फ़ौरन पकड़ लेंगे।"

"और अगर उन्होंने मुझे यहाँ पकड़ लिया तो वे तुम्हें भी मार डालेंगे?"

"ठीक है! अब तुम समझ गईं! तुम्हारे बिना मुझ पर जो बीतेगा, उसकी मुझे रत्ती भर चिन्ता नहीं।"

"पॉल!" उसने उसे चुप करा दिया।

"यह सच है। मैं ऐसा ही महसूस करता हूँ। तुम्हारे जाने के बाद मैं यहाँ नहीं रह सकूँगा। मेरे लिए यह मृत्यु के बराबर होगा—शायद उससे भी बदतर। एस्थर, तुम्हारे न रहने से मुझमें कुछ भी जानने की, कुछ भी सुनने की, कुछ भी महसूस करने की इच्छा नहीं रह जाएगी। इससे क्या? जिस दुनिया में हम जी रहे हैं, वह शायद इस योग्य है ही नहीं। हमने और कहीं जन्म क्यों नहीं लिया एस्थर—कहीं दूर जंगली जातियों के बीच? या बहुत पहले प्रागैतिहासिक काल में? और कुछ नहीं तो कम-से-कम हमारे ऊपर आकाश ही होता—एक साधारण-सा आकाश। तुम्हें याद है, कुछ दिन पहले हम एक संग साँस खींच रहे थे—हम दोनों एक साथ। तब मुझे बहुत अच्छा लगा था, किन्तु अकेले अपने लिए साँस खींचना पागलपन है। अकेले साँस खींचना, अकेले साँस बाहर निकालना, एक-दो, एक-दो—कितना नीरस और निरर्थक काम है यह! महज़ सिड़ीपन! उहूँ...मेरे वश का नहीं।"

"तुम कैसी बातें कर रहे हो पॉल! मैं...मैं ज़िन्दा रहना चाहती हूँ..."

"और मैं भी—हज़ारों बार—लेकिन तुम्हारे बिना नहीं।"

उसने ये शब्द इतनी कठोर हिंस्रता और उबलते रोष के संग कहे कि उसे ताज्जुब हुए बिना न रह सका। उसने कभी उसे ऐसा नहीं देखा था। अपनी बन्द मुट्ठी से घुटने थपथपाता हुआ वह बोला, "जानती हो, सबसे बुरी चीज़ क्या है? सबसे बुरी चीज़ वह होगी, जब आदमी के पास प्रतीक्षा करने के लिए कुछ भी शेष न रह जाएगा। और तब मेरे पास प्रतीक्षा करने के लिए क्या बच रहेगा? क्या मैं यह प्रतीक्षा करने के लिए ठहरा रहूँगा कि लोग फिर कब एक-दूसरे का गला काटने लगते हैं? कब एक-दूसरे पर आग बरसाना शुरू करते हैं? न, इसका कोई ख़तरा नहीं। अब मैं किसी चीज़ पर विश्वास नहीं करता, सिवाय उसके, जो यहाँ मेरे भीतर है। इसके अलावा मैं और कुछ महसूस नहीं कर पाता। हमारी इस संस्कृति-सम्पन्न सदी पर शैतान की छाया फैल गई है, सब कुछ उसमें उलझ गया है। घेटो! प्रगति, प्रौद्योगिक प्रगति और—मध्य युग! हम कब तक इसे बरदाश्त करते रहेंगे? यह जंगली जानवरों की माँद है, चाहे इसे बिजली से ही गरम क्यों न किया गया हो। जब कभी मैं सोचता हूँ तो मुझे उबकाई-सी आने लगती है...सभ्यता के अन्तिम दिनों की तसवीर मेरी कल्पना में कुछ ऐसी ही है—हर तरफ़ अँधेरा...!"

"लेकिन कहीं-न-कहीं रोशनी ज़रूर रहेगी।"

"शायद," उसने हताश भाव से कहा, "लेकिन कहाँ?"

"हमें पता चलाना होगा।"

"पता चलाने से फ़ायदा? वह तो पहले से ही यहाँ मौजूद है, तुम्हारे पास। और कहीं रोशनी नहीं है।"

"लेकिन इस दुनिया में सिर्फ़ हम ही नहीं हैं..."

"हाँ, लेकिन सुनो," उसने उसे बीच में ही टोक दिया। इस लक्ष्यहीन बहस को जारी रखने में उसे कोई दिलचस्पी नहीं थी, "मैं तुमसे कुछ और कहना चाहता था। शायद यह अच्छा ही है कि तुम सब कुछ जान गईं। अच्छा, अब सुनो; यह सच है कि तुम यहाँ हमेशा के लिए नहीं रह सकतीं। इस बारे में जो कुछ तुम महसूस करती हो, मैं अच्छी तरह जानता हूँ।

घबराओ नहीं, मैं जल्द ही कोई-न-कोई व्यवस्था कर लूँगा। लेकिन देखो, तुम्हें वादा करना होगा कि जब तक कुछ नहीं होता, तुम धीरज से काम लोगी। किसी हालत में धीरज नहीं छोड़ोगी, समझीं? ऐसा तुम्हें करना ही होगा, यदि तुम मुझे तनिक भी चाहती हो, यदि तुम्हारे मन में ज़रा-सा भी ख़याल है कि किसी दिन हम दोनों एक संग रहेंगे। वादा करो।"

"अच्छा!" उसने गहरी साँस ली।

वह पीठ के बल लेट गया—उससे सटकर और उसका हाथ अपनी छाती पर रख लिया। बहुत हल्का हाथ था उसका, जैसे उसमें लहू और मांस कुछ भी न हो। फिर भी उसमें से आती एक स्निग्ध गरमाहट उसे छूने लगी। उसने अपनी आँखें मूँद लीं, दिन-भर की दुर्घटनाओं ने उसे बिलकुल थका दिया था और वह उन्हें भूलने की चेष्टा करने लगा। किन्तु उसे सफलता न मिली। बीते दिन की विषाक्त जड़ें उसके मस्तिष्क में बहुत गहरे पैठ गई थीं। और तब उसे ज़बर्दस्त इच्छा हुई सो जाने की, ताकि वह अपने को सपनों की जादुई दुनिया में डुबो सके—छिपा सके अपने को नींद की दुनिया में।

नींद!

"पॉल..." उसकी आवाज़ जैसे बहुत दूर से आई हो।

"हूँ...?"

"पॉल, क्या वे उसे जान से मार देंगे?"

"पता नहीं। इस बारे में अब ज़्यादा न सोचो। मुझे...सचमुच इस बारे में मुझे कुछ भी नहीं मालूम...!"

उसकी बाँहों में उसे नींद आ गई—बेचैन, अशान्त नींद। वह साँस ले रहा था उसके बालों में, एक नन्हे बच्चे की मानिन्द।

बार-बार बेचैनी से उसकी देह हिल जाती थी। वह एकटक देख रही थी उसके चेहरे को—मानो वह उसकी नींद पर पहरा दे रही हो। फिर धीरे-धीरे वह भी अपने को उसके संग भूलने लगी। उसे मालूम था कि उसे उसको जगाना होगा। बूढ़े लोग—अपने माता-पिता को वह इसी नाम से बुलाता था—उसके बारे में चिन्तित होंगे। हर मिनट, हर सेकंड के लिए वह अपने

से मोल-तोल कर रही थी—और फिर उसकी साँसें सुनने में निमग्न हो जाती थी। उसके भीतर एक गहरा कोमल-सा स्नेह उमड़ने लगा, और उसे लगा, जैसे वह उसमें पिघलती जा रही हो। वह उसका था, और उसके अतिरिक्त अब दुनिया में कोई शेष नहीं रह गया था, जिसे वह अपना कह सकती।

अगले दिन अख़बारों ने उसके प्रश्न का उत्तर दे दिया। उन लोगों के नामों की सबसे ताज़ा फ़ेहरिस्त प्रकाशित हुई थी जिन्हें गोली से उड़ा दिया गया था। सूची पढ़ते हुए मकान के किरायेदारों की आँखें पृष्ठ की लगभग सबसे निचली पंक्ति पर आकर ठहर गईं—छत की बरसाती में रहनेवाले चित्रकार का नाम और पता लिखा था।

12

हवा में साँस लेना भी असम्भव हो गया था। प्रलय का ज्वार अन्तिम सीढ़ी तक चढ़ आया था—हालाँकि नगर निवासियों को इसका ज़रा भी गुमान न था कि इस सबका अन्त कैसे होगा। एक अस्पष्ट-सा अल्टीमेटम जारी किया गया था। ख़ास दिन; ख़ास घड़ी। यदि उस घड़ी तक अपराधियों को 'प्रोटेक्टोरात' की खुली रोशनी में पेश नहीं किया गया तो...तो क्या होगा? यदि उन्हें नहीं पकड़ा गया तो कदाचित् दूसरे दिन सूर्योदय नहीं होगा।

"ख़ुद पढ़कर देख लो," चेपक ने उँगली से अख़बार को थपथपाते हुए कहा, "एमेनुएल ने साफ़ शब्दों में कहा है—प्राचीन रोम में विद्रोहियों के सहयोगियों को जो सज़ा दी जाती थी, वह यहाँ भी...लिदीत्से के बाद वे कुछ भी क्यों न करें, मुझे आश्चर्य नहीं होगा..."

चश्मे से बाहर झाँकती दरज़ी की आँखें टेबल पर रखे अख़बार पर टिक गईं। गहरे आश्चर्य में सिर हिलाते हुए वह बड़बड़ाया, "लेकिन, सचमुच... विश्वास नहीं होता...शायद उनका मतलब...।

इससे बेहतर शायद वे कोई दूसरी चीज़ सोच भी नहीं सकते थे।

प्रतिहिंसा की धधकती ज्वाला, कोबिलिसी के फाँसी-स्थल पर नरमुंडों का मेला। गोलियाँ, जूतों की ठोकरों से दरवाज़े टूटने की दनदनाती आवाज़ें। मकानों के भीतर लूट-मार, एक छोर से दूसरे छोर तक गिरफ़्तारियों का ताँता। सैनिक वर्दियों में चोर-उचक्कों की मनमानी लूट-खसोट। भय और क्रोध। आँसू। प्रतिशोध-भरे ठहाकों के संग यहूदियों का देश-निष्कासन। टेलीफ़ोनों की खनखनाहट, भेदियों की चिट्ठियाँ, उन लोगों के घर-ठिकाने के बारे में जघन्यतापूर्ण सूचनाएँ, जो इस धरती से अचानक ग़ायब हो चुके थे। गली के नुक्कड़ पर नामों की नई फ़ेहरिस्तें—नाम, नाम, नाम। रेडियो और समाचार-पत्र हर रोज़ नामों और पतों की सूचियाँ उगलते रहते; साथ ही ऐसी ख़बरों के लम्बे ब्योरे दिये जाते कि किस प्रकार हर मोर्चे पर शत्रु की सेनाओं को नष्ट और पराजित किया जा रहा है। कुछ भी नया नहीं था। वही रेडियो से चिंघाड़ती आवाज़ें, ढोलों की कर्णभेदी धमाधम, मोम के पुतलों की तरह सरकारी मंत्रियों के प्रदर्शन, राष्ट्र की देह से बोल्शेविक यहूदी फोड़ों को नष्ट करने की उच्छ्वासपूर्ण मार्मिक घोषणाएँ। गंजे सिर वाले प्रोटेक्टोरात के 'सूचना-मंत्री' एमेनुएल मोरावेत्स के गर्जनापूर्ण शब्द : 'हतभागे लोगो, वह बुरा दिन होगा जब रायख़ की कोप दृष्टि तुम पर पड़ेगी!'

"आराम से ऊपर गद्दी पर बैठा है।" चेपक ने रूखे स्वर में कहा, "वैसे तो नवाब साहब की खोपड़ी बच्चे के चूतड़ों-सी चिकनी है, लेकिन यदि उसकी सेवाओं से प्रसन्न होकर रायख़ उसे सुर्ख़ जुल्फ़ें भेंट कर दे, तो मुझे ज़्यादा आश्चर्य नहीं होगा। उसका वश चले तो सब लोगों को फुसला दे कि अपने को गोली से मार देने में ही उनका भला है। काँय, काँय।"

सनसनीखेज़ अफ़वाहें फैलानेवालों की कमी न थी—अफ़वाहें, जिन्हें सुनकर रोंगटे खड़े हो जाते थे। ख़बर थी कि अगर अपराधी कल रात तक नहीं पकड़े गए तो हर दसवें आदमी को गोली से उड़ा दिया जाएगा...।

उस दिन नये गाहक महोदय रेयसेक दुकान में दुबारा पधारे। आने से पहले उन्होंने दरवाज़े पर दो बार दस्तक दी थी। वे अपने सूट की फिटिंग के लिए आए थे, किन्तु जब उन्होंने टेबल पर अपने सूट का कपड़ा अनकटा पड़ा देखा,

तो आश्चर्य से उनकी आँखें झिपझपा गईं। गर्मी के कारण बदहवास-से होकर वे उस कुर्सी पर धप से बैठ गए जो एक कोने में गाहकों के लिए रखी थी। अपने रूमाल से गर्दन का पसीना पोंछते हुए वे ज़ोर से घरघराए, मानो अपनी देह की गर्मी में वे ख़ुद पिघलने लगे हों। उन्होंने तनिक शिकायत-भरे लहज़े में कहा, "बला की गर्मी है! हाँ, तो मास्टर, मेरे सूट का क्या हुआ?"

वे सब चुपचाप अपने-अपने काम पर झुके थे, अतः उन्होंने स्वयं निस्संकोच भाव से बिना कोई भूमिका बाँधे बोलना शुरू कर दिया। शुरुआत शिकवों और शिकायतों से हुई, चेक जनता का दुख-दर्द—नये सिरे से 'सफ़ेद पर्वत' की गाथा* चेक लोगों की मूर्खतापूर्ण राजनीतिक उद्दंडता, यहूदियों पर गालियों की बौछार—'इन सालों के कारण ही हमारी यह दुर्दशा हो रही है' इत्यादि। कमरे में खिंचे तनावपूर्ण मौन के बावजूद उन्हें स्वयं अपने शब्दों को सुनते हुए जोश आने लगा, एक अजीब ग़ुस्से का भाव उनके चेहरे पर खिंच आया और उनकी आँखें कुछ खोजती-सी दुकान के चारों ओर घूमने लगीं। एक लम्बे क्षण तक उनकी निगाहें भीतर कोठरी में जानेवाले दरवाज़े के बन्द ताले पर टिकी रहीं। अन्त में उन्होंने जेब से मिठाइयों का मुड़ा-तुड़ा लिफ़ाफ़ा निकाला और मिठाई की एक डली मुँह में डाल ली।

बातें कर चुकने के बाद वे काफ़ी श्रान्त और प्रसन्नचित्त-से दीख रहे थे।

दरज़ी इस बीच काफ़ी सतर्क हो चुका था। धीमे स्वर में उसने बहाना बनाते हुए सफ़ाई पेश की, "हुजूर, क्या करें, काम बहुत ज़्यादा आ पड़ा है, हम सब दिन-रात जी तोड़कर काम करते हैं...।" वह एक के बाद एक झूठ बोलता जा रहा था, "यदि आपको कोई तकलीफ़ न हो तो परसों, या बेहतर होगा सोमवार के दिन..."

"अच्छा, अच्छा, ठीक है।" मुँह मिठाइयों से भरा था, अतः उनके मुँह से घुनघुनाती-सी आवाज़ बाहर निकली। फिर उन्होंने कुछ उदारतापूर्ण लहज़े में कहा, "मैं इन्तज़ार करूँगा, लेकिन ज़्यादा देर तक नहीं।"

---

* 'सफ़ेद पर्वत' का युद्ध (1620)—जिसके परिणामस्वरूप चेकोस्लोवाकिया की स्वतंत्रता नष्ट हो गई और वह 300 वर्षों तक आस्ट्रिया-हंगरी साम्राज्य का अंग बना रहा।

वे सावधानी से उठ खड़े हुए, जैसे अपनी हर गति पर उनका कड़ा नियंत्रण हो, फिर उन्होंने मिठाइयों का खुला लिफ़ाफ़ा बारी-बारी से सबके सामने फैलाते हुए कहा, "लो भाई, थोड़ी-थोड़ी सब बाँट लो, बढ़िया चीज़ लाया हूँ।"

जब तक वे दुकान में रहे, चेपक का मौन न टूटा। अब वह धीरे से कुछ बड़बड़ाया और मिठाई लेने से इनकार कर दिया। एक पल की हिचकिचाहट के बाद दरज़ी इनकार करने का दुस्साहस नहीं कर सका; नहीं चाहता था कि रेयसेक उसकी अस्वीकृति का कोई ग़लत अर्थ लगा लें। उसने अनमने भाव से अपना हाथ लिफ़ाफ़े में डाला और अपराधी भाव से चेपक की ओर देखने लगा; किन्तु वह अपनी पीठ उनकी ओर किये बैठा रहा। दरज़ी ने चैन की साँस ली।

"धन्यवाद!" दरज़ी फटी आवाज़ में बुदबुदाया।

और गाहक महोदय एक सहृदय पड़ोसी की हैसियत से सबके प्रति स्नेह-भाव प्रदर्शित करते हुए दरवाज़े की ओर मुड़ गए।

दरवाज़ा बन्द होते ही चेपक अपने को न रोक सका। बिना हिले-डुले कटु स्वर में बोला, "आशा है, तुम्हारा दम नहीं घुटेगा।"

उसके इस छोटे-से रूखे फ़िकरे ने अचानक मालिक को भड़का दिया। शायद गर्मी और तनाव से भरा दुकान का वातावरण भी कुछ ऐसा था कि दरज़ी जैसा ख़ुशमिज़ाज व्यक्ति भी उसकी टिप्पणी सुनते ही तैश में आ गया।

"आख़िर तुम चाहते क्या हो?" वह चिल्लाया। ज़ोर से चीख़ने का आदी वह न था, अतः उसकी आवाज़ एकदम खरखरा-सी गई। "तुम हमेशा मेरे पीछे क्यों पड़े रहते हो? मुझे अपने पर छोड़ दो। मुझे आख़िर अपने कुनबे का ध्यान भी रखना है, लड़के का पालन-पोषण...और बीमार बीवी...यह सब कुछ—यह सब कुछ तुम कभी नहीं समझ सकोगे!"

"बाबा, मैं सब समझता हूँ।" चेपक का स्वर असाधारण रूप से नरम हो उठा था।

"तुम्हें सन्देह है कि मैं भी जर्मनों के संग मिल गया हूँ...क्यों?" दरज़ी का स्वर अश्रुपूर्ण क्रोध से काँप रहा था। "मान लो, मैं उस मरदूद सूट को बना भी देता हूँ, तो इससे क्या फ़र्क़ पड़ जाएगा? या उसकी मिठाई...?

क्या इन बातों से वे लड़ाई जल्दी जीत जाएँगे? मैं कोई वीर नायक या योद्धा नहीं हूँ...और न मैं हो सकता हूँ..."

"तुम्हें होना ही पड़ेगा।" चेपक ने कठोर स्वर में उसकी बात काट दी।

पिनों से जुड़े कोट को उसने सहसा मेज़ पर पटक दिया। "ज़िन्दगी में यदि एक बार ज़रूरत पड़े, तो तुम्हें बनना ही पड़ेगा। वीर नायक...चाहे कचूमर ही क्यों न निकल जाए। यदि मौक़ा चूक गए, तो हमेशा के लिए अपनी नज़रों में गिर जाओगे। मैं ख़ुद कोई रॉबिनहुड का बच्चा नहीं हूँ—यह तो तुम विश्वास करोगे ही, किन्तु कभी-कभी ऐसे लम्हे आते हैं जब आदमी को अपनी आदमियत प्रमाणित करनी ही पड़ती है ताकि भविष्य में वह भले लोगों की नज़रों के सामने नज़रें उठा सके।"

"क्या...क्या मतलब है तुम्हारा?...ईश्वर के लिए जो कहना है, खोलकर क्यों नहीं कहते?"

चेपक उठ खड़ा हुआ और दरवाज़े के परे कोठरी की तरफ़ चलने लगा—दरज़ी उसके पीछे-पीछे आ रहा था, निद्रा में चलते हुए व्यक्ति की तरह। चेपक के दिल में उस क्षण इस बूढ़े-क्लान्त व्यक्ति के प्रति दया उमड़ आई जो गले में माप का फीता लटकाए धीमे क़दमों से उसके पीछे-पीछे आ रहा था।

"अब ज़रा कान देकर सुनो।" जब वे दोनों अकेले रह गए तो उसने फुसफुसाते स्वर में दरज़ी से कहा, "मैं तुम्हें नाहक परेशानी में नहीं डालना चाहता था, किन्तु यहाँ एक ऐसी चीज़ है, जिसने मुझे पसोपेश में डाल दिया है। बात अभी ताज़ी है मेरे दिमाग़ में—और मैं तुम्हें भी इसी समय बता देना चाहता हूँ..."

उस शाम पॉल को महसूस हुआ कि जो व्यक्ति दुकान से वापस लौटा, कहीं उसके पिता न हों। रसोई में जब वे आए, उनका चेहरा राख-सा सफ़ेद दीख रहा था,

आँखों में गहरी बेचैनी थी और बाँहें निर्जीव लकड़ी-सी नीचे लटक रही थीं। वे अपनी पुरानी जगह आकर बैठ गए, फिर ज़बर्दस्ती अपने होंठों पर मुस्कराहट लाने की कोशिश करते हुए सबका हालचाल पूछने लगे।

सामने आलुओं के सूप का कटोरा रखा था, जिस पर से गरम भाप उठ रही थी। उसकी निगाहें तेज़ी से कटोरे पर झुक आईं।

इस शाम उन्होंने अख़बार नहीं उठाया, न ही मेज़ पर रखे रेडियो से कोई छेड़छाड़ की। साफ़ ज़ाहिर होता था कि वे अपने चेहरे को संयत बनाने की भरसक कोशिश कर रहे हैं ताकि वे सहज-शान्त भाव से दूसरों से आँखें मिला सकें। किन्तु किसी तरह का अभिनय करना उनके बूते के बाहर था।

उनकी काँपती, झुर्रियों-भरी उँगलियों में फँसा चम्मच रह-रहकर हिल उठता था।

"क्या बात है—कुछ मालूम तो हो?" उनकी पत्नी ने पूछा।

वे तनिक चौंक-से गए, फीकी-सी मुस्कराहट उनके मुँह पर सिमट आई।

"कुछ नहीं, कोई बात भी हो...भला मेरे संग क्या बात होगी?" सूप के कटोरे पर आँखें गड़ाए उन्होंने कमज़ोर स्वर में प्रतिवाद किया। "ज़रा तबियत...मुझे लगता है, मेरा पुराना ज़ुकाम फिर वापस लौट आया है, और कुछ भी नहीं है।"

"कहो तो लीपा की पत्तियों की चाय बना दूँ?"

"अरे छोड़ो भी...मैं अब सोने जा रहा हूँ।"

वे सब चुपचाप भोजन करते रहे। दरज़ी की आँखें थाली पर झुकी थीं, पॉल की नज़रों से बचती हुई। उनके चेहरे की झुर्रियों में एक अजीब-सी बेचैनी उभर आई थी। पॉल उनकी भारी, सिरसिराती साँस सुन सकता था। शायद सचमुच वे बीमार हों। किन्तु उसे लगा, जैसे उनके बीच एक ऐसी विचित्र-सी हवा सिमट आई हो, जो शब्दों के लिए आतुर हो। ताक पर रखी घड़ी टिक-टिक करती रही; कभी-कभार चम्मचों की खनखनाहट उसकी तीव्र गति में घुल-मिल जाती थी।

बोझिल, अप्रीतिकर मौन।

"रूज़ा ने आज हैम का टुकड़ा भेजा है," उसकी माँ ने भावहीन स्वर में मौन तोड़ते हुए कहा।

"आ...हाँ...वह बड़ी नेक औरत है। उसके उपकार हम पर बहुत हैं। मुमकिन हो सका तो लड़ाई के बाद हम भी उसके लिए कुछ कर सकेंगे।"

"तुम कुछ खा क्यों नहीं रहे?"

"न, न, और नहीं। आज मुझे ख़ास भूख नहीं है..." उन्होंने तनिक क्षमा-याचना के स्वर में कहा। संकोच और दुविधा से उनकी आँखें झिपझपा गईं।

अचानक उस क्षण वे भयभीत हो उठे और उनके हाथ का चम्मच तश्तरी से टकरा गया।

"कोई दरवाज़ा खटखटा रहा है—सुना नहीं?" उन्होंने हाँफते स्वर में कहा और खड़े होने की कोशिश करने लगे, किन्तु उनके घुटने एकदम निर्जीव-से हो गए और उनकी देह दुबारा कुर्सी पर लुढ़क गई। "ज़रूर वे ही..."

"इस वक़्त भला यहाँ कौन आएगा?" उनकी पत्नी ने आपत्ति की।

"मैंने तो कुछ भी नहीं सुना," पॉल ने कहा।

वह उठ खड़ा हुआ और अँधेरे हॉल में चला आया। आगे बढ़कर उसने तेज़ी से ड्योढ़ी का दरवाज़ा खोल दिया।

उसके पिता के कानों को धोखा नहीं हुआ था। पासवाले मकान की पड़ोसिन सामने खड़ी थी; वह माँ से इस्तरी करने का तख़्ता माँगने आई थी। उसका अपना तख़्ता जलकर राख हो गया था। उसके आगमन और अपनी लड़की के बारे में शिकायत-भरे क़िस्सों से रसोई का असह्य वातावरण मिट गया। वह अपनी लड़की को कोस रही थी, जिसने अपनी बेवक़ूफ़ी के कारण इस्तरी का तख़्ता जला दिया था।

इस बीच पॉल को खाने-पीने का सामान बटोरने का अवसर मिल गया। उसने अपनी माँ का ध्यान पड़ोसिन की तरफ़ लगा दिया और ख़ुद अलमारी खोलकर रोटी की स्लाइसें काटने लगा। ऊपर की दराज़ पर काग़ज़ में लिपटा हैम रखा था, किन्तु माँ ने अभी उसे काटा नहीं था, इसलिए वह इस समय उसे लेने का दुस्साहस नहीं कर सका।

अपने कमरे में आकर उसने अपनी पसन्द की धारीदार क़मीज़ पहनी, शेल्फ़ से एक किताब निकाली और बुलबुल के पिंजरे के सीख़चों पर अपनी उँगली का नाख़ून फेरने लगा—यह वह हर रोज़ करता था। वह जल्दी ही घर से बाहर चले जाने के लिए तैयार हो गया ताकि उसे बाहर जाते समय माँ की अप्रसन्न निगाहों का सामना न करना पड़े।

हॉल के झुटपुटे अँधेरे में अचानक उसकी आँखें एक सफ़ेद पार्सल पर पड़ गईं। दरवाज़े के पास छोटी-सी अलमारी पर वह पार्सल पड़ा था। एक क्षण पहले वह वहाँ नहीं था, इसका उसे पूरा विश्वास था। वह आश्चर्य से उलट-पलटकर उसे देखने लगा। फिर धीरे-धीरे उसने उसे खोला—अँधेरे में उसके टटोलते हाथों को जल्दी ही पता चल गया कि वह ठंडे मांस का मोटा टुकड़ा है जिसे जल्दी में काटा गया है और उसके ऊपर रोटी की दो बड़ी-बड़ी स्लाइसें भी रखी हैं। वह कुछ भी न समझ सका।

जब वह हक्का-बक्का-सा पीछे मुड़ा तो अचानक उसकी आँखें पिता पर जा पड़ीं; वे उसके पीछे देहरी पर चुपचाप खड़े थे—एक अँधेरी छाया की तरह—ख़ामोश; साँस रोके हुए। उनकी देह बिलकुल सिकुड़-सी गई थी।

पॉल ने आश्चर्य से साँस ली।

"बाबू..."

"हिश्...!" भयभीत स्वर में दरज़ी फुसफुसाया और अँगूठे से रसोई की ओर इशारा किया, जहाँ माँ अब भी उस बातूनी पड़ोसिन से बातचीत करने में व्यस्त थीं। "इसे अपने संग ले जाओ।"

"बाबू...तो तुम जान गए...सब कुछ जान गए..."

"चुप रहो! ईश्वर के लिए चुप रहो।" उसके पिता का स्वर एकदम विह्वल-सा हो उठा। भयातुर से होकर उन्होंने उसके दोनों कन्धे पकड़ लिये और उसे हिलाने लगे, मानो वे उसे जगाने की कोशिश कर रहे हों, अथवा उसे किसी विपत्ति से बचाने का प्रयत्न कर रहे हों। "माँ के कानों में इसकी ज़रा भी भनक नहीं पड़नी चाहिए...समझे? ज़रा भी नहीं! वे बीमार हैं, उनके दिल की हालत तुमसे छिपी नहीं है...मैं भी इस बारे में कुछ नहीं जानता...

हे ईश्वर...मेरे कमरे में चले आओ...इसके बारे में कुछ-न-कुछ सोचना ही पड़ेगा...ईश्वर ही जाने, भाग्य में क्या बदा है!"

उस शाम अँधेरी गलियों को पार करते हुए उसे लगा, जैसे उसके दिल पर से एक भारी बोझ उतर गया है—बोझ, जिसे आज तक वह अकेला ढोता आया था। उसकी आँखों के सामने एक बहुत ही धुँधली आशा की किरण उदित होने लगी थी। एक विचित्र अधीरता ने उसके पैरों को पकड़ लिया। हाँ, बाहर निकलने का रास्ता अब इतना मुश्किल नहीं था।

'मुझे अपनी चाल धीमी करनी चाहिए...मैं पागलों की तरह दौड़ रहा हूँ, रास्ते पर चलते लोग आँखें घुमाकर मेरी तरफ़ देख रहे हैं,' उसने सोचा। वह अपने दिल की धड़कन सुन सकता था। एक-दो, एक-दो, सड़क के पत्थर, जो दोपहर की धूप से अब तक गरम थे, उसकी चप्पलों के तलों के नीचे बार-बार बज उठते थे। बग़ल के नीचे दबे पार्सल का बोझ उसे इतना प्रीतिकर लग रहा था कि उसके भार-तले उसके पाँव और भी हल्के हो गए थे। कोई अज्ञात शक्ति उसे फ़ुटपाथ पर बहाती ले जा रही थी; उसे लग रहा था, जैसे वह बिना किसी दिक़्क़त के ज़मीन से ऊपर उठकर उड़ने लगेगा... शाम की नरम हवा में वह दूर-दूर उड़ता चला जाएगा, सूखे पत्ते की तरह, चिड़िया के पंख की मानिन्द।

यह गली है और यह है वह पुराना घर। निचली मंज़िल के मकान की खिड़की पर एक बिल्ली बैठी थी और उनींदे भाव से जम्हाई ले रही थी। वह भागता हुआ बाहर के दरवाज़े के सामने पहुँच गया जिस पर पीतल का कुंडा लगा था। जब वह छोटा था तो इस कुंडे तक कभी न पहुँच पाता था। टेढ़ी-मेढ़ी लकड़ी की सीढ़ियों पर वह हवा की मानिन्द चढ़ता गया—एक साँस में तीन-तीन सीढ़ियाँ फाँदता हुआ—और सीधा अपनी कोठरी के दरवाज़े

के सामने आकर रुक गया। वह धीरे-धीरे साँस लेने लगा—इस बदहवास अवस्था में स्कूली बच्चे की तरह वह भीतर नहीं जा सकता।

अपनी साँसों को नियमित करता और बाहर की हवा को अपने फेफड़ों में भरता हुआ वह वहाँ खड़ा था—अकेला, दरवाज़े के बाहर। उस क्षण बरामदे में लगे बिजली के लैम्प की मद्धिम, नीली रोशनी में उसने कुछ देखा—दरवाज़े पर। उसे लगा, जैसे वह कोई स्वप्न देख रहा है। वह अपनी आँखें दरवाज़े के और निकट ले आया, फिर भी ठीक-ठीक कुछ न पहचान सका। और उसके बावजूद....उस फीकी रोशनी में वह बिलकुल सफ़ेद चमक रहा था।

दियासलाई जलाने से पहले उसने अपने चारों ओर देखा। उसके समूचे शरीर में भय की एक बर्फ़ीली लहर दौड़ गई।

भारी, अनभ्यस्त हाथों से किसी ने दरवाज़े पर सितारे का निशान बनाया था—चाक से। एक-दूसरे के ऊपर दो टेढ़े-मेढ़े त्रिकोण खिंचे थे—ज़्यादा बड़े नहीं, किन्तु बिलकुल साफ़। वे त्रिकोण उसकी आँखों में बिंध-से गए थे। वह काठ के पुतले की तरह खड़ा रहा। बिजली के करेंट की तरह भय की लहरें उसकी नस-नस में दौड़ने लगीं। इसका क्या मतलब है? क्या यह महज़ संयोग है? संयोग कैसे हो सकता है...नहीं, नहीं, पागल न बनो। कौन जानता है? कौन जानता है? और क्यों...क्यों उन्होंने यह पहले नहीं किया... हे ईश्वर, क्या मैं पागल हो गया हूँ...उन्होंने अब क्यों...सब ख़त्म हो गया... जल्दी से कुछ सोचो...यहूदी...उसकी आँखें उन सफ़ेद अक्षरों पर गड़ती गईं, हज़ारों लाउडस्पीकर उसके कानों में सिर्फ़ यही एक शब्द चीख़ने लगे। उसे लगा, जैसे उसके भीतर सब कुछ टूट-टूटकर गिर रहा है...मैग्नीशियम के विस्फोटन के बाद जो धूल बची रहती है और हवा में उड़ती हुई पतली, भूरी राख...आह! यह अन्त है।

उसने अपने सिर को हाथों में पकड़ लिया, फिर अपनी आँखें मलीं; बग़ल में दबा पैकेट ज़मीन पर आ गिरा। उसने सहसा अपने-आपको सँभाल लिया। बस, इतना काफ़ी है—और नहीं सोचूँगा। कल वह यह झगड़ा-बखेड़ा यहाँ से ख़त्म कर देगा। यहाँ कुछ भी नहीं रहेगा, कुछ भी नहीं।

पैकेट उठाने के लिए वह नीचे झुका, एक कठोर निश्चय से उसके दाँत कटकटा उठे। उसने अपने विचारों और आशंकाओं को पीछे धकेल दिया। जेब से रूमाल निकाला, अपने थूक से उसे गीला किया और पूरी ताक़त से दरवाज़े पर खिंचे चाक के निशान को मिटा दिया। वह इतनी ज़ोर से दरवाज़े को रगड़ रहा था कि चाक के निशान के संग दरवाज़े की लकड़ी का रंग भी उखड़ आया।

कोठरी के भीतर लैम्प जल रहा था। बाहर अभी पूरी तरह अँधेरा नहीं हुआ था, किन्तु ब्लैक-आउट का पर्दा खिड़की पर लगा था। वह उसे नहीं देख सका, केवल उसके काले बक्से को देख सकता था जो अपने पुराने स्थान पर पड़ा था। भीतर के दरवाज़े की कुंडी पर हाथ धरे वह अनिश्चित-सा खड़ा रहा—अपनी आँखों पर विश्वास करना उसे असम्भव-सा जान पड़ा।

"एस्थर!"

एक हल्की, दबी-सी साँस की आहट उसके कानों में पड़ी। और तब उसकी आँखें उस पर जा पड़ीं। वह दीवार से सटी खड़ी थी, खुले दरवाज़े के पीछे। उसने दरवाज़े को तुरन्त बन्द कर दिया। वह उसके सामने खड़ी थी, बाहर जाने के लिए प्रस्तुत। उसने अपना वही पुराना मैला-सा कोट पहन रखा था, दोनों बाँहें ढीली-सी नीचे लटकी थीं और वह अपनी गोल, स्याह आँखों से उसकी ओर देख रही थी।

"यहाँ तुम क्या कर रही हो? एस्थर, क्या तुम सचमुच..." स्नेह और करुणा की एक लहर उसे सराबोर कर गई। उसने उसे अपनी बाँहों में खींच लिया और उसके ठंडे होंठों को चूमने लगा। "इस तरह छिपकर क्यों खड़ी हो? घबराओ नहीं, सब ठीक है। देखो, मैं तुम्हारे लिए क्या लाया हूँ...अरे, सुनो भी...क्या बात हुई है?"

वह उससे अलग होकर सोफ़ा के दूसरे सिरे पर बैठ गई। दोनों घुटने एक-दूसरे के संग सटे थे और वह एक गुड़िया की तरह अपलक सामने देखने लगी। अपने हाथ में उसने मुसा हुआ गीला रूमाल पकड़ रखा था।

उसके कन्धे पकड़कर उसने उसे धीरे से हिलाया, "सो रही हो क्या?"

उसके मुँह से एक हल्की-सी उच्छ्वास निकल गई, "कोई आया था यहाँ?"

"अरे, वह मैं था! मैं बाहर..."

"अभी नहीं। पहले तुम नहीं थे।"

"तुम शायद स्वप्न देख रही होगी। भला यहाँ कौन..."

"नहीं। कोई बाहर खड़ा साँस ले रहा था। मुझे अच्छी तरह मालूम है। उसने खिड़की से भीतर झाँककर भी देखा था।"

"क्या उसने तुम्हें देख लिया?"

"मालूम नहीं...शायद नहीं।"

"हूँ।"

उसने उसका कोट उतार दिया और उसे पीछे सोफ़े पर ठीक से बिठा दिया।

"शायद यह तुम्हारा कोरा भ्रम है। ख़ैर, अब कोई अन्तर नहीं पड़ता। कल तुम यहाँ से चली जाओगी। सुन रही हो, जो कुछ कह रहा हूँ?"

वह उसके पास बैठ गया और धीरे-धीरे उसे सब कुछ समझाने लगा—कल वह उसे गाँव में अपनी बुआ के घर ले जाएगा। ट्रेन से जाओ तो गाँव ज़्यादा दूर नहीं पड़ता। यह सही है कि उसे ट्रेन में यात्रा करने की मनाही है, किन्तु यदि वह कोट पर सितारा न लगाए और अपनी वेशभूषा बदल ले तो कोई उसे नहीं पहचान सकेगा। क़िस्मत साथ दे, तो कुछ भी नहीं बिगड़ेगा...कुछ भी नहीं। बुआ एक निर्जन स्थान में रहती हैं और वह वहाँ कुछ अर्से के लिए बिलकुल सुरक्षित रहेगी। कुछ दिनों बाद छुट्टियों में वह भी उसके पास आ जाएगा। बुआ बहुत नेक हैं। आगे क्या करना होगा, इस पर फिर वहीं विचार करेंगे।

"तुम्हें तो वह बिलकुल स्वर्गभूमि मालूम होगी। जंगल, जंगलों के अलावा वहाँ और कुछ भी नहीं, बादल और ताज़ी हवा। एस्थर, तुम्हें ताज़ी हवा की ज़रूरत है। छुट्टियों में हम सारा समय एक संग गुज़ारेंगे। सिर्फ़ तुम और मैं...सिर्फ़ तुम और मैं...एस्थर! हम दोनों एक संग आकाश को निहारेंगे। क्या तुम अब भी आकाश में वीगा ढूँढ़ सकती हो?"

वह चुपचाप सुन रही थी और वह उत्साह में आकर उसके सामने एक के बाद एक रंग-बिरंगे चित्र खींचता जा रहा था। वह अपनी योजना के छोटे-से-छोटे पहलुओं पर विस्तृत रूप से विचार कर चुका था। इस कोठरी से बाहर निकलकर वे दोनों एक संग स्टेशन की ओर चल पड़ेंगे। वह उसका बक्सा हाथ में पकड़ लेगा और वह अपने हाथ में चीज़ें ख़रीदने का थैला लटका लेगी। लोग समझेंगे, दोनों भाई-बहन जा रहे हैं।

"पानी में तैरने का वहाँ बहुत बढ़िया इन्तज़ाम है। दो-दो तालाब हैं। सुनो, तुम्हें तैरना तो आता है न? देखो, कहीं डूब न जाना, वरना मैं क्या करूँगा?"

अपने आशापूर्ण शब्दों को सुनते हुए ख़ुद उसकी अपनी चिन्ताएँ-आशंकाएँ धुल गईं। उसे उसकी कितनी फ़िक्र है, यह ख़याल आते ही एस्थर के होंठों पर एक फीकी-सी मुस्कान सिमट आई।

उसका जी भर आया, कृतज्ञता की मूक भावना से।

"और अगर वे हमें पकड़ लें?"

"कैसे पकड़ लेंगे? ऐसी-वैसी बातें न सोचो। हम दोनों एक-दूसरे के संग रहेंगे। अब तो तुम्हें कोई डर नहीं...क्यों? कल! सचमुच एस्थर, कल!"

दोनों को वह कमरा अब हल्का-सा प्रतीत होने लगा। उसकी कलाई की घड़ी की टिक-टिक में भी जैसे एक ताज़ा, साहसी स्वर स्पन्दित होने लगा था।

वह उसके पास, उससे सटकर लेट गया। बत्ती बुझा दी। उसने उसे अपनी बाँहों से समेट लिया। वह उत्सुकता से उसके आलिंगन में दुबक गई और आँखें मूँद लीं। अब वह उसकी समूची देह को महसूस कर सकता था। उसने अपना सिर उसके बालों में दबा दिया और जलती तृष्णा से उस गन्ध को पीने लगा जो ख़ास उसके बालों से आती थी। वे चुप थे, फिर भी एक-दूसरे में पूर्णतया समाविष्ट; बिना शब्दों के सहारे...देह, रक्त और साँसों की मातृभाषा में सोचते हुए, आनेवाली सुबह, बादलों और वनों, लीरा के नक्षत्र-मंडल, उन सब चीज़ों के बारे में जिन्हें वे एक संग देखेंगे, एक संग सुनेंगे, उन सब चीज़ों के बारे में जिन्हें वे एक साथ जिएँगे। शायद कल...।

एक मीठी-सी चकराहट, और वह पकड़ के भीतर थी। ऊपर की मंज़िल से शोरगुल की ऊँची आवाज़ें आ रही थीं—शीशा टूटने की आवाज़। और फिर एक फटा-सा-भर्राया स्वर। पियक्कड़ों की चीख़ें। शायद रेयसेक फिर पी रहा है अपने हमजोलियों के संग, अपना अकेलापन मिटाने के लिए! कौन जाने? शोर बहुत दूर से आ रहा था; वे उसके प्रति उदासीन रहे, उनकी शान्ति में उससे किसी प्रकार का कोई ख़लल नहीं पड़ा।

"सुनो, प्रिय!" वह उत्तेजित किन्तु दबे स्वर में कह रही थी। "जानते हो, आज मैं यहाँ से भाग जाने का इरादा कर चुकी थी?"

"कहाँ?"

"कह नहीं सकती, कहाँ। शायद तेरेज़िन की तरफ़, माँ और बाबू को ढूँढ़ने के लिए। मुझे वे बहुत याद आते हैं। अर्से से उनकी कोई ख़बर नहीं मिली। न जाने उनका क्या हुआ? तुम्हारे ख़याल में क्या वे वहाँ अब भी होंगे? वे मुझे कुछ लिखते क्यों नहीं?"

उससे कोई उत्तर देते नहीं बना। वह झूठ बोलकर उसे थोथी सान्त्वना नहीं देना चाहता था, किन्तु उसके निराशा में डूबे ख़यालों ने उसे डरा दिया। वे उसकी दुनिया का हिस्सा थे। उसने कुछ नहीं कहा।

"किन्तु मैं जा न सकी। मुझसे नहीं बन पड़ा। मैं तुम्हें चाहती हूँ। मुझे लगता है, जैसे तुम कहीं मेरे भीतर हो। मुझे हमेशा ऐसे लगता है—उस समय भी जब मैं दूसरी चीज़ों के बारे में सोच रही होती हूँ। उस समय भी, जब वे मुझे याद आते हैं। तुम हमेशा यहाँ, मेरे भीतर रहते हो—हर चीज़ के भीतर। दुनिया में ऐसी चीज़ भी हो सकती है, मैंने पहले कभी विश्वास नहीं किया था। मैं तुम्हारी हर छोटी-से-छोटी चीज़ से प्यार करती हूँ—तुम्हारी आवाज़, तुम्हारे होंठ, तुम्हारे बिखरे हुए उजले बाल, तुम्हारा दिल, जिसे मैं सुन सकती हूँ, जब तुम मेरे निकट होते हो। और तुम्हारे चेहरे की सलवट, जब तुम किसी चिन्ता में डूब जाते हो...और तब मैं चाहती हूँ कि तुम्हारे हाथ मुझे छुएँ, चाहती हूँ कि तुम्हारी साँस...यदि मैं जीवित रही तो अपने सब अरमान पूरे कर लूँगी, अगर तुम्हारा प्रेम मेरे प्रति बना रहा..."

"ऐसा क्यों कहती हो?"

"तब दुनिया में मुझे किसी चीज़ से डर नहीं लगेगा। मैं वचन देती हूँ। मेरी बड़ी चाह है एक बच्चे के लिए...तुम्हारा बच्चा!...मुझे पक्का विश्वास है। मैं किसी और के बच्चे की माँ बन सकती हूँ, इसकी मैं कल्पना भी नहीं कर सकती।"

उसका सिर घूम रहा था और साँस रुक-सी गई थी। उसने उसे अपनी बाँहों में जकड़ लिया, इस डर से कि न जाने आगे वह और क्या कह दे! बेहतर है, वह यहीं चुप हो जाए, आगे कुछ भी न कहे। जिस विचित्र किन्तु स्वाभाविक ढंग से वह चीज़ उसके पास खिंची चली आई थी, उससे उसकी समूची देह रोमांचित हो उठी थी। उसकी स्नेहसिक्त कोमलता ने उसे सहसा आश्चर्य में डाल दिया था और एक क्षण के लिए वह उसे पहचान नहीं पाया था। वह अपनी कुहनियों के बल उठ बैठा; उसके धीमे-दबे शब्द उसके मस्तिष्क में घूमते हुए एक अजीब सी उलझन उत्पन्न कर रहे थे, उसका दिल पागलों की तरह धड़क रहा था।

"सुनते हो? उठ जाओ पॉल!"

"क्या?" उसने भर्राये स्वर में कहा।

उसका कंठ सूख गया था। उसने पूरी शक्ति से पॉल को अपनी ओर खींच लिया और अपने होंठ उसके निश्चल मुँह पर दबा दिये।

उसने सुना, वह कह रही थी :

"ले लो मुझे। अभी, अभी...मुझे अभी ले लो, प्रतीक्षा मत करो... मेरे प्राण!"

समय और दिशाओं की सीमा के बाहर—समय उनके चारों ओर बह रहा था, किन्तु उन्हें छू नहीं सकता था—वे उसके चरमराते पहियों से मुक्त हो गए थे।

उसने सहर्ष अपने को समर्पित कर दिया था, विनय के संग; किन्तु ऐसा विनय जो लज्जा से कुंठित नहीं होता। उसकी देह धधक रही थी उसके आलिंगन में। वह उसमें खो गई थी, और वह अब नहीं थी। 'मेरे प्राण!' अतल गहराइयों से उठती हुई वह कोमल चीख़...उसकी देह में प्रवेश करते हुए वह चीख़ उसने सुनी थी और वह काँप गया था।

ऊपर की मंज़िल में शोरगुल बढ़ता जा रहा था; शीशों के टूटने की कर्णभेदी आवाज़, फाटक के दरवाज़े बन्द होने का स्वर...खिड़की के नीचे ड्योढ़ी में कोई गन्दी गालियाँ बकता, लड़खड़ाता हुआ जा रहा था। हवा में घूँसा ताने न जाने वह किसे ललकार रहा था। फिर सब कुछ ख़ामोश हो गया, सिर्फ़ कहीं दूर चूहों की खड़खड़ाहट सुनाई दे जाती थी। दीवार के दूसरी ओर घड़ी के पेंडुलम की अनवरत, संजीदा आवाज़ कानों में पड़ जाती थी—टिक, टिक, टिक...!

ज्वार उतरने लगा था। वे धीरे-धीरे वापस लौटने लगे थे—एक अज्ञात रहस्य में डूबे हुए। अपने भीतर जो शक्ति बची रह गई थी, उस पर उन्हें गहरा आश्चर्य था; एक-दूसरे के प्रति उनका हृदय शब्दहीन कृतज्ञता में छलछला उठा था। उसने अपने जलते गाल उसके सफ़ेद, निरावृत वक्ष पर रख दिये। उसके नंगे उरोज साँसों के संग ऊपर-नीचे हिल उठते थे। उसके हत-स्पन्दन की गति अब धीमी होती जा रही थी और वह उसे सुन सकता था। दोनों में से कोई भी कुछ नहीं बोला। शब्द चुक गए थे। उसकी आँखें बन्द थीं गो अब भी वह उसकी समूची देह को महसूस कर सकता था। अँधेरे में उसकी उँगलियों का स्पर्श, उसका प्यार, उसकी आर्द्र कोमलता, उसकी देह की गन्ध, हर चीज़ घूमती-सी जान पड़ती थी। शहर की दीवारों से घिरे वे दोनों देर तक एक-दूसरे में खोये रहे—नाली में पड़ी काँच की दो गोलियों की मानिन्द। घंटों तक। शायद वर्षों तक, प्रकाश वर्ष, जो सितारों के बीच रास्ता तय करते हैं।

उसने अपनी घड़ी के चमकते डायल को देखा और वह सहसा भयाक्रान्त-सा हो उठा।

बाहर रात फैली थी।

उसके आलिंगन से उसने अपने को धीमे से अलग किया और खड़ा हो गया। कमरे की बत्ती जलाई। विस्मय से वह चारों ओर देखने लगा—कुछ भी नहीं बदला था; कुछ भी नहीं। मेज़, कुर्सी, उसका काला सन्दूक़चा, खिड़की के आले में रखा हुआ रेडियो का ख़ामोश बक्सा। उसकी निगाहें उसकी ओर मुड़ गईं।

वह सो रही थी। पीला आलोक उसके बालों पर पड़ रहा था। साँस रोके, धीमे से वह उसके ऊपर झुक आया और उसके चेहरे को अपनी आँखों से पीने लगा। वह हिली—शायद उसकी अपलक निगाहों के दबाव तले—और एक नन्ही-सी, बचकानी मुस्कराहट उसके होंठों पर खिंच आई। एक हल्का-सा उच्छ्‌वास भरकर उसने अपना चेहरा तकिये में दबा लिया। उसने उसके बालों को और फिर उसके नन्हे उरोजों के बीच फैली सफ़ेद घाटी को चूमा। अपने माथे पर उसने उसका स्पर्श महसूस किया—और फिर उसी क्षण बिना जागे उसने अपना ब्लाउज़ अपने नग्न वक्षस्थल पर खींच लिया। उसने क़रीने से उस पर कम्बल ढक दिया और दबे क़दमों से दरवाज़े की तरफ़ चला आया। एक बार फिर मुड़कर वह उसके चेहरे को देखने का लोभ संवरण न कर सका।

फिर झटके से उसने दरवाज़ा खोला और अँधेरे में विलीन हो गया।

13

धाँय! रात से ढकी गलियों में गोली छूटने की आवाज़! फिर एक क्षण के लिए सब कुछ ख़ामोश हो गया। चारों ओर अँधेरा घिरा था। तारों भरी रात अभी सुबह से दूर थी और कहीं भी रोशनी का चिह्न दिखाई नहीं देता था।

गोली की आवाज़ दूर से आई थी और नींद से ढकी दुनिया में धँसती चली गई थी। सोता हुआ व्यक्ति पल-भर के लिए जागकर उसे भूल जाता, अगर एक क्षण बाद और गोलियों की दनदनाती आवाज़ न आती...हवा में गोलियों की गूँज और फिर मशीनगन की खड़-खड़-खड़...!

और फिर अँधेरी, सूनी गलियों में एक पल की पगली ख़ामोशी।

और कुछ देर बाद वही आवाज़—लेकिन इस दफ़ा दस गुना और ऊँची—पास सरकती हुई, बन्दूक़ों और मशीनगनों की मिली-जुली कर्णभेदी गर्जना, इतनी भयंकर कि मकानों की खिड़कियों के शीशे एकबारगी ज़ोर से थरथरा उठे। गोलियों की आवाज़ गलियों के आर-पार देर तक गूँजती रही उस बदहवास कव्वे की तरह जो सहसा भयाक्रान्त होकर मकान की दीवारों के इर्द-गिर्द अपने पंखों को मारता हुआ छटपटाने लगता है।

शहर के एक छोर से दूसरे छोर तक दनदनाती वह आवाज़ हड्डियों में बिंध जाती थी।

खिड़कियों के शीशे एक बार फिर थरथरा उठे!

दिल को छूता हुआ आतंक। आतंक, जो खिड़कियों के बाहर निविड़ अँधेरे में और भी भयावह जान पड़ता था। अलसाई नींद से बाहर रेंगता हुआ अनमना मस्तिष्क पहले क्षण में कुछ भी अहसास न कर पाता था कि बाहर क्या कुछ हो रहा है।

क्या हो रहा है? यह क्या है? बिलकुल निकट। जान पड़ता है कि कहीं नदी के पास। 'ईसू, रक्षा करो! ईसू, रक्षा करो!' पास वाले कमरे में कोई बराबर यही कहे जा रहा था। आवाज़ उसकी माँ की थी।

जब पॉल की आँख खुली तो शयन-कक्ष में वे पहले से ही जाग उठे थे। उन दोनों की बहुत कच्ची नींद थी। बन्दूक़ों के हर विस्फोटन के बाद उसे माँ का अनवरत कराहता स्वर सुनाई दे जाता था : 'ईसू...हमारी रक्षा करो...'

वह अपने गरम बिस्तर से बाहर कूद आया, सर्दी में काँपता हुआ। बिना वस्त्र पहने ही वह भागता हुआ खुली खिड़की के सामने आ खड़ा हुआ—कुछ भी समझ पाने में असमर्थ। कुर्सी के कोने से उसका घुटना अचानक टकरा गया और तब उसे मालूम हुआ कि वह जाग गया है। वह धीरे से कराह उठा। गली की ओर झाँकते हुए उसने अपनी उँगलियाँ चौखट की लकड़ी पर गड़ा दीं।

बाहर भी अँधेरा था। पौ फटने का वक़्त था और छत के ऊपर तारे पीले पड़ते जा रहे थे। सामने मकानों की खिड़कियों में फूलदानों और मुरब्बे के मर्तबानों के ऊपर लोगों के सफ़ेद फक् चेहरे दिखाई दे रहे थे—निश्चल, ख़ामोश।

खिड़की से हटकर वह तेज़ क़दमों से वापस कमरे में मुड़ गया। रह-रहकर केवल एक विचार मस्तिष्क में टकरा जाता था—उसके पास जाना होगा, अभी—तुरन्त। उसने बिस्तर के ऊपरवाली बत्ती जला दी, किन्तु फिर एकदम भयभीत होकर उसे बुझा दिया...सामने से चेतावनीपूर्ण चीख़ें सुनाई दीं : 'ब्लैक-आउट! बत्ती बुझा दो! रोशनी!'

ऊँचे कर्णभेदी गर्जन को सुनते ही उसके पाँव ज़मीन पर गड़े रह गए—एक भयंकर दहाड़ता गर्जन। तंग गलियों में सरसराती उन्हें अपने में घेरती, समूचे शहर को रौंदती हुई आवाज़—आवाज़ जो खिड़कियों के पास सिमट आती थी, कमरों के भीतर सरकती हुई भयंकर धमाके के संग खिड़कियों के शीशों और हर कमज़ोर, ढीली-ढाली वस्तु को खड़खड़ा जाती थी—तोपों की आवाज़!

वह पागलों की तरह कमरे में दौड़ने लगा, अपनी स्मृति से चीज़ों को टटोलता हुआ—क़मीज़, पतलून, चप्पल। अपने नंगे पैरों से उसने उन्हें खोज निकाला। खिड़कियों की खड़खड़ाहट और धमाकों की आँधी में डूबते हुए माँ के प्रार्थना-स्वर को सुनाता हुआ वह बार-बार झुँझला उठता था।

'उसके पास! उसके पास!' ये दो शब्द उसके मस्तिष्क में ख़ाली चक्की की तरह घूमते जाते थे।

'उसके पास! उसके पास!'

गली में सीटी की महीन, छिलती आवाज़ गूँज उठी और उसके फ़ौरन बाद बड़ी सड़क पर भागती मिलिटरी-लारियों के भारी इंजनों का दहाड़ता स्वर सुनाई दिया। अँधेरे को चीरती हुई वे नदी के ऐम्बैंकमेंट की ओर दौड़ रही थीं, जहाँ शहर के बीचोबीच एक विचित्र संग्राम छिड़ गया था।

और भी ज़्यादा लारियाँ, सीटियाँ...किट, किट, किट...!

उसने दरवाज़ा खोला और हॉल की बत्ती जला दी। सामने उसके पिता खड़े थे। उन्होंने अपना पुराना कोट पहन रखा था। अव्यवस्थित भूरे बालों की लट उनके माथे पर बिखर आई थी। आँखों में एक अजीब-सा फीकापन और हताशा थी। वे एक-दूसरे को घूर रहे थे—पिता और पुत्र—भीतर-ही-भीतर एक बर्फ़ीले कम्पन में सिहरते हुए। फिर असहाय भाव से दोनों ने अपने कन्धे सिकोड़ लिये।

"बाबू!"

वह उनके पास से गुज़र गया, सीढ़ियों की तरफ़ जानेवाला दरवाज़ा खोला और इससे पेशतर कि दरज़ी कुछ कह पाता, वह बिजली की तेज़ी से सीढ़ियाँ उतरने लगा। बाहर का दरवाज़ा...लोहे के भारी कुंडों को उसने पकड़ लिया।

वह उन्मत्त-सा होकर उसे खींच रहा था।

ताला बन्द था।

दुबारा...!

एक काली छाया उसके पास आकर खड़ी हो गई और उसे कुहनी से पकड़ लिया। वह उसका चेहरा नहीं देख सकता था, किन्तु उसकी भर्राई फुसफुसाहट सुनकर उसने उसे पहचान लिया—मकान का चौकीदार।

"कहाँ जा रहे हो?"

"दरवाज़ा खोलो! मुझे..." उसने चिटखनी को फिर सहलाया, किन्तु दरवाज़ा टस से मस न हुआ। चौकीदार के दाएँ हाथ ने उसकी कलाई को अपनी लौह-गिरफ़्त में जकड़ लिया और उसे दरवाज़े से अलग धकेल दिया। ग़ुस्से में तिलमिलाते हुए उसने अपने को छुड़ा लिया।

"दरवाज़ा खोलो—सुनते हो? मुझे बाहर जाना है...जल्दी करो मेहरबानी करके..."

"क्या तुम पागल हो गए हो? बाहर जाना चाहते हो? क्या तुम उनकी आवाज़ें नहीं सुन सकते?" चौकीदार ने उसके कन्धे झिंझोड़ते हुए कहा, "लड़के, ज़रा होश से काम लो। किसी को इस समय बाहर जाने की इजाज़त नहीं है...कुछ समझ में आया? कड़ा निषेध है...और अगर न भी होता तो भी तुम ज़्यादा दूर नहीं जा सकते। आदमी को देखते ही वे गोली मार देते हैं...बहुत-से मकानों को उन्होंने घेर लिया है...शायद हम भी घिर गए हैं। मक्खियों के झुंड की तरह वे बाहर सड़कों पर मँडरा रहे हैं..."

उसने अपना सिर हाथों में पकड़ लिया और अपनी हथेलियों से उसे दबाने लगा। शीऽऽ...सीटी की ऊँची तीखी आवाज़। दरवाज़े की कड़ियों पर उसने अपना सिर टिका दिया, उनकी ठंडक उसे भली लगी—कठोर और सख़्त। अपनी उँगलियों को कड़ियों में उलझाकर अपना पूरा बोझ उन पर डालता हुआ वह लटक गया। उसे लगा, उसकी टाँगें निर्जीव होती जा रही हैं। 'दरवाज़ा खोलो'—उसके दिल में धड़कती एक मूक बड़बड़ाहट। 'खोलो! खोलो!' वह अपने दाँतों की कटकटाहट सुन सकता था—एक हास्यास्पद ध्वनि।

अपने मुँह से निकलती टूटी सुबकियों को रोकने में असमर्थ वह सिसकने लगा—हृदयविदारक ढंग से। 'अब क्या होगा?' वह केवल प्रतीक्षा कर रहा था—अन्तहीन प्रतीक्षा। यदि वे उसे पकड़ लेंगे, तो उसे उसके अँधेरे से बाहर खींच लाएँगे। फिर वे उसे अपने संग ले जाएँगे। वह रात! उस रात के अँधेरे ने उन्हें धोखा दिया था। उसके कहीं बहुत भीतर भय सिसक रहा था। उसने अपनी पलकें दबाकर भींच लीं। फटाक! उसके पीछे हॉल में कोई दबे स्वर में बातें कर रहा था। उसे उनकी चिन्ता नहीं थी, आख़िर वे क्या कर लेंगे? 'क्या हो गया है इस लड़के को?' किसी ने फुसफुसाते स्वर में पूछा। दूसरे ने उत्तर दिया, 'शायद पागल हो गया है।'—'बेचारा...क्या सचमुच? ऐसा जवान लड़का!'—'इन दिनों क्या कुछ नहीं हो सकता। इसे बिस्तर पर लिटा दो'—'एक मिनट ठहरो...यह क्या हो रहा है? चुप!'

एक कोमल हाथ उसके कन्धे पर पड़ा और उसके बालों को सहलाने लगा। वह पहचान सकता था इस स्पर्श को। भावहीन, शून्य आँखों से उसने उनकी ओर देखा, उसके गालों पर आँसू बहते जा रहे थे, किन्तु किसी का ध्यान उस ओर नहीं था।

"बाबू!" उसने पिता के कन्धों पर अपना सिर टिका दिया...।

एक टूटी-सी फुसफुसाहट उसे सुनाई दी : "बाद में...बच्चे...हम सिर्फ़ इन्तज़ार कर सकते हैं...उम्मीद...शायद कुछ नहीं होगा...शायद हमें सब्र रखना चाहिए...माँ को नहीं मालूम...तुम जानते हो, वह कितनी बीमार हैं... किसी हालत में उन्हें नहीं...वे हमारी गली में आ गए हैं।"

शब्दों की टूटी शृंखला दो कर्णभेदी धमाकों में डूब गई।

अपने गोपन-स्थान से उसने उन्हें सुना। और भी पास से। अचानक उसे लगा, जैसे वे उसके बहुत नज़दीक आ गए हों—पकड़ के अन्दर। क्या वे उसकी

तलाश कर रहे हैं? नहीं। वह कुछ भी नहीं समझ पा रही थी। बार-बार अपनी हथेलियों से कानों को ढक लेती थी। जल्दी में उसने अपना सलवटों-भरा कोट पहन लिया था, जिस पर पीला सितारा लगा था। वह सिकुड़ी-सिमटी-सी सोफ़ा के पीछे एक कोने में बैठी थी—अपनी टाँगों को नीचे की ओर समेटकर। अपने दाएँ हाथ से उसने छोटा-सा सूटकेस पकड़ रखा था, ताकि कोई उसको उससे छीन न सके। वहाँ वह बैठी थी—सोने और जागने के बीच डोलती हुई—सब आवाज़ों के प्रति बेख़बर, गतिहीन। नीरव होंठों को हिलाती हुई वह सोच रही थी—अपने माँ-बाप के बारे में, उसके बारे में। मकान की पुरानी ज़र्द दीवारों को—कँपकँपाते धमाकों ने उसके भीतर की हर चीज़ को उखाड़ फेंका था। शब्द, विचार, चित्र—सब बह गए थे। बाक़ी रह गए थे सिर्फ़ आँसू—खारे आँसू, सिर्फ़ एक सान्त्वना।

पॉल!

वह अँधेरे में बैठी थी, हालाँकि ब्लैक-आउट के पर्दे नीचे टँगे थे, और फैली आँखों से खिड़की की ओर देख रही थी, जहाँ कमरे के आबनूसी अँधेरे की अपेक्षा अधिक रोशनी थी। वह चाहती थी कि वह कुछ भी न सोचे, कुछ भी न महसूस करे। एक अजीब-सी सूनी, शान्त उदासीनता उस पर घिर आई थी, जिसने उसे आश्चर्यचकित-सा कर दिया। रफ़्ता-रफ़्ता अँधेरे के मुक़ाबले खिड़की का उजलापन बढ़ने लगा। सुबह का हल्का-सा स्पर्श। दुनिया छायाओं के अँधेरे से बाहर आ रही थी, मानो पानी की अतल गहराइयों से ऊपर उठ रही हो। बाहर गलियारे के पीले झुटपुटे में आने-जाने वाले लोगों की शक्लें काले काग़ज़ के उन पुतलों-सी दिख रही थीं, जिन्हें भूरे रंग की पृष्ठभूमि पर चिपका दिया गया हो। खिड़की के बाहर एक अद्भुत छाया-नृत्य में वे अपने हाथों को हवा में इधर-उधर नचाते से दिखाई देते थे। लोग आधी नींद से जागकर भागते हुए गलियारे में चले आए थे...और उनके अंग-प्रत्यंग सुबह की कड़कड़ाती ठंड में काँपने लगे थे।

वह दीवार के संग-संग सरकती हुई खिड़की के पास चली आई और सुनने की कोशिश करने लगी। धमाकों के बीच काँपते मौन में वह उनकी

आवाज़ें सुन सकती थी—पुरुषों की भारी, खुरदरी आवाज़ें, औरतों की आवाज़ें। उनमें से कुछ आवाज़ों को वह पहचान सकती थी—रोने का स्वर, भयभीत आर्तनाद। कच्ची नींद में जगे बच्चे की रिरियाहट। दरवाज़ों के भिड़ने का स्वर, सीढ़ियों पर किसी की पदचाप। लोग!

किट...किट...किट!

गोलियाँ दनदनाती रहीं; हर विराम के बाद राइफलों की गड़गड़ाहट, मशीनगन की खड़-खड़-खड़, पृथ्वी को कम्पायमान करता गर्जन, आकाश को फाड़ते और बिजली के तारों पर बैठे परिन्दों को डराते हुए धमाके।

'तोपें गोलाबारी कर रही हैं,' किसी ने कहा। 'लड़ाई के मोरचे पर मैं इस तरह के धमाके सुन चुका हूँ।'

'शहर के अन्दर? बेकार की बात है जी! आख़िर किसके ख़िलाफ़ इस्तेमाल करेंगे?'

'असम्भव, मैं आपसे कहता हूँ, असम्भव।'

'उसके बारे में मैं नहीं जानता, लेकिन है यह तोपों की आवाज़। और काफ़ी पास से आ रही है...नदी की दिशा से।'—'नहीं, वह सिर्फ़—गूँज है, सुना तुमने? यह देखो, अब!'—'पिताजी...पिताजी...यह क्या हो रहा है?'—'बात ठीक ही निकली। उन्होंने पहले ही हमें चेतावनी दी थी। यह शुरुआत है। बचाओ...आह...उनका सिर फिर गया है, और नहीं तो क्या—धाँय, धाँय... किट, किट, किट'—'भीतर चले आओ, ख़ुदा के वास्ते, वापस मुड़ चलो...'

कोई बाहर से भीतर आया, पुरानी सीढ़ियों पर पैरों की आवाज़ गूँजने लगी। ड्योढ़ी पार करके वह आँगन के गलियारे में आया और उसकी खिड़की के पास लोगों के जमघट के सामने आ खड़ा हुआ। डरते हुए वे उस पर प्रश्नों की बौछार करने लगे, "क्या हो रहा है? बाहर क्या हो रहा है?"

"ठीक से मुझे कुछ नहीं मालूम, लेकिन सुना है कि वे लोग पकड़े गए..."

"कौन लोग?"

"अरे वही, जानते नहीं...जिन्होंने हैडरिख़ का काम तमाम कर दिया था...जर्मनों ने उन्हें रेसल स्ट्रीटवाले ऑर्थोडॉक्स चर्च में घेर लिया है..."

"यहाँ से पास है वह?"

"ईश्वर उनकी रक्षा करे..."

"चुप रहो! चुप...! यहाँ भीड़ मत लगाओ, भीतर चले जाओ। अपने-अपने घर जाओ। मैं बहुत मुश्किल से यहाँ तक पहुँच सका...बाहर गली में शोरगुल नहीं सुनते?"

अपने घर से भागता हुआ एक आदमी गलियारे में चला आया, और सबके सामने उसने यह भयंकर ख़बर सुनाई, "जर्मन...वे सब मकानों को घेर रहे हैं...हमारा मकान भी...ज़रा खिड़की से बाहर झाँककर तो देखो, सारी गली उनसे खचाखच भरी है, वे लारियों में आए हैं...हथियारबन्द..."

बात सच थी। जब कभी गोलाबारी कुछ देर के लिए रुक जाती, ख़ामोशी के वे क्षण गली में आती लारियों की अनवरत गड़गड़ाहट से भर जाते। उसके बीच फ़ौजी बूटों की चरमराहट भी सुनाई दे जाती थी। कुछ देर बाद दरवाज़ों के बन्द होने की आवाज़, सीटी और सख़्त, तीखे आदेश गोलियों की धुआँधार बौछार में डूब गए। रात की धुंध से एक अजीब-सी सुबह झिझकते हुए बाहर निकल रही थी। किसी को भी उस पर विश्वास नहीं हुआ।

बिना पक्षियों की सुबह?

"भीतर जाओ सब, अपने-अपने घर!" वह व्यक्ति, जो अभी-अभी बाहर से आया था, ग़ुस्से में चिल्लाया। "यह सच है। वे शायद मकानों की तलाशी लेंगे। यदि उन्हें कुछ ऐसी-वैसी चीज़ मिल गई, तो सब मारे जाएँगे। अपने-अपने घर जाकर दरवाज़े भेड़ लो और सोने का बहाना करो।"

ऊपर कोई फटी-भारी आवाज़ में चीख़ रहा था। शब्दों को पकड़ पाना मुश्किल था, किन्तु ज्वरग्रस्त नींद और शराब में धुत तमतमाए चेहरे को फीकी रोशनी में भी पहचाना जा सकता था।

रेयसेक! वह हड़बड़ाता हुआ टेढ़ी-मेढ़ी सीढ़ियों से उतर रहा था। उसके मोटे हाथ ज़ीने के जँगले को टटोल रहे थे। बियर के ढोल की तरह अपनी लड़खड़ाती टाँगों पर वह नीचे की तरफ़ लुढ़कता-सा जान पड़ता था। उसने सिर्फ़ पतलून पहन रखी थी और क़मीज़ के बटन ऊपर से खुले थे।

"अब पता चलेगा सबको!" अपने सिर के ऊपर हवा में घूँसे हिलाता हुआ वह दम घुटती-सी आवाज़ में चिल्ला रहा था।

काँपता हुआ वह मकान के स्तब्ध किरायेदारों के सम्मुख आ खड़ा हुआ, उसकी साँस धौंकनी की तरह चल रही थी और वह उनकी ओर उँगली उठाकर ज़ोर-ज़ोर से चीख़ रहा था, "अब...वे हम सबको गोली से उड़ा देंगे। अच्छा ही हुआ। सब तुम लोगों का दोष है...तुम सब जानते थे... जानकर भी चुप्पी साधे रहे..."

किसी ने ज़ोर से उसके कन्धे हिलाए, "घर जाकर बैठो, तुमने पी रखी है।"

वे उससे कतराकर निकल जाना चाहते थे। कुछ लोग यह सोचकर पीछे हट गए कि कहीं डर के मारे अचानक उसका दिमाग़ ख़राब न हो गया हो। किन्तु वह बराबर उन पर चिल्लाए जा रहा था और हवा में हाथ हिलाता हुआ उन्हें अस्पष्ट-सी धमकियाँ दे रहा था। उसके मुँह से शराब की तेज़ गन्ध आ रही थी और उसके थुलथुल गालों पर आँसू बह रहे थे।

"बकवास बन्द करो अब...बहुत हो गया, कब तक चीख़ता रहेगा? न जाने किस चीज़ की रट लगा रखी है?"

"बताओ भला...हम क्या जानते थे?"

"पाजी पियक्कड़ कहीं का!"

"जाओ और..."

"अबे कुछ बोल भी...क्या जानते थे हम?" किसी ने हाथ से उसे झिंझोड़ते हुए कहा।

उसने अपनी बाँहें ऊपर उठा दीं। "हाँ, अब तो तुम सब इनकार करोगे ही! तुम सब...सब-के-सब...जानते थे...यहाँ खिड़की के पीछे...वह यहूदी राँड।

अपना नाम-पता कुछ भी रजिस्टर नहीं करवाया है उसने! बैठी है वहाँ...जब पकड़ी जाएगी तब देखना...किट, किट, किट...हा-हा-हा! भाड़ में जाओ तुम सब..."

किसी ने पीछे से आकर उसका गला पकड़ लिया। दूसरे किसी व्यक्ति ने उसके थूक में लबलबाए, बुड़बुड़ करते मुँह को बन्द करने की चेष्टा की। गलियारे के ढीले तख़्तों पर एक पागल चूहे की तरह उछलता-कूदता वह उनसे हाथापाई करने लगा। वह ताबड़तोड़ घूँसे चला रहा था—एक बेचारे की पसलियाँ ही तोड़ डालीं। आख़िर जब उन्होंने अपनी गिरफ़्त में उसे अच्छी तरह जकड़ लिया तो वह ऊँचे स्वर में घिघियाने लगा। हवा में अन्धाधुन्ध टाँगें फेंकते हुए किसी की पिंडली पर ही लात जमा दी। दर्द से भरी चीख़! फिर उसने ग़ुस्से में भरे पागल कुत्ते की तरह उस आदमी का हाथ काट लिया, जिसने उसका मुँह दबोच रखा था। कोई कुछ भी नहीं बोल रहा था। चारों तरफ़ से सिर्फ़ दर्द-भरी चीख़ों, आहों और फूत्कारी साँसों की मिली-जुली ध्वनियाँ सुनाई दे रही थीं। औरतें इस भयावह दृश्य को और अधिक सहन नहीं कर सकीं और इधर-उधर बिखर गईं।

"छोड़ो...जाने दो मुझे।" गोलाबारी के धमाकों के बीच वह फटी आवाज़ में चिल्लाया।

"इस तरह न चिल्लाओ...उनका ध्यान अपनी तरफ़ खींचने से भला क्या फ़ायदा।"

"चुप!"

उसने अपने को तोड़-मरोड़कर किसी तरह उसकी लौह-गिरफ़्त से मुक्त करा लिया, उसके हाथों में पागलों की-सी अमानुषिक शक्ति-भर आई थी। उसकी टाँगें लड़खड़ा गईं और वह दीवार के सहारे गिर पड़ा—शराब और आसपास होनेवाले क्रिया-कलाप ने उसे बिलकुल सुन्न और हक्का-बक्का-सा कर दिया था। उसकी फटी हुई क़मीज़ हवा में फड़फड़ा रही थी और वह साँस लेने की कोशिश करता हुआ अपनी छाती पर मुक्के मार रहा था।

“तुम...पागल हो...सब-के-सब...मैं नहीं चाहता...सुनते नहीं? मैं नहीं चाहता कि...महज़ एक यहूदिन कुतिया के कारण...कहीं बाहर जाकर साली अपना माथा फोड़ ले तो अच्छा है...अब भी वक़्त है...अभी पकड़कर लाता हूँ...अपने हाथों से उसे उसकी माँद से खींचकर लाऊँगा...अभी, इसी क्षण...”

इससे पेश्तर कि वे अपने आश्चर्य को क़ाबू में कर पाते, वह एक मतवाले भैंसे की तरह घर में घुस पड़ा। कोठरी के सामने आकर उसने अपना सारा बोझ दरवाज़े पर फेंक दिया और ताबड़तोड़ घूँसे मारने लगा। नफ़रत ने मानो उसे अन्धा कर दिया था—एक ऐसी नफ़रत, जो किसी गहरे जुनून से उत्पन्न होती है। ज़ोर-ज़ोर से हाँफता-कराहता हुआ वह दरवाज़े को अपने घूँसों से तोड़ने की चेष्टा कर रहा था।

“दरवाज़ा खोलो!”

उसके घूँसों की आवाज़ मकान की पुरानी दीवारों से टकराकर हवा में गूँज जाती थी। छत के चौबारे से निचली मंज़िल की कोठरी तक आतंक और भय की एक लहर दौड़ गई।

“ऑफ़ माखेन!* ऑफ़ माखेन!” वह ऊँची आवाज़ में चिल्ला रहा था।

उसने चिटखनी को खड़खड़ाया और फिर एक ज़बरदस्त झटके से उसे ऊपर की ओर खींचते हुए झिंझोड़ा ताकि उसे दरवाज़े की लकड़ी से बाहर निकाल सके, किन्तु वह दरवाज़े में अड़ी रही।

ग़ुस्से में तमतमाकर वह अपनी उँगलियों के पोरों से दुबारा दरवाज़ा पीटने लगा, “ऑफ़ माखेन! दरवाज़ा खोल...नीच कहीं की...यहूदी राँड...तू यहाँ छिपी है, मैं अच्छी तरह से जानता हूँ। ऑफ़ माखेन!”

---

* ऑफ़ माखेन (जर्मन) दरवाज़ा खोलो!

अब तेज़ी से उजाला होने लगा था। खिड़की से हल्की गुलाबी आभा भीतर आ रही थी; गोलियों की गर्जना अब भी जारी थी। उसने कपड़े बदल लिये थे, दोनों तरफ़ बाँहें लटकाए वह कमरे के बीचोबीच खड़ी थी और प्रतीक्षा कर रही थी। वह सिर्फ़ प्रतीक्षा कर रही थी। उसकी साँस बहुत हौले-हौले चल रही थी, मानो कहीं गले में अटक गई हो। उसने आँखें मूँद लीं—यह बेहतर है। एक ठंडी-सी स्थिरता। निरपेक्षा। कुछ भी नहीं देख पाना। जल्द ही सब कुछ समाप्त हो जाएगा। उसके दिल में छिपी यह बोझिल-सी पीड़ा... यह और कुछ नहीं, सिर्फ़ वह है।

पॉल!

कहाँ है वह, इस समय? वह उसके पास क्यों नहीं आया? वह अब भी उसे महसूस कर रही थी, अपनी देह के अंग-अंग में!

पॉल!

दरवाज़े पर घूँसों की बौछार और घुटती हुई चीख़ों को सुनकर उसकी चेतना वापस लौट आई। और दरवाज़े की टूटती लकड़ी की चरमराहट। कहाँ? वह कहाँ जाए? ये प्रश्न बिजली की भाँति उसके मस्तिष्क में कौंध गए। कमरे की चहारदीवारी के बीच वह बदहवास-सी होकर चक्कर काटने लगी—जाल में फँसे उस जन्तु की भाँति, जो महज़ अपनी नैसर्गिक प्रतिक्रियाओं का कठपुतला-मात्र बनकर रह जाता है। कहाँ? खिड़की की तरफ़। और फिर वापस! क्या वह सोफ़ा के नीचे छिप जाए? और तब एकाएक वह बहुत डर गई—दृष्टिहीन भय—और उसके आँसू फूट पड़े। उसे लगा, जैसे दरवाज़े पर पड़ते घूँसे तेज़ कीलों की तरह उसके मस्तिष्क में धँसते जा रहे हैं। वह सोफ़े पर लुढ़क गई और हथेलियों से अपने कान बन्द कर लिये।

"ऑफ़ माखेन! दरवाज़ा खोलो!"

किसी अज्ञात शक्ति से प्रेरित होकर वह उठ खड़ी हुई और दूसरे दरवाज़े की तरफ़ भागने लगी। भड़भड़ाती हुई वह सूनी-उजाड़ वर्कशॉप में घुस गई। 'ब्लैक-आउट' का पर्दा यथास्थान लगा था और वर्कशॉप

की कोठरी हमेशा की तरह निविड़ अँधेरे में डूबी थी। लड़खड़ाती हुई वह अपने हाथों से रास्ता टटोलने लगी। मेज़, कुर्सियाँ, दरज़ी का 'डमी', लोहा करने की इस्तरी, पुराने फ़ैशन की तश्तरियों का ढेर, लम्बी कैंची। उसने कैंची उठा ली और उसका नुकीली सिरा अपने सीने से लगा लिया—अगर वह उसे भोंक ले, यहाँ, इस तरफ़, जहाँ उसका दिल धड़क रहा है! अन्त, शान्ति, मुक्ति! उसी क्षण उसकी कनपटियों पर हल्का-सा धक्का लगा और कैंची उसके हाथों से छूटकर नीचे गिर पड़ी। उसकी टाँगें थरथराने लगीं और उसे लगा, जैसे उसकी चेतना लुप्त होती जा रही है—अन्त! घूँसों और धमाकों का स्वर अब उसे बहुत दूर से आता सुनाई दे रहा था। वह फ़र्श पर लुढ़क गई—एक हाथ में उसने सूटकेस पकड़ रखा था और दूसरे हाथ से सिलाई मशीन का ढक्कन। मौन—शायद अब सब कुछ शान्त हो जाएगा—कुछ भी शेष नहीं रहेगा, सिवाय मौन और शान्ति के—आह! उसने एक गहरी उच्छ्वास ली, बेहोशी की मीठी तन्द्रा उसे धीरे-धीरे अपने में घेरने लगी थी...।

आलोक? क्या यही है? अब, अन्त में...किन्तु यह तो...उसकी घनी पलकों को भेदती आलोक-रेखा उसके चेहरे पर आकर ठहर गई। उसने अपनी आँखें और भी मज़बूती से भींच लीं। किसी के हाथ का स्पर्श।

कोई बहुत आग्रहपूर्ण स्वर में उसके चेहरे के पास फुसफुसा रहा था, "मेरे संग चली आओ...डरो नहीं मुझसे।"

जब किसी आदमी ने अपने हाथों से उसकी अधमरी देह को ऊपर उठाया, तो वह अपने कानों पर विश्वास किये बिना नहीं रह सकी; जब वे हाथ उसे फ़र्श पर घसीटने लगे, तो उसने उनका कोई विरोध नहीं किया।

"अब ज़रा अपने पैरों पर खड़े होने की कोशिश करो।" उसने हाँफती हुई आवाज़ में कहा, मानो किसी रूठे हुए बच्चे को मना रहा हो! "हौसले से काम लेना होगा, मेरी नन्ही बच्ची।"

अजनबी हाथों ने उसे छोड़ दिया और वह किसी नरम-सी चीज़ पर गिर पड़ी, फिर किसी ने उसे गरम और मुलायम ऊनी कपड़े से ढक दिया

और तब अचानक उसे महसूस हुआ कि आसपास की हर चीज़ शान्त और अन्धकारमय हो गई है। गरम इस्तरी के नीचे दबे कपड़े की परिचित, तीखी गन्ध उसके नथुनों में घुसने लगी।

"तुम यहीं लेटी रहो—चुपचाप। कोई आवाज़ न करना—मैं तुम्हें बता दूँगा कि कब..."

वह कहाँ है? उसका सूटकेस? उसका सूटकेस कहाँ छूट गया? उसने अँधेरे में उसे टटोलकर अपने पास खींच लिया। उसे हिफ़ाज़त के संग रखना होगा। गेंद की तरह उसने अपने को सिकोड़-समेट लिया। जहाँ तक सम्भव हो सकता था, वह अपने को छोटा बना लेना चाहती थी।

किन्तु अपनी आँखें उसने नहीं खोलीं।

14

आख़िर दरवाज़ा खुल गया। चिटखनी उखाड़कर वह उसे तोड़ने में सफल हो गया था। जब वह अपनी भारी-भरकम देह के संग कमरे में घुसा, तब भी लोहे की चिटखनी उसके हाथ में लटक रही थी। उसकी उँगलियाँ दीवार पर स्विच टटोलने लगीं। उखड़ी-उखड़ी-सी साँस उसके फेफड़ों में सीटी बजाती हुई ऊपर उठ रही थी। वह मन्द दृष्टि से ख़ाली कोठरी के चारों ओर देख रहा था। उसने अपनी आँखों को हाथों से मला, ताकि अच्छी तरह से कोठरी की तलाशी कर सके। वह भाग खड़ी हुई थी। आदमियों की काली मनहूस छायाएँ पीछे की तरफ़ उसे घेरे खड़ी थीं। वह उनकी साँसों को अपनी गर्दन पर महसूस कर सकता था।

उसने वर्कशॉप का अधखुला दरवाज़ा देखा और अपने चौड़े कन्धों को आगे की ओर धकेलता हुआ देहरी तक चला आया। सामने निविड़, सघन अँधेरा फैला था जिसे देखते ही उसके पाँव धरती पर गड़े-से रह गए।

रोशनी की एक पतली शहतीर अँधेरे को चीरती हुई उसके चेहरे पर फैल गई। सबके सामने उसका चेहरा उघड़कर नंगा-सा हो आया था।

ग़ुस्से में सुर्ख़ थुलथुल करते जबड़े और रोशनी में मिचमिचाती आँसुओं से भरी बूदम आँखें—रोते हुए पियक्कड़ लंगूर का चेहरा।

"क्या चाहते हो यहाँ?" अँधेरे कमरे से एक आदमी की झपटती-सी आवाज़ सुनाई दी।

डर के मारे वह चौंक गया, फिर हवा में घूँसे हिलाता हुआ वह एक क़दम आगे बढ़ा।

"कहाँ है वह? मैं जानता हूँ, वह यहाँ छिपी है।"

छोटे कमरे से कुछ काली छायाएँ बाहर निकल उसके पीछे खड़ी हो गईं। वे अर्द्धचन्द्राकार शक्ल में उसके पीछे खड़े थे, ताकि वह पीछे न भाग सके। वे ख़ामोश थे। अपनी आँखों को चुभती रोशनी से बचाता हुआ वह आगे बढ़ा।

कड़कड़ाती आवाज़ ने सहसा उसे वहीं रोक दिया।

"ख़बरदार...अगर एक क़दम भी आगे बढ़ा! और चिल्लाना बन्द कर। क्या तू गली में खड़े उन...को यहाँ बुलाना चाहता है? तेरे संग वे हमें भी गोली से उड़ा देंगे...कुत्ते की तरह..."

गोलियों की बौछार खिड़की के शीशों को थरथराती चली गई।

"तुम कौन हो?" रेयसेक ने फूत्कारते स्वर में पूछा।

"तुझसे मतलब? यहाँ चोरों की तरह तू क्या करने आया है?"

"...वह यहूदी राँड...यहाँ कहीं छिपी है..."

"पीकर धुत हो गया है—सुअर के बच्चे! ईश्वर ही जाने, तूने किसे देखा है! बाहर निकल! इससे पेश्तर कि मैं कुछ कर बैठूँ, यहाँ से भाग जा। अपने डेरे में मुँह छिपाकर बैठ जा...और जो कुछ भी तूने देखा है, उसे भूल जाना ही बेहतर है...अगर किसी से तूने एक शब्द भी कहा, तो आज रात तू ज़िन्दा नहीं रहेगा...सैकड़ों आँखें तुझे देख रही हैं।"

"क्या...क्या कहा तुमने...?"

टॉर्च धीरे-धीरे लँगड़ाती गति में उसके निकट, निकटतर आती गई। उसका सुर्ख़, तमतमाया चेहरा उसकी पीली रोशनी में नहा गया...और वह

चकाचौंध कर देनेवाले प्रकाश-बिन्दु के सामने पीछे हटता गया—केकड़े की मानिन्द—हकलाता हुआ। वह उन लोगों पर गिर पड़ा जो उसके पीछे खड़े थे। वे उससे हटकर अलग खड़े हो गए, मानो उन्होंने किसी गलीज़ चीज़ को छू लिया है। उनके बीच जो ख़ाली जगह हो गई थी, उसमें वह लुढ़कता हुआ गिर पड़ा, मानो किसी गहरे गड्ढे में धँस गया हो। सहारे के लिए उसने हाथ हवा में फैला दिये, किन्तु ख़ालीपन के अलावा कुछ भी हाथ न आया।

"मेरे नज़दीक आने की कोशिश मत करो!" वह तीखे हड़बड़ाते स्वर में चिल्लाया और अपने आगे ख़ाली हाथ हवा में फैला दिये।

कोई मुलायम-सी चीज़ उसके चेहरे से आ टकराई। इससे पेश्तर कि वह सँभल पाता, उस पर दूसरा प्रहार हुआ—फिर तीसरा। उसके सिर पर एक के बाद एक घूँसे पड़ते रहे और वह हाथों को ऊपर उठाकर अपने को बचाने की चेष्टा करता रहा।

"एक और।" अँधेरे कमरे से आवाज़ आई। उसके हाँफते मुँह से कपड़े का एक थान आ टकराया। "यहाँ से दूर हो जा! हमारे यहाँ सिर्फ़ वे गाहक ही आ सकते हैं जो इनसान हैं, दूसरे नहीं।"

वर्कशॉप की ख़ामोश हवा में एक मनहूस-सा बोझिलपन सिमट आया—इतना घना और निर्भेद्य कि चूहों के भागते पैरों की खड़खड़ाहट भी उसे भंग नहीं कर सकी। बाहर कभी-कभी तोपों की गोलाबारी की भयावह गर्जना सुनाई दे जाती थी और मशीनगनों की हकलाती-सी गड़गड़ाहट...।

टॉर्च बुझ गई।

वह आदमी खिड़की पर झुका और उसने 'ब्लैक-आउट' का पर्दा उठा दिया।

जून की सुबह की भूरी, धुँधली रोशनी में हर चीज़ की रूपरेखा स्पष्ट होती जा रही थी। चीज़ें, जिन्हें कटिंग-मास्टर अच्छी तरह पहचानता था—उसकी समूची ज़िन्दगी उन्हीं के बीच बीत गई थी। उसने वर्कशॉप के इर्द-गिर्द उड़ती हुई निगाह डाली और खिड़की से हटकर लँगड़ाता हुआ अपनी सीट पर कमर झुकाकर बैठ गया। दरज़ीगीरी के लम्बे वर्षों में वह इसी तरह, एक स्थिति में बैठे रहना सीख गया था। उसे अपनी छाती पर एक अजीब-सा बोझ महसूस हुआ। उसने अपना गंजा सिर हाथों में पकड़ लिया—विचित्र यातनामय विचार उसके मस्तिष्क में मँडराने लगे। कैसी बेहूदा ज़िन्दगी है! धाँय...धाँय...छतों के ऊपर धमाके होते थे और खिड़कियों के शीशे काँप जाते थे...किट...किट... किट...! 'क्या उनकी आवाज़ें सुन सकते हो? वे लोग।'—'वक़्त ख़राब है... भाई!' भय का गोला उसके गले में अटक गया, किन्तु जल्दी ही उसने इन विचारों को अपने से दूर हटा दिया। उसका भला क्या बने-बिगड़ेगा? बेकार का बूढ़ा आदमी—बीवी न बच्चे। ताश के पत्तों पर अपनी समूची ज़िन्दगी गँवा दी थी—सड़क पर पड़े पत्थर-सा अर्थहीन। उसका भला कोई क्या बिगाड़ सकता है? अपने बाएँ पैर पर लँगड़ाते हुए उसने दुनिया के कोने-कोने की ख़ाक छानी है। पहला महायुद्ध...गालिसिया...भला किसलिए?

पीछे से एक आवाज़ सुनाई दी और उसके ख़याल परिन्दों के झुंड की तरह इधर-उधर बिखर गए।

वह खड़ी थी—छोटे कमरे से बाहर की ओर जानेवाली डेवढ़ी पर। अव्यवस्थित, बिखरे बालों के नीचे उसका चेहरा एक धब्बा-सा दिखाई देता था—महीन पड़ते अँधेरे में सफ़ेद चमकता हुआ। उसे वहाँ खड़ा देखकर वह चौंक सा गया। हाथ में छोटा-सा काला सूटकेस और कोट पर पीला सितारा! वह खड़ा हो गया। शायद उसने उसे अभी तक नहीं देखा था। शायद वह उसे देखना नहीं चाहती थी...या शायद वह किसी को देखना नहीं चाहती थी। पेश्तर इसके कि वह अपनी जगह से हिल पाता, वह आगे बढ़ने लगी, यंत्र-चालित-सी। बाएँ, दाएँ! दरवाज़े पर पहुँचने से पहले ही उसने उसे पकड़ लिया और अपने शरीर से उसका रास्ता रोककर खड़ा हो गया।

अँधेरे में उसकी बड़ी-बड़ी आँखें विस्फारित-सी खुली थीं, अजीब-सी भाव-शून्य। उसका माथा ठनका।

"सुनो..." उसने अपना हाथ उसके कन्धे पर रख दिया।

वह उसे हिलाने लगा मानो उसे गहरी नींद से जगा रहा हो। "बच्ची, कहाँ जा रही हो?"

"जाने दो मुझे।"

"हौसले से काम लो...डरो नहीं, मैं तुम्हारे पास हूँ। वे बाहर गली में खड़े हैं...सुनती नहीं उनकी आवाज़ें?"

"मुझे जाना ही है..." वह धीमे-से बड़बड़ाई, "मुझे जाना ही होगा... अभी...वे उसे मार डालेंगे।"

"लेकिन कहाँ?...ईश्वर के लिए कुछ तो कहो...इस वक़्त कहाँ जाओगी?..."

"उनके पास...वे तेरेज़ीन में हैं। मुझे जाने दो...उनकी चिट्ठी आती होगी और...अब मेरा यहाँ कोई नहीं है...मुझे रोको मत...वे उसे मार डालेंगे... तुम तो जानते हो...वे उसे मार डालेंगे...मुझे जाने दो!..."

उसने अपने हाथों से उसके कमज़ोर कन्धे पकड़ लिये और उसकी दुबली-पतली देह को हिलाने लगा। उसकी गिरफ़्त में वह तिलमिलाने लगी। उसने पूरी शक्ति से उसे छाती से चिपटा लिया और धीरज बँधाता हुआ उसके बालों को सहलाने लगा। उसकी आँखों से आँसुओं की छोटी-छोटी बूँदें टपकने लगीं और उसके गालों को भिगोने लगीं। वह रो रहा था। उसके लिए, अपने लिए, इस पगली क्रूर दुनिया के लिए।

वह उसके सामने गिड़गिड़ाने लगा, किन्तु उसने उसकी एक न सुनी।

"मुझे जाने दो...जाने दो...मेहरबानी करके..."

एक जंगली बिल्ली की तरह वह उससे लड़ रही थी...उसकी दुबली-पतली देह में इतनी अदम्य शक्ति छिपी है, इसकी कल्पना उसने स्वप्न में भी नहीं की थी। उसने उसकी छाती पर अपने दोनों हाथ रख दिये और फिर अकस्मात् अप्रत्याशित शक्ति से उसे इतनी ज़ोर से धक्का दिया कि वह पीछे लुढ़क गया।

उसका शरीर मेज़ के कोने से जा टकराया और वह हाँफता, कराहता कुर्सी में धँस गया। इससे पेश्तर कि वह उठकर उसे रोक पाता, उसने बिजली की तरह लपककर दरवाज़े की साँकल पकड़ ली।

दरवाज़ा इस तरफ़ से खुला था और वह नेवले की तरह दरवाज़े की थूनियों के बीच से निकल गई। खटाक-से ताला बन्द हो गया और वह बाहर थी, बाहर।

ड्योढ़ी—ख़ाली और ख़ामोश।

उसनें त्रस्त आँखों से चारों ओर देखा—धड़कता हुआ कलेजा मुँह को आ रहा था। सामने सीढ़ियाँ थीं। अँधेरी टेढ़ी-मेढ़ी सीढ़ियों पर वह भड़भड़ाती हुई नीचे उतरने लगी। उसका सूटकेस ज़ीने की दीवार पर बार-बार टकरा जाता था। काठ की ज़र्द, पुरानी सीढ़ियों पर उसके जूतों की मन्द आवाज़ गूँज रही थी। नीचे उतरते ही सामनेवाली ड्योढ़ी की सीलन भरी हवा का झोंका उसके चेहरे से आ टकराया। उसने चारों ओर आँखें दौड़ाईं—दाईं तरफ़ दालान के पिछवाड़े का दीन-विपन्न दृश्य दिखाई दिया, कूड़े-कर्कट से भरा कनस्तर, राख के ढेर और चूल्हा बनानेवाले की छकड़ा गाड़ी। बाईं तरफ़ अँधेरा था—मकान का बड़ा फाटक। एक काली-सी छाया कोने में खड़ी थी, उसकी चिन्ता किये बिना वह फाटक की ओर भागने लगी। चौकीदार आश्चर्य में चिल्लाया। अपने हाथ से धक्का देकर उसने उसे एक तरफ़ हटा दिया, हथेली पर पीतल की साँकल का क्षणिक ठंडा स्पर्श, फाटक खुला...गली!

दिवालोक! किन्तु अभी सूर्योदय नहीं हुआ था। हवा में तोपों की भयावह गर्जना...उसके पाँव धरती पर गड़े-से रह गए। बन्दूक़ों की गड़गड़ाहट। उसके पीछे फाटक बन्द हो गया। वह अपना पूरा बोझ पंसारी के मीनाकारी किये हुए साइन बोर्ड पर डाले खड़ी रही।

कॉफ़ी, हर क़िस्म की शराब और मदिराएँ। खाने-पीने की चीज़ें। तब उसने उन्हें देखा। उसने जल्दी से अपनी आँखें मूँद लीं—और फिर दुबारा उन्हें खोल दिया।

वे अब भी वहीं थे।

भयाक्रान्त होकर वह काँपने लगी, फिर भी उसकी आँखें उन पर से नहीं हटीं।

वे सड़क के किनारे पटरी से सटकर खड़े थे—दो-दो क़दमों के अन्तराल पर—गली के मकानों और उसकी ओर पीठ किये हुए। वह उनके चेहरे नहीं देख सकती थी। उन्होंने लोहे के टोप पहन रखे थे और आगे की तरफ़ हवा में बन्दूक़ों की नालियाँ तान रखी थीं—ख़ामोश, निश्चल! बुतों की मानिन्द! टाँगें फैलाकर खड़ी हुई पत्थर की मूर्तियाँ, मृत छायाएँ...एक भयावह जड़ता लिये हुए। उनकी आँखें अभी उस पर नहीं पड़ी थीं, इसलिए वे अब भी शान्त थे। स्थिर...।

उसके मस्तिष्क में आदेशों की सख़्त आवाज़ें गूँज गईं : अब...अब? वह भयातुर-सी चारों तरफ़ देखने लगी। कहाँ जाए? अपनी साँस रोके, दीवार और दुकानों के बन्द दरवाज़े से अपनी पीठ सटाकर वह गली के नुक्कड़ तक धीरे-धीरे खिसकती गई। दो या तीन क़दम और...सिर्फ़ एक क़दम का फ़ासला...यह अजीब बात थी कि अभी तक उन्होंने उसे नहीं देखा था। अभी तक उसके दिल की धड़कन नहीं सुन सके थे। एक विचित्र-सी अनुभूति। उसे लगा, जैसे उसने अपने को कहीं पीछे छोड़ दिया हो, जैसे वह अपनी देह की खाल के भीतर से बाहर निकल आई हो; यह वह नहीं है, यह कोई अज्ञात जीव है, जो चौड़ी सड़क की हरी-भूरी दीवार से सटकर आगे खिसक रहा है...और वह जैसे सपने में उसे देख रही है। 'न-न...इसका उससे कोई सम्बन्ध नहीं! यह सब महज़ एक विडम्बना है...काश, तुम यह सब देख सकते, पॉल!'

एक क़दम—और वह नुक्कड़ पर थी। उसकी टाँगें उसे धोखा देने लगीं, आतंकग्रस्त, स्वयंचालित-सी वे भागने लगीं, भय की उन्मत्त शक्ति द्वारा खिंचती हुई...यह गली का कोना है...वे उसकी निर्जीव देह को सँकरी गली में घसीटने लगीं...यहाँ से दूर, चाहे कहीं भी, लेकिन यहाँ से दूर!

सब मकानों के दरवाज़े बन्द थे, अँधेरी खिड़कियाँ...!

दूसरी गली के नुक्कड़ पर सीटी की तीखी आवाज़ ने उसे पकड़ लिया, तीर की नोक की तरह। वह हिचकिचाई नहीं...वह कुछ भी नहीं देख रही थी,

कुछ भी नहीं सुन रही थी, सहसा हर चीज़ उसके पैरों पर केन्द्रित हो गई थी...उसका सूटकेस...गली के खम्भे से टकराकर नीचे गिर पड़ा, किन्तु वह बिना रुके अन्धाधुन्ध भागती रही...यहाँ से दूर, यहाँ से दूर। हिचकियाँ, उसके जलते फेफड़ों से बची-खुची शक्ति खींचती हुई उसकी समूची देह को झिंझोड़ रही थी...एक और सीटी और फिर एक और...चारों तरफ़ से सीटियों की आवाज़ आ रही थी...बूटों की कीलों की खट-खट, दर्जनों सैकड़ों फ़ौजी बूट...बिलकुल सीधे...कहाँ?

छोटी-सी गली अचानक बड़ी सड़क से मिलकर ग़ायब हो गई...कोने में विराटकाय मिलिटरी लारियाँ खड़ी थीं, और उनके इर्द-गिर्द लोहे के टोप पहने भूरी-हरी आकृतियाँ गश्त लगा रही थीं।

वे!

वे खड़े हैं वहाँ...।

वह एक मकान की ड्योढ़ी में घुस गई—चौड़े दरवाज़े की ओट में सरकती हुई...हाथ से साँकल को टटोला और उसे खोलने की चेष्टा की... बन्द। आख़िर अब पास आ पहुँचा है—हर चीज़ का अन्त। इस ख़याल से ही उसे मधुर सान्त्वना मिली, उसकी समूची देह उसे पाने के लिए चीख़ उठी, किन्तु उस चीख़ ने उसे वापस वास्तविकता की ओर खींच दिया।

विह्वल आँखों से वह चारों ओर देखने लगी। कुछ क़दम आगे उसे एक मकान की दीवार के बीचोबीच अँधेरा सँकरा रास्ता दिखाई दिया...दो या तीन क़दम...वहाँ!

गली के फिसलन-भरे पत्थरों पर वह भागने लगी...दुर्गन्धमय अँधेरे में...शौचालयों और बासी बियर की बदबू; वह लम्बा-सँकरा रास्ता एक चौक में से होकर गुज़रता था, जो बोतलों, पीपों और कालीन साफ़ करने के बाँसों से अटा पड़ा था। गली के दोनों ओर से आँखें, आतंकग्रस्त आँखें उसे देख रही थीं, किन्तु वह सीधी दिशा में भागती गई, दर्द से उसका सिर फट रहा था, बाल हवा में उड़ रहे थे...वह जैसे एक मशीन थी, एक, दो—अचानक उसके पाँव लड़खड़ा गए, उसका हाथ दीवार के झरते हुए ठंडे पलस्तर पर जा पड़ा...उसका सहारा लिये वह क्षण-भर ठिठक गई।

किन्तु सीटी की तेज़-तीखी आवाज़ ने उसे फिर अपने पैरों पर खड़ा कर दिया...धाँय, किट-किट-किट...भागो, आगे की तरफ़! वह देख सकती थी... गली का अँधेरा पीछे हटता जा रहा था, घुलता जा रहा था, और वहाँ...वह अपनी आँखों पर विश्वास नहीं कर सकी...वहाँ...क्या तुम देख सकती हो?

आलोक!

आह, आख़िर आ ही गया! वह ख़ुशी से चीख़ना चाहती थी...सचमुच का आलोक हर क़दम उसे उसके निकट खींचता ले आ रहा था...चन्द गज़ों के फ़ासले पर सड़क की दूसरी तरफ़ फ़ुटपाथ के परे गरम उजली धूप छिटक रही थी, पार्क की हरी-भरी झाड़ियों पर, घास पर, लम्बे वृक्षों पर—जिनके तनों की छाल कुछ-कुछ उखड़ने लगी थी और जो गर्मियों की सुबह की शान्त हवा में गर्व से सिर उठाए स्थिर खड़े थे...और सूरज... 'देख, पागल कहीं की, ज़रा आँखें उठाकर देख...अँधेरे के भयावह पर्वतखंड किस तरह सूरज की रोशनी में घुलते-मिलते जा रहे हैं...विराट् उज्ज्वल आलोक...' धाँय! धाँय! कुछ क़दम और...वह घास के मुलायम तिनकों में कूद पड़ेगी, अपनी उँगलियाँ उनमें गड़ा लेगी और एक चिउँटी की मानिन्द उसमें खो जाएगी। झाड़ियों के पीछे कुछ सफ़ेद-सी चीज़ चमक रही है...अरे, यह तो उनके घर की वाटिका है...बिलकुल वही...उनकी अपनी वाटिका...सफ़ेद कलफ़दार कोट...वह उसकी तरफ़ भागती जाएगी और उड़ती जाएगी, साफ़ हवा में, बिना किसी बोझ के, हल्की, अद्भुत रूप से हल्की, उस कीटाणुनाशक गन्ध की तरफ़ उड़ती जाएगी, जो उस कोट से उसकी तरफ़ आ रही है...'बाबू! ज़रा ठहरो, देखो, मैं आ पहुँची...मैं बड़ी भयानक स्थिति में थी, बाबू!'—'न, न, मैं जानता हूँ...हिश!'—'और ज़्यादा कुछ न कहो, प्यारे बाबू, तुम जीवित हो...तुमने मुझे कभी लिखा क्यों नहीं?...तुम्हारे...पत्र...शायद वे कहीं बीच रास्ते में ही खो गए...मैं उसे प्यार करती हूँ, बाबू! बहुत प्यार करती हूँ! बाबू...हम दोनों को तुम अपने संग घर ले चलो!...डर के मारे मेरे प्राण ही निकल गए थे...किन्तु वे मुझे नहीं पकड़ सके...बाबू, मेरा इन्तज़ार करना, मैं आऊँगी...'

अँधेरी गली से वह बाहर निकल आई।

चारों तरफ़ से लम्बी, तीखी सीटियाँ बज रही थीं, किन्तु उसने उन्हें नहीं सुना। उसके पीछे भागते हुए आदमियों की आश्चर्य से भरी चीख़ें, फटी-भारी आवाज़ में दिये जानेवाले आदेश...उसने उन्हें नहीं सुना। हर चीज़ उन चन्द क़दमों के फ़ासले पर केन्द्रित हो गई थी, जो उसके और उसकी सुरक्षा के बीच फैला था। अब वह दूसरी तरफ़ थी।

नई, ताज़ी कटी घास के छोर पर वह गिर पड़ी, लम्बी, सपाट—मानो अचानक किसी ने उसके पैर धड़ से अलग कर दिये हों। धरती को अपने आलिंगन में भींचे उसकी बाँहें पसरकर फैल गई थीं, और उँगलियाँ घास की शीतल मिट्टी में कुछ टटोलती-सी गड़ी रह गई थीं। घास के तिनकों पर चमकती हुई शबनम की कुछ बूँदें उसके बालों पर सिमट आईं।

गोलियाँ चलनी बन्द हो गईं और एक गहरी शान्ति चारों ओर फैल गई।

शान्ति, जो तूफ़ान के बाद आती है।

उसने कुछ नहीं देखा। वह तब भी नहीं हिली, जब कीलों से जड़े भारी बूट बजरी के पत्थरों पर चरमराते हुए उसके निकट पहुँच गए। वे उसे घेरकर खड़े हो गए, घास पर।

वह कुछ देर तक इसी तरह चुपचाप खड़े रहे। फिर उनमें से किसी ने अपने धीमे, अभ्यस्त हाथों से उसे सीधा लिटा दिया—सूरज की ओर।

आश्चर्य से किसी ने सीटी बजाई और फिर रोषहीन शान्त स्वर में कहा, "शॉ माल, अर्नस्ट! दा इस्त या...आइने युंगे यूदिन!"*

पुराने घर होते हैं, पुराने लोगों की मानिन्द—स्मृतियों से भरे हुए।

* मूल पाठ जर्मन में...अर्नस्ट! ज़रा देख तो...एक जवान यहूदिन!

उनका अपना चेहरा होता है और अपनी गन्ध। एक अजीब ज़िन्दगी में लिपटी हुई उनकी दीवारें जीवित हैं। उन्होंने क्या-कुछ देखा है? क्या-कुछ सुना है? वर्ष बीतते गए हैं और उनकी दीवारों के टूटते-झरते पलस्तर में हर तरह की चीज़ें जब होती गई हैं। हाँ, ये दीवारें उन लोगों के नाटक से जीवन्त हैं, जिन्होंने इनके भीतर अपनी ज़िन्दगी गुज़ार दी है। कुछ लोगों को अक्सर याद किया जाता है, और कुछ हैं जिन्हें हमेशा के लिए भुला दिया जाता है। कुछ ऐसे भी हैं, जिनका ज़िक्र कोई नहीं करता। वे बिना शब्दों के जीवित रहते हैं, मुँह के पीछे, आँखों के पीछे। वे पुराने घरों के अनलिखे, निरन्तर प्रवहमान इतिहास का अंग हैं।

'तुम्हें जिये चलना होगा!' भीतर से एक आवाज़ उठती है। वह पहचानता है इस आवाज़ को।

वह अब भी पीठ के बल लेटा है, अधमुँदी आँखों से खिड़की की ओर ताक रहा है। खिड़की के परे सुर्ख़ बादलों की तहों से एक साधारण-सा दिन बाहर निकल रहा है—कहानी के अन्त में एक बहुत ही साधारण दिन।

सैकड़ों बार मन-ही-मन में वह कहानी का सिलसिला आद्योपान्त दुहरा चुका है, पार्क के उस मामूली बेंच से लेकर इस अज्ञात, रहस्यमय क्षण तक... वास्तव में हुआ कुछ भी नहीं : उसने साँकल घुमाई और भीतर चला आया।

कोठरी ख़ाली पड़ी थी। वहाँ कोई भी न था!

बाद में भी ख़ास कुछ नहीं हुआ। सिर्फ़ इतना-भर शेष रह गया था कि वह रास्ता तलाश कर सके, निपट शून्यता में अपना पथ टटोल सके। प्रश्न थे, जिनका उसके पास कोई उत्तर नहीं था। कोई कुछ भी क्यों नहीं बोलता? लोग और चीज़ें, सब ख़ामोश थे। क्यों नहीं कुछ भी हुआ—कुछ भी? क्यों हर चीज़ दुबारा अपने पुराने ढर्रे पर घिसटने लगी थी, प्रोटेक्टोरात के दमघोंटू वातावरण में? आकाश क्यों नहीं गिर पड़ा?

उसकी छाती में दिल धड़कता है, हमेशा की तरह। चेहरे, शब्द, वह आवाज़। आवाज़—एक घंटी! जब कभी वह आँखें बन्द करता है, हमेशा उसे वही एक आवाज़ सुनाई देती है। तुम्हें जीवित रहना होगा। जीवित! कैसे?

वह तर्क करता, किन्तु आवाज़ उससे अधिक शक्तिशाली थी। वह उसके भीतर थी, मनहूस अँधेरे में निरन्तर उसे पुकारती हुई; उस रात भी जब वह निराशा की अतल, निम्नतम गहराइयों में डूब गया था। उसने हाथ-पाँव छोड़ दिये। उनका रास्ता ख़त्म हो चला था।

वह उठ खड़ा हुआ। उसने खिड़की दोनों तरफ़ से खोल दी। लड़ती-झगड़ती चिड़ियों की चहचहाहट भीतर आने लगी।

उसे लगा, जैसे वह एक लम्बे स्वप्न से जाग गया हो। अपने हाथों से सलवटों-भरा चेहरा मलने लगा। तब उसे महसूस हुआ कि उसके पेट से उमठती हुई असह्य पीड़ा और कुछ नहीं, महज़ बिलबिलाती भूख है। न जाने कब से उसने रोटी का कौर मुँह से नहीं लगाया था!

अपने सिर के पीछे हाथ रखकर उसने गहरी जम्हाई ली, पीठ की हड्डी ज़ोर से चटक उठी। फिर उसने गर्मियों की सुबह की ताज़ी हवा को फेफड़ों में खींचते हुए गहरी साँस ली। तंग-सँकरे आँगन में चूल्हा बनानेवाली छकड़ा-गाड़ी उपेक्षित-सी पड़ी थी। छतों के ऊपर नीला आकाश फैला था। सुबह धीरे-धीरे जाग रही थी।

अब! धूप की प्रथम किरण पुरानी छत पर सरकती हुई शाहबलूत के पेड़ के घने पत्तों में खो गई। उसने उसे देखा और दाँत भींच लिये।

उसे चलते रहना होगा।

पुराने घरों की ख़ास अपनी सुबह की आवाज़ें हैं। सुनो : कोई अपने में ही धीरे-धीरे सीटी बजाता हुआ सीढ़ियाँ उतर रहा है, खिड़की के सामने से गुज़रती हुई एक चपटी हैट, गलियारे के तख़्तों पर चप्पलों की खटखटाहट, ऊपर की मंज़िल में अलार्म घड़ी बज रही है, जिसने किसी बच्चे को कच्ची नींद में ही जगा दिया है और वह रिरियाता हुआ रो रहा है। पदचाप और आवाज़ें, गलियारे के कोने में रखे लोहे के बेसिन पर गिरती हुई पानी की धार, कहीं कोई लड़की ज़ोर से खिलखिलाकर हँस रही है...घर धीरे-धीरे जाग रहा है और रसोई के खुले दरवाज़े से कॉफ़ी पीसने का स्वर सुनाई दे जाता है...।